# つむじ風（上）

HarUo
UmeZaki

梅崎春生



P+D
BOOKS
小学館

目次

# 魚眼

運ばれてきたモリソバをしゃくり上げて、どっぷりと汁につける。箸の先で完全に汁の中に沈没させ、それからおもむろに引き揚げて口に運ぶ。ソバ食いとしては邪道だが、名の通った店でなく、東京都メン類標準店のしるしをかかげたありきたりの店なので、そういう食べ方も止むを得ない。二箸目を汁にひたしながら、浅利《あさり》圭介《けいすけ》は声をかけた。

「また汁を甘くしたね」

「そうですかね。そうでもないんだがね」

仕切台の向こうから、あるじが顔をのぞかせた。はちまきをして、無精ひげを生やしている。

「もっとも今の一般のこのみが甘くなったんだあね。甘くしないと、お客が寄りつかねえんだ」

「そうかね」

「ことに若い人がそうですよ。学生に若い勤め人」

あるじは仕切台をくぐって、のそのそと店に出て来た。時計が午後の七時をさしている。客は圭介ひとりだ。あるじは手を伸ばしてパチンとテレビのスイッチを切った。客がただのひとりだから、もったいないと考えたのだろう。

「戦前は本返《ほんがえ》しをつくるのに、醤油樽一本、ミリン一本。それに砂糖の五百匁ぐらいで済んだんだが今じゃ一貫目だね。一貫目入れなきゃ、お客がよろこばない」

「そんなものかね」

「甘いもんだから、どうしてもソバをどっぷりつけて食うようになる。若えのはみんな、そんな食い方をするねえ」

何箸目かをどっぷりひたそうとして、圭介はあわてて中止した。半分ひたしたところで、口に持って行った。圭介はもはや若者ではない。今年で三十九歳になる。

「だからソバが残っているのに、汁がなくなってしまう。すると若いのは、どうするか。汁のお代りをするんだよ。まったくかなわねえよ」

あるじはちまきを取り、腹立たしそうに上っ張りの裾をはたいた。

「一盛りのソバよりも、一杯の汁の方が、元価は高くついてるんですよ。くやしいねえ。と言って、おかわり代を取るわけにもいかねえしねえ」

「つまり若い世代の――」圭介はなぐさめるように言った。「味覚がかわってきたんだろう」

「そうなんですよ。近頃の若いもんは、ホンモノの味が判らねえんだ」

標準店のあるじに似合わぬ気骨のある語調を見せた。

「ホンモノよりニセモノの方が、通りがいいんだ。うちのソバなんかもそうですよ。この間までは、ウドン粉とソバ粉の割を、六四でやってたんだ。それを試みに、七三にして見たら、とたんに旨くなったと言いやがる。だからそれ以来、おれんとこは七三さ」

「七三かい、これ」

圭介は情なさそうにソバをつまみ上げた。七三か六四か知らないが、急にソバの味が水っぽく感じられて来た。

「そうだよ。七三だよ」

表の黄昏《たそがれ》のアスファルト道を、奔走する自動車の音がした。するどい短い警笛と共に、タイヤがぎぎっときしんだ。濡れ雑巾を床にたたきつけたような音がした。

圭介は思わず立ち上がった。


自動車二台が、やっとすれ違える程度の、お粗末なアスファルト道路だ。もう物のかたちがはっきり見えないくらいの暗さで、ソバ屋の入口から十メートル余り離れたかなたに、自動車が一台むこう向きに停止していた。と見る間に、ぐらりとその自動車は動き出した。スピードを加えた。尾灯が見る見る遠ざかる。何かを振り切って逃げるような速さであった。自動車は物質だけれども、その動きはなにか表情があった。

「何だか妙な音がしたようだったね」

のれんをわけて、ソバ屋が首を出した。

自動車がスピードを加えようとした瞬間に、浅利圭介はその番号札の数字を読みとっていた。自動車という物質のあやしげなそぶりが、圭介を本能的にそうさせたのだ。

「スリップの音じゃなかったな。何かぶつかったんじゃないか」

「あ。あそこに何かがいるよ」

自動車が停止していた地点の、すぐそばの生籬《いけがき》の根元に、うずくまっている黒い影が、わずかに動いた。手を地面について、頭をもたげた。

「はね飛ばされたんじゃないか」

ソバ屋がのれんをはじいて走り出した。そのあとに圭介はつづいた。

反対の方角には店がぼちぼちあるが、そちらの方は住宅街で、生籬や板塀がつづいていて、したがって光に乏しい。しかし、そこに頭をもたげたのは、犬や猫のたぐいでなく、人間であることは、その輪郭や色合いでも直ぐに判った。

それは生籬にとりすがって、ひょろひょろと立ち上がった。

「大丈夫かい。あんた」

ふらふらと立った男の右腕を、ソバ屋がかけ寄って抱き支え、はげますように声を高めた。

「しっかりせい。傷は浅いぞ」

「ええ。別段、傷はないようです」

男は大きな呼吸をしながら返事をした。

「このリュックのおかげでたすかったらしい」
二十七、八に見えるほそおもての若者で、リュックサックを背にかついでいる。リュックサックの背面が泥だらけになっているところを見ると、はね飛ばされたのか自分で飛びのいたのか知らないが、とにかく生籬の裾にあおむけに転倒したのらしい。
若者はやや演技的な動作で、大きくあえぎながら、繰り返した。

「ええ。もう、大丈夫、です」

「大丈夫かい、ほんとに」

ソバ屋はためしに支えた腕を離し、その若者を見守った。自動車が逃げた方向に顔を向けながら、若者はつぶやいた。

「ひどい自動車だなあ。あぶなく轢《ひ》かれるところだった」

「しまった。番号を見とくんだったな」

ソバ屋は膝をたたいてくやしがった。圭介に向かって、

「あんた、見ませんでしたかね?」

「え。番号?」

圭介はもそもそと唇を動かした。

「おれんちで汚れをおとしたがいいよ」

ソバ屋は若者のリュックサックに手をかけた。

「これ、おれが持ってやるよ」

若者は素直にリュックサックをソバ屋の手にゆだねた。

ソバ屋と若者の姿は、ふらふらと道路を横切り、ソバ屋ののれんのかげに消えた。

浅利圭介は棒杭のように立っていた。自分が割箸を持ったままであることに、その時彼は初めて気付いた。圭介はそれを投げ捨てるかわりに、そこにしゃがみこんで、生籬の下のやわらかい地面に、箸で３・１３１０７という数字を書きつけた。一か所でなく、三か所も四か所も。

昏《く》れかかった地面のその文字を、圭介はしゃがんだまま、しばらくにらみつけていた。

やがて立ち上がると、油断なくあたりを見回し、地面の文字を靴の裏でさんざんに踏みつけた。そして口の中で言ってみた。

「三・一三一〇七。三・一三一〇七」

若者はソバ屋の調理場で、あるじが貸してくれた濡れタオルで、手足や服の汚れをぬぐいとっていた。調理場では、釜から立ちのぼる湯気さえも、ウドン粉のにおいがした。

「あぶないところだったなあ」

善良なソバ屋のあるじは、まるで自分が若者の生命をたすけたかのような気分になって、詠嘆的に言った。

「気をつけなきゃ、いけないよ。若い身空で、片輪にでもなったら、一生台なしだからなあ」

若者はぼんやりした表情で、濡れタオルを折り返し折り返し、丹念に神経質に、汚れをぬぐっていた。

「ここらじゃあんまり事故はおきないんだがなあ。見通しはきくし――」

浅利圭介は割箸を投げ捨て、つかつかと道路を横切り、ふたたびソバ屋の前に立った。頭でのれんを分けて入った。さっき食べ残したソバはのびていた。圭介は奥に向かって声をかけた。

「モリひとつ」

汚れをぬぐい終えた若者が、仕切台をくぐって店に出て来た。圭介は若者の顔を見た。若者は言った。

「水を一杯ください。おれ、のどが乾いちゃった」

「おなかは空いてないのかい?」

圭介は探るような眼付きで若者を見ながら言った。

「おなかが空いているなら、僕と一緒に食べないか」

若者は返事をしなかった。黙ってまじまじと圭介を見返した。その若者の顔には、妙な特徴があった。これと同じような感じの顔を、どこかで見たことがある。そう思いながら、自分の記憶をかき探りながら、圭介も若者の顔を凝視していた。

「水だよ」

あるじの手が大きなコップを仕切台の上に乗せた。

若者は手を伸ばして、コップをとった。一口ふくんで、しばらく味わうように、首をかたむけた。圭介は卒然と思い当たった。

(そうだ。あの顔だ！)

それは水族館の水槽で、正面から見たある魚の顔に、どこか似かよっていたのだ。眼と眼の間隔が広くて、顔の両側についているような印象。それが若者の顔に、ある異様な雰囲気をただよわしている。

若者は一口目をやっとごくりと飲みこんだ。それから残りの水を咽喉ぼとけをつづけさまに上下させながら、一気に飲み乾した。コップを仕切台に戻した。

「夕食はもう済んだのかい？」

圭介は押しつけた声で、同じ意味の質問をふたたび繰り返した。

運ばれてきた大ザルソバの、そのてっぺんの幾筋かを、若者の箸がつまみ上げた。汁にひたした。

その一口目を、若者は味を確かめるように、しばらく口を動かしながら、首をかたむけていた。それはさっきの水の飲み方と同じやり方であった。

(妙な若造だな)

浅利圭介は頬杖をつき、横目でそれを眺めている。

一口目をのみこむと、残りのソバを若者は大変なスピードで、さらさらと平らげてしまった。タンと舌を鳴らした。圭介はたずねた。

「もう一つ取るかね?」

若者はうなずいた。よほどの空腹状態にあるらしかった。

スピードは相当に落ちたが、それでも若者は二つ目もきれいに平らげた。頬杖をついたまま、圭介はふたたび訊ねた。

「君は何という名前だね」

「陣内」

若者はそして首をかしげた。まるで自分の名前を憶い出そうと努力するかのように。

「陣内、陣太郎」

「へえ、変った名前だ。頭韻を踏んでいるよねえ。それ、本名かい?」

「本名?」

陣内陣太郎はまた首をかしげた。

すこし頭が変なんじゃないか、とそろそろ圭介は本気で考え始めていた。顔の感じだけじゃなく、この男の態度や動作の全部に、どことなく妙なところがある。やがて陣内陣太郎は気の抜けたような声で言った。

「本名。本名は、別にある」

「ねえ、さっきの自動車――」

圭介はすこし猫撫で声になった。

「あれから、どんな具合に、はね飛ばされたんだね？」

「おれにもよく判らないんですよ」

陣太郎は苦痛の色をありありと顔に浮かべた。

「横からどしんとリュックにぶつかって、おれはひっくり返ったらしい。あぶないと思ったから、おれはそのまま死んだふりをしてたんですよ。死んだふりをして、薄眼をあけていたんだ」

「死んだふり？」

圭介の声はますますやさしく、また誘導的になった。

「なぜ死んだふりをする必要があるんだね？」

「死んだふりをしなけりゃ、轢《ひ》くでしょう」

「なぜ轢くんだね？」

「それはおれにもよく判らない」

陣太郎はけろりとした顔で言った。

「おれが薄眼で様子をうかがっていると、向こうもこちらの様子をうかがっていた。おれがころがったのは、生籬の下でしょう。おれを轢くためには、どうしても自動車は生籬に突っ込まねばならない。だから自動車はためらっていたんですよ。どうすればいいかと思って、死んだふりをしながら、おれ、胸がどきどきしちゃった。つらかったなあ。あの五分間」

「五分間？」

仕切台からソバ屋がはちまきの頭を出して、大きな声を出した。

「五分間、そんな……」

「あんたは黙ってなよ」

圭介はソバ屋を手で制した。そして本式に陣太郎の方に向き直った。

「そのとたんに、どこか打たなかったかい。たとえば、頭とか――」

「頭？」

陣内陣太郎は自分の頭を撫で回した。

「いや、頭は打たないですよ。頭は身体の中でも、一等大切なところだから」

「頭のうしろにも、泥がくっついていたようですぜ」

ソバ屋が浅利圭介をかえり見て口をはさんだ。

「やはり打ちつけたんじゃないのかな」

「死んだふりの薄眼で――」

圭介はソバ屋の言葉を黙殺し、陣太郎を見据えるようにして言った。

「自動車のナンバーを見たかね？」

「見ないですよ。ヘッドライトがぎらぎらとまぶしくって」

陣太郎はのそのそと立ち上がり、店のすみのリュックサックまで歩いた。片方の肩にかついで、陣太郎は圭介を振り返った。

「ソバの代、おれが払うんですか？」

「いいんだよ。おれがおごるよ」

ソバ屋が言った。陣太郎の生命を救ってやったという錯覚に、ソバ屋はまだ落ちていて、それでそういう気前を見せたものらしかった。

「気をつけて行くんだよ。夜道はあぶないからな。行く先はどこだい？」

陣太郎はまた小首をかたむけた。離れ離れの双方の眼に、きらきらと妙な光が走った。

「行く先は、ない」

「それじゃあ困るじゃないか」

陣太郎は瞳を寄せるようにして黙って土間に佇立《ちょりつ》していた。圭介は腕組みをして、何かしきりに考えていた。ガラス戸をがたがたと引きあけて、出前持の少年が戻ってきた。ソバ屋がまた口を開いた。

「今まではどこにいたんだね？」

「イトコのところに居候になっていたんです。居候もいい加減いやになったから、今朝、飛び出した」

「そのイトコの家って、どこにある？」

「本郷」

ソバ屋はうたがわしげに質問を重ねた。

「名前は？」

「松平というんです」

電話のベルが鳴った。出前の少年がそれにとりついた。それで会話が中断した。その間ソバ屋の眼は、陣太郎の全身を計るように、ぐるぐると動いていた。

「どこにも行くあてがないんなら、おれんちで働かないか」

電話が終ると、ソバ屋がつくった声で陣太郎に話しかけた。

「うちも今、人手が足りないし、それにうちの前で轢かれかかったんだからな。袖すり合うも他生の縁ということわざもあるし、あんた、自転車に乗れるかね？」

圭介は腕を組み、むっつりした顔で、心の中ではわらっていた。このソバ屋は人使いが荒く、だから人の居付きがわるく、しょっちゅう使用人がかわっていることを知っていたからだ。ソバ屋がうながした。

「どうだね？」

陣太郎はやはり黙っていた。黙って店の中をぐるぐる見回していた。困っているようでもあり、迷っているようでもあり、怒っているようでもあった。

「行く先がなければ、僕んとこに来てもいいよ」

圭介が口を出した。陣太郎はぎょっとした顔になって、圭介を見た。

夜道には沈丁花《じんちょうげ》が匂った。夜気はねっとりと重苦しい。けつまずいてよろめいたりしながら、陣内陣太郎が言った。

「道が相当に悪いですな」

「うん。道が悪いんだ」

浅利圭介は応じた。

「ここらはどんどん家が建っている。一年前から見ると、見違えるようになった。その割には道は一向によくならない。周囲が畠であった頃から、全然変わっていないんだよ。区の怠慢だね」

「小父《おじ》さんは、ずいぶん前から、ここに住んでいるんですか」

「小父さんはよせ」

暗がりの中で、圭介は眉をひそめた。

「浅利さんと呼びなさい。僕がここに住みついたのは、あいつと結婚してからだから、昭和十六年かな。十六年の十二月八日だ。まったくイヤな日にあいつと結婚したもんだよ。その頃ここらは一面の畠で、丘などがあって、桃や桜がきれいだったな。家なんかほとんど見えなかった。それが今となると、こんなにうじゃうじゃと建っている」

圭介は両手で前途の闇をひっかき回すようにした。

「家の増加がある程度に達すると、必ずソバ屋ができる。さっきのソバ屋なんかがいい例だね。あれは一年前にできたんだ。あの店のソバは、あまり味が良くない。近所のソバ屋がうまいかまずいか、これは住宅の条件の中でも重要なものの一つだね。日当たりがいいとか悪いとか、それに次ぐほどの重大な条件だ。なにしろ一日に一度か、少くとも二日に一度くらいは、どうしても食べることになるからな。あのソバ、まずかっただろう」

陣太郎は返事をしなかった。大盛り二杯を平らげた関係上返事ができなかったらしい。

「ここらの家の殖え方に比例してあのソバ屋は大きくならない。早く店を拡げて人手をふやさなければ、他にもう一軒が店開きする余地ができる。だからあのおやじ、あせっているんだ。あせるあまりに人使いを荒くし、そして使用人に逃げられてしまう。君もあんなところに勤めなくてよかったよ」

「小父さんの家は——」

陣太郎はそう言いかけて、あわてて言い直した。

「浅利さんのお宅は、日当たりはいいのですか?」

「うん。全体的には日当たりがいい」

そして圭介は忌々しげに舌打ちをした。

「ただし、僕の部屋は、日当たりが悪い。だから、その点に難癖をつけて、六畳間を三千円に負けさせた」

暗がりの中で、陣太郎は腑におちぬ顔付きになった。

「浅利さんのご一家は、間借りなんですか？」

「ご一家じゃない。間借りしているのは、僕だけだ」

圭介の声音《こわね》はやや沈痛な響きを帯びた。

「先月から間代を払わせられることになったんだ。僕だって、せっぱつまっているんだよ。この世の人間は、みんなみんなせっぱつまっている」

闇の中から、また沈丁花がかおってきた。近頃出来の家は、軒下には沈丁花、仕切りにはバラのアーチ、とかくそんなのを植えたがるようだが、あれは何故だろう。圭介はつづけた。

「僕の家に、おばはんという女性がいる。それにはあまりさからわない方がいいよ」

## おばはん

あの昭和十六年十二月八日に、浅利圭介が嵐子《らんこ》と結婚式をあげたのは、偶然と言えば偶然であるが、ある意味では象徴的な偶然といってよかった。あの日は一見、国家的伸展の日に見えていながら、その実は大没落のきっかけの日であったのである。

その頃は、もちろんのことであるが、圭介も若かったし、ランコも若かった。ランコは数え年二十一であった。

仲人の説明によると、彼女の生れたのが大嵐の日で、だから両親が嵐子と名付けたのだという。誕生日の環境が、生まれた子の性格に作用を及ぼすものかどうか、圭介もよく知らなかったが、どうも最初からランコの性格には、嵐的なものがあったようだ。

たとえば結婚式が済んで、やっと二人だけになれた時、ランコは圭介の前にきちんと正坐して、はっきりした声で言った。

「わたしはあなたの妻として、一生献身して内助の功をつくします。そしてあなたに傳くなっていただきたいと思います」

切口上でそう宣言されて、圭介は一時オヤと思ったが、なに、両親からそう言えと言いつかって来たのだろう、と解釈して、あまり意にも止めなかった。むしろそういうことを言う新妻を、可憐だとすら感じたのだ。

ランコが自分の意志でもって、自発的にそう発言したことを、当時の圭介が知っていたならば、圭介は大あわてして、その結婚を解消したに違いない。何故ならば圭介は、自分が世間的に傳くなれるような人間でないことを、誰よりもよく知っていたからだ。

結婚して半年ほど経って、圭介に召集令状が来た。

圭介は大いに狼狽し、かつ落胆したが、ランコは泰然として、微塵の動揺も示さなかった。

「一生懸命お国のために尽くしてください」

そう言ってランコは圭介を送り出した。冷然というわけでなく、熱情をこめて彼女は送り出したのだ。つまり彼女の情熱は、別れを惜しんでヨヨと泣きすがるという形でなく、あくまで夫を立派なシコのミタテに仕立てたという形に結実したのである。

応召中、ずいぶん手紙のやりとりもあったが、どの手紙においても、ランコは立派な軍国の妻であった。それはなにもランコが軍国主義者であったわけでなく、当時の状況において、彼女は立派な妻であろうと努めたのであり、自分が立派な妻であることによって、夫を立派な夫に仕立てようと考えたのらしい。

入営後、圭介は強制的に幹部候補生の試験を受けさせられ、そしておっことされた。おっことされたと言うより、自発的におっこちたという方が正しい。将校になるよりは兵士のままでいた方が、たすかる可能性が多いらしいと、圭介の本能が判断したからである。

ところがそのことをランコに手紙で報告すると、ランコから怨みと嘆きに満ちた返事がきた。偉くなって欲しいとあたしが毎日念願していたにもかかわらず、あなたが将校になれないとは、腸が裂けんばかりにかなしい。そういった文面であった。

ランコが圭介に偉くなれというのは、理想的人間になれという意味と同時に、階級的にも偉くなれという意味もあることを、むしろ後者の方に力点が置かれているらしいことを、圭介は初めて気がついた。

浅利圭介は結局将校にはならず、あまり要領のよくない兵隊として、そして外地に連れて行かれた。将校になっていた方がトクか、兵士のままがトクだったか、これは圭介にも神様にも判らない。とにかく外地ではさんざん苦労をした。

やっと復員してきたのは、終戦の日から二年も後のことである。家も焼けただろうし、ランコなんかも死んだかも知れないと、半分覚悟して戻ってきたのに、家も健在であったし、ランコもちゃんと生きていた。もっとも家は密集地帯でなく、田園中の一軒屋みたいなものだったから、焼け残るのも当然であった。

圭介の帰還を知って、ランコは泣いて喜んだ。ランコの涙を見たのは、圭介の生涯中これがただ一度である。よほど嬉しかったのであろう。

生きていても、女手の一人暮らしだから、生活的にも困窮しているだろう。その圭介の予想も完全に裏切られた。戦後の混乱の中で、ランコは実に逞しく生きていた。どういう風に生きていたかというと、家の近くの百姓にわたりをつけ、その農作物を動かし、そのサヤで生活をしていたのだ。つまりカツギ屋である。

「あたしはなかなかすばしっこいから、巡査なんかにつかまらないんだよ」

ランコは圭介にそう自慢をした。そして復員祝いにお赤飯をたき、その他いろんなご馳走をこしらえた。当時としては、お赤飯などというものは、夢の中のご馳走にひとしかった。

復員当座しばらく、圭介はランコの稼ぎによりかかって徒食をしていた。外地でいためつけられた健康を、回復させるためでもあった。怠け者の圭介にとっては、こんな幸福な時期はめったになかった。

すばしこく法網をくぐるのを自慢したように、ランコはすでに軍国の妻ではなかった。敗戦と同時にいちはやく頭を切りかえて、混乱に生きる決意をしたらしい。決意というより、そういう転身がランコの本体だったのかも知れなかった。

「早く身体をなおして、偉い人になってちょうだいね」

頭の切りかえは完了したが、亭主を偉いやつに仕立てようという考えは、これはすこしも変わっていなかった。そう言われると、どう返事していいのか判らなくて、圭介は口をもごもごさせてしまう。

健康も回復してきたし、いつまでも徒食するのも心苦しいので、ある日の朝飯の後、圭介はランコに申し出た。

「すっかり丈夫になったし、そろそろ仕事を始めたいと思う」

ランコは頼もしげに亭主を見た。

「いろいろ考えた結果、お前のやっている仕事な、あれを僕もやろうと思う」

「カツギ屋？」

ランコは驚きの声を立てた。

「カツギ屋はだめですよ。絶対にだめ！」

「なぜだね。お前もやってるじゃないか」

「カツギ屋はだめよ。第一あなたの性に向かない」

そしてランコは声を高くした。

「それに、カツギ屋というのは、軍隊で言うと、一兵卒よ。そんな一兵卒にあなたをしたくない。どうせ物を動かすなら、将軍級の大ブローカーになったらどう？　とてもあなたにはできない相談でしょう」

自分をカツギ屋という一兵卒の身分におとしめてまで、亭主を偉くさせようというランコの申し出は、浅利圭介を感動もさせたが、同時に重い負担をも彼の胸にうえつけた。重い負担というより、絶望的な負担といった方がよかった。

「あなたはれっきとした学校出だから、やはり力仕事よりも、頭の方の仕事をするのが本筋なのよ。そんな仕事を探したらどう？」

「今、頭の仕事の方は、給料が安いそうだよ」

「安くてもいい。初めは誰だって安いわよ。そこからだんだん上がって、偉くなるんだから」

実際その頃は職は多かった。新聞にも求人広告はいくらでも出ていた。ただ進行するインフレに給料が追っつかないだけの話であって、それさえ我慢すれば、職はいくらでもあったのだ。

そこで圭介は伝手《つて》を求めたり、求人広告に応じたりして、あれこれの職についたが、どういうわけか圭介が職につくと、間もなくその勤め先がつぶれてしまうのである。

戦後の各事業の浮沈のはげしさがその原因であって、決して自分のせいではないと圭介は信じていたが、それでも彼の場合ははげし過ぎた。

長くて一年、短いのになると、入社して一か月目に解散ということもあって、ろくろく席のあたたまる余裕がないのである。

どれもこれも短期間であるから、とても偉くなる余裕がない。

ランコは相変わらず圭介に対して、献身的であり愛情深かったが、勤め先がつぶれたという報告を聞くと、おそろしくにがい顔になった。

「またつぶれたの。困るわねえ。また新規まきなおしじゃないの」

「そうなんだよ。僕も困っているんだ」

「どうしてそんなにつぶれるんでしょう。いつまで経っても、長《ちよう》にはなれないじゃないの」

ランコは嘆声を発した。圭介は面目なげにうつむく他はない。そういえば、圭介はまだ一度も、長のつく役目についたことがない。軍隊においても、ついに上等兵どまりで、兵長にはなれなかった。

「あなたという人間の中に、何かしら会社をつぶすような要素があるんじゃない？」

あまりにも勤め先がつぶれるものだから、とうとうランコはこういう物騒なことを言い出し

い」

「あたしだって、そんなことを思いたくないんだけれど、あんたにそんな気《け》があるんじゃな
てきた。

「じょ、じょうだんじゃないよ。そんなことがあってたまるものか」

圭介は顔色をかえて抗弁した。顔色をかえたのは、ひょっとすると自分にその気があるんじゃないかと、近頃自分でも疑い始めていたからだ。

「運が悪いんだよ。運が悪いだけなんだ。そうそう悪運ばかりがつづくわけがないから、もうそろそろ僕にも運が開けてくるよ」

「そうかしら。早く運が開けなきゃ、困るわねえ。だってあなたは、もう三十六でしょ。もうどうにかならなきゃ、そのままヒネショウガみたいになっちまうわよ」

圭介は返す言葉もない。

それで奮起したというわけでもなかったが、圭介は軍隊時代の仲間と組んで、小さな商事会社をつくり、これはかなり成功した。

この商事会社は割にうまく行ったのだが、なにぶんにも小規模のものだったので、ちょっとした手違いで、創立三年目にしてつぶれた。

こじんまりやるということは、近代資本主義社会では手固いように見えて、やはり大海にボ

ートを浮かべたようなもので、あおりが来ると直ぐにひっくりかえってしまうのだ。

しかしこの三年間は、圭介夫妻にとって割に安泰な時期で、ランコも嵐のごとき性格を露出することもなく、身体も肥ってきた。

結婚したてのころは、きりっとした細おもての美女だったのに、だんだん肥り出して、どっしりとした大年増になってきた。

精神の安泰がこれをもたらしたのか、中年の生理のゆえなのか、食糧事情好転のせいなのか、よく判らないが、とにかくランコは肥りに肥った。着物を着てきちんと坐ると、膝の厚みが一尺ほどにもなった。

圭介の方は別段肥りも痩せもせず、三十九回の誕生日をむかえた。

会社がつぶれたのは、それから八か月後、歳の瀬も押しつまってからである。

圭介も大狼狽したが、ランコの驚愕と憤怒はまた格別のものであった。長男も小学校に入学したし、あとはたんたんたる人生航路を予想していたのに、その夢が一挙に破れ去って、ランコはいささか逆上した。

「どうするんですよ。あなたは！」

厚み一尺の膝を詰めよって、ランコは圭介を責め立てた。

「圭一ももう学校だし、今からしっかりしなくちゃいけないのに、今さら失業とは何ですか！」

「僕が悪いんじゃないんだよ」

圭介は必死に抗弁した。

「つまり、社会の機構が、悪いんだ」

「お黙りなさい。あなたが悪い」

ランコは力まかせに畳をたたいた。

「社会の機構にうまく合う人が立派な人で、合わないのは当人の心がけが悪いんです。つまり、あなたは、不合格品よ」

「不合格品かどうか、まだ判らないよ。今からも一度……」

「もう一度も何も……」

とランコはまた畳をなぐりつけた。

「あなたは今いくつだと思っているんです。三十九じゃないの。もう何か月かすると、四十男になるんじゃないの。四十面をぶら下げて、失業中でございなんて、恥かしいと思わないの。いったいあなたは、どういう気持なの？」

「僕はほんとに、疲れたんだ」

思わず圭介は本音をはいた。

「疲れた？　いったい何に疲れたんです？」

「つまりさ、偉くなることに疲れたんだ」

「まあ呆れた。いっこうに偉くなってないじゃないの？」

「だからさ、偉くなろうと努力することに疲れたと言っているんだ」

圭介は半分やけっぱちになって、怒鳴り返した。

「疲れた。ああ、おれは疲れた。当分のんびりとして、魚釣りでもして暮すんだ。おれにはおれの自由がある！」

ランコもさらに言いつのろうとしたが、何を思ったか、ふいに口をつぐんだ。両手を膝の上にきちんと乗せ、きらきらと青く光る眼でじっと圭介の顔を見据えた。

「あなた。今のあなたの言葉は本心ですか？」

「本心だ」圭介はふてくされた。

「どうせ僕は不合格品さ。規格外のニセモノだよう」

その翌日からのランコの日常は、よそ目にはほとんど変化がないと言ってよかった。ちゃんと家事もやるし、圭介が話しかければふつうに応待するし、家庭内で変ったことと言えば、圭介が毎朝きちんと出勤しないということだけであった。

しかし、そのランコの態度の大根《おおね》のところでは、あきらかに変化のきざしがあった。

つまり、圭介の将来に望みを絶ったこと、圭介をエラブツに仕立てようとの努力を打切ったこと、亭主が人生の不合格品たることを確認したことなどによって、彼女の内部のものは大元のところで変化しつつあった。

長年連れそった女房のことだから、亭主の圭介にはそのくらいのことは感知できる。亭主として一応立ててくれてはいるが、根本のところでケイベツされているということは、あまり愉快な気持ではない。

こちらから規格外のニセモノだと宣言したものの、その言葉を額面通り受け取られては、亭主として立つ瀬はないではないか。

では、どうしたらいいか?

女房のその態度に発奮して、新しい仕事を求め、早くエラブツになること。これはあまりにも美談めいて、圭介の性に合わぬ。それにその可能性があるかどうか。

では、不合格品であることを自分でも確認して、のらりくらりと生きるか。それはちょっと淋し過ぎるし、そんなことをしていると、親子三人の口が乾上がる。

あのいさかいがあって以来、長男圭一に対するしつけと言おうか教育と言おうか、そのことにランコは急に熱心になったことを、圭介は知った。

(おれがもうダメだもんだから、今度は圭一をエラブツに仕立てようとしてるんだな)

ひがむわけではないけれど、露骨にその気配を見せられては、圭介も面白くない。

面白くないから、宣言通り魚釣りに出かけても見たが、魚釣りというやつも退屈で、あまり面白くないものだ。

失業以来、圭介の気分は急速に頽廃しつつあった。

失業一か月目の夕食の時、ランコはやおら坐り直して圭介に切口上で宣言した。

「あたしはね、いろいろ考えたあげく、空いている部屋を、他人《ひと》に貸したいと思います」

圭介は黙っていた。失業して、うちに金を入れてないのだから、異議をとなえるわけにはいかないのである。

「ですから、あなたの書斎をあけ渡していただきたいのよ。あなたはあの納戸にうつってください」

「お前は？」圭介は訊ねた。「お前たちは？」

「あたしと圭一は、茶の間です」

いろいろ考えて置いたらしく、ランコはてきぱきと答えた。

「あなたが納戸に引っ込んで下されば、部屋が三つあきます。三部屋を貸せば、どうにか食って行けるわ。もうあたしも、カツギ屋をやる体力もないし、またカツギ屋の時代でもなくなったし」

「するとお前は、下宿屋のおばさんになるのか？」

「なりますとも」

おばさん、という言葉がぐっと胸に来たらしく、ランコはちょっと声を険しくした。

「だってこの家は、あたしの家なんですからね。何をやろうと、誰の指図も受けません！」

ランコのその言葉に、浅利圭介は少なからずむっとした。なぜならばこの家は、もともと圭介のものだったからだ。

「へえ。これ、お前の家かねえ」

「そうですよ。ちゃんとあたしの名儀になってるじゃないの！」

そう言われれば、言い返すすべもない。

召集令状が来た時、圭介は残さるる新妻のあわれさを思いやり、かつまた万一の事態をも考えて、大急ぎでランコの名儀に直しておいたのだ。そのたたりが、十数年経った今になってあらわれようとは、神ならぬ身の知る由もなかった。

ランコは三度《みたび》畳をたたいて言いつのった。

「そうよ。ここはあたしの家よ。あたしがこの家の主人よ」

「すると、僕はこの家の主人ではないと言うのか？」

「もちろんよ。あくまで主人の座に執着するなら、その前に主人としての働きを見せてちょうだい！」

長年連れそった夫婦でも、ちょっとした言葉の行き違いで、むきになって意地を張り合うことがある。主人としての働きを云々されたのだから、この圭介の場合はことに深刻であった。ここは亭主としてもっとも痛いところなのだ。圭介は内心悲憤の涙にむせびながら、押しつぶされた声を出した。

「よろしい。この家の主人の座は、お前にあけ渡そう。仕方がない」

「あたり前よ。あけ渡すんだったら、ついでに、お前という呼び方もやめてもらいましょうか」

女というものは大変やさしく、且つかしこい生きものであるが、男にくらべると、惜しいかな、興奮時における抑制というか節度というか、その点においてやや欠くるところがある。この場合のランコもそのうらみがあった。圭介の胸はふたたび悲憤の情にはり裂けた。しかし彼は忍耐した。

「よろしい。主人の座は、お前さんにあけ渡す！」

「お前さん？」

ランコは眉をつり上げた。

「それが主人に対する言葉ですか」

圭介はちょっと沈黙した。そしてしぼり出すような声を出した。

「とにかく、僕は、主人の座をあけ渡す。あけ渡しゃいいんだろ」

圭介はすっくと立ち上がり、畳を蹴立てて外に出た。パチンコ屋に直行し、三時間にわたって一心不乱に玉を弾いた。あれほど献身的であった妻から、この度こんな仕打ちを受ければ、圭介ならずともパチンコを弾いたり酒を飲みたくなるにきまっている。

三つの部屋から家具が撤去され、きれいに掃除され、貸間札が貼られ、一か月も経たずして、三人の他人が入居してきた。

圭介が押し込められた納戸というのは、北向きの日当たりの悪い六畳だが、三つの部屋の家具をここに運び込んだので、実質的には四畳ぐらいにしか使用できない。

主人の座から降りて、臣下ともつかず浪人ともつかぬ、まことに中途はんぱな位置に立って、圭介はこの部屋に起居することとなった。

一方ランコは一家の主人として、また止宿人にとってはやさしいおばさんとして、ますます貫録が具わってきたようである。

一家のあるじの位置に立ったランコを、いかに呼ぶべきや、圭介もいささか困惑した。お前からお前さんまで譲歩したのに、ランコは聞き入れてくれない。お前さんでいけなければ、あとはあなたかあんただが、そこまでの後退は圭介の自尊心が許さなかった。それにここを後退すれば、サイパン失陥の日本軍のように、総くずれになるおそれがあった。

しかし、そこはよくしたもので、日本語というやつはたいへん便利にできていて、主語を抜きにして会話ができるのである。お前とか、あなたとか、そんな言葉を使わないでも、ちゃんと会話ができ、意味が通じるようにできているのだ。

その日本語の柔軟性によりかかって、圭介はほぼとどこおりなく、ランコとの会話に成功していた。

あんなに激突したんだから、その翌日からにらみ合いの冷戦になる筈だと、あるいは独身の読者は思うかも知れないが、夫婦というものはそんなものでない。そんなにかんたんに割り切れたものでなく、もっと複雑にして微妙なものなのだ。

ところがある日、圭介はどうしてもランコを呼ばねばならぬ事態におちいってしまった。上厠《じょうし》して用を果たし、ふと気がつくと紙がそなえてなかったのである。

午前の十時頃で、止宿人たちはいないし、圭一は学校に行っているし、いるのはランコだけであった。

紙を使用しないままの状態で出てやろうかと、よほどのこと考えたが、さすがに圭介の衛生思想がそれを許さなかった。

圭介の頭の中を、さまざまの呼称の言葉がかけめぐった。お前さんでは叱られるし、あなたとは舌を抜かれても言う気持になれなかった。

ついに圭介は、止宿人たちが呼んでいるところの、おばさん、という言葉を思いついた。それにならって、おばさん、と声を出そうとしたが、やはり何か心にひっかかるものがあった。といって、何とか言わないわけにはいかない。圭介はせっぱつまった。せっぱつまったまま、おばさん、という言葉に若干のデフォルメを加えて、声を張り上げた。

「おばはーん」

「おばはーん。紙持ってきてくれえ」

言うまでもなく、圭介はランコを侮辱するつもりではなかった。せっぱつまったせいもあり、また親しみをこめたつもりでもあったのだ。

廊下を踏みならして、ランコは一束の紙を持ってきた。

その眼は怒りに燃えていた。

圭介はその時の眼を見なかったから、ランコの怒りには気付かなかった。

そしてランコはその怒りを、その場でぶちまけることはしなかった。

三日か四日間、ランコは内心あれこれと考えめぐらすところがあったらしいが、それを表情や態度に出すことは全然しなかった。だから圭介は何も気付かないでいた。相変わらず主語抜きの会話をランコと交していた。おばはんという言葉を一度は使って見たが、それは緊急の場合だったからで、面と向かってはやはり使いにくかった。

四日目の夕方、圭介が納戸にひっくり返って夕刊を読んでいると、唐紙ががらりとひらかれて、ランコがぬっと入ってきた。圭介の枕もとにきちんと坐った。

「あんたはこの間、あたしのことを、おばはんと呼んだわね」

その声を聞いて、圭介は反射的に、むっくりと起き直った。以前ならば女房の声ごときで起き上がったりしないのだが、失職以来、とかく気が弱くなって、水鳥の羽音にすら驚かされるような心境になっているのである。

「言ったじゃないのさ。トイレの中で」

「言ったよ」

「どういうわけでそんな呼び方をするの？」

ランコは厚い膝で詰め寄った。圭介もきちんと膝をそろえたままあとしざりした。

「こともあろうに、おばはん、とはなんですか。いったいあんたは、どういう心算なの？」

お前呼ばわりを禁止して以来、ランコは圭介の呼称をあなたからあんたに格下げをしていた。これは意識的なものでなく、圭介の人物評価が低下したために、自然と格下げになったもののようだ。

「うん。だって、お前とか、お前さんとか言うと、怒るじゃないか」

「誰が怒るの？」

「そ、そこに坐っている人が、さ」

圭介はランコの顔をまっすぐに指差した。せっぱつまった圭介のその動作を、ランコはまたしても揶揄《やゆ》ととったらしかった。ランコの眉はびくびくと上下した。

「それがおばはん呼ばわりする根拠に、どうしてなるの？」

ランコの眼がきらきらと光った。

「あたし、くやしい！」

「だって――」

圭介はなだめるような、まごまかすような声を出した。

「間借人たちも、おばさん、と呼んでるじゃないか。おばさんとおばはんは、一字違いだけだから、そんなにくやしがることはないと思うがなあ」

「じゃ、あんたは間借人なみというわけなの？」

「うん、呼び方においてはね。つまり僕はわざとやっているんじゃなく、自然と遠慮しているんだよ」

「そう。判ったわ。判りました」

ランコは急に開き直って、よそよそしい切口上になった。

「遠慮して間借人なみになったのね。では、今月から、ここの間代を払っていただきましょう」

「え？」

圭介は仰天した。

「ぼ、ぼくから、部屋代を取ろうというのか。この僕から？」

「そうですよ。ここはあたしの家なんですからね。おばはん呼ばわりをするような人間を、タダで住まわせるわけには行きません」

「そんなムチャな」

圭介は嘆息した。

「僕は失業してるんだよ。失業中のあわれな亭主に向かって――」

「失業保険があるはずじゃないの！」

ランコは畳をどしんとたたいた。

「失業以来、どうするかと黙って見ていると、知らんふりして、うちに一文も入れないじゃないの。いったいあんたは、失業保険をうちに入れないで、何に使ってるの？」

「そ、それは」

虚をつかれて、圭介は絶句した。ランコはたたみかけた。

「言えないのね。よろしい。あんたは妻子が餓えても、平気なのね。あたしはあんたから、部屋代だけでなく、飯を食うんだったら食費も払っていただくことにします。判ったわね」

失業保険を家に入れなかったのは、それは確かに圭介が悪かった。しかし圭介はそれを遊興なんかに消費したわけではない。万一の場合にそなえて個人的に蓄積、つまりへそくっていたのである。

人間も四十ぐらいになると、青年時代と違って、すこしは用心深くなる。行き当たりばったりのことはできなくなるものだ。

それに現実にランコが止宿人を入れているし、保険金は自分で蓄積しておいた方がいいと判断したのだ。

おそらくランコは失念しているのだろうと、半分は安心、半分はたかをくくっていたのに、突然そこをつかれて、圭介は大狼狽した。大狼狽をしたあげくに、ランコに一挙に押し切られた。

「じゃあどうしても、おばはんは——」

圭介は居直った。やけっぱちになって、禁句を使用した。

「おばはんは僕から、部屋代を取ると言うんだね」

「取りますとも」

ランコは勝ち誇ったように、部屋中をぐるぐる見回した。

「六畳だから、四千八百円。三百円お引きして、四千五百円にしとくわ」

「そりゃ高い。いくらなんでも高過ぎる。暴利というもんだよ」

圭介も真剣になった。実際火の粉が身にふりかかっているのだから、真剣にならざるを得ないのである。

「他の部屋とちがって、ここは日当たりも悪いし、寒いじゃないか。それを他の部屋なみに、一畳八百円だなんて——」

「じゃ、四千円にまで負けて上げるわ。しかし、日当たり日当たりというけれど、あんたはもう三十九でしょ。日に当たったって、もう育ちはしないわよ」

「それにこの部屋」

圭介は両手をつかって、ぐるぐると指差した。

「あの三つの部屋から、こんなに家具や道具を運び込んで、見なさい、六畳の中二畳はそれに使われているじゃないか、僕が使ってるのは、わずかに四畳だよ」

「何を言ってんですか。その家具や道具は、まるで他人のものみたいな言い方ね。じゃ、よござんす。家具類はこちらで引取りましょう。引取ってたたき売ることにしましょう」

「おいおい。それは待ってくれ」

圭介の声はにわかに哀願的になった。

「そんなにつんけんしなくってもいいじゃないか。そりゃ僕の家具類だけれど、しかし、現実に使用……」

「いつあたしがつんけんしました？」

「いやつんけんじゃなくて、こちらの弱味につけこんで、巧妙にたたみかけてくる。おばはんのやり方はまるでアメリカ的だ。すこし侵略的に過ぎるぞ」

「おや、いつ侵略しました？」

「したじゃないか！　沖縄は返さないし、富士山は取り上げるし、砂川町や妙義山……」

「アメリカのことじゃありません！」

ランコはまた畳を引っぱたいた。

「あたしのことよ。あたしがいつ侵略したかというのよ。教えて上げますけれどね、あたしのやり方は、侵略的というんじゃなくて、論理的というんですよ。アメリカなんかと一緒くたにされてたまるもんですか！」

「じゃあ、アメリカは取消そう。でもね、おばはん、この部屋は日当たりが悪いだけでなく、畳もぼろぼろだし、鼠もうろちょろ出没するんだよ」

そういう論争を一時間もつづけたあげく、結局、六畳の間代は、月三千円ということでケリがついた。四千五百円を三千円に値切ったのだから、浅利圭介としては異常な奮闘ぶりであり、成功であったと言えるだろう。

話がついてランコが立ち去ったあと、圭介はふたたび畳にひっくり返り、千五百円の値切りを考えてにやりと笑ったが、次の瞬間、笑いは頰に氷りつき、にがいものが胸をつき上げてきた。

よくよく考えて見ると、これは千五百円などの問題ではないのである。

この間まで一家の主人の地位にいたのに、その主人の座を追われた。それだけならまだ復辟《ふくへき》の可能性もあったが、この度は一介の間借人の位置までに転落してしまったのだ。一等国が四等国に転落したのより、もっともっとひどい。

「あいつはもう俺を愛していないのかな？」

苦虫をかみつぶした顔になってむっくり起き上がり、圭介はつぶやいた。

「あいつは俺に、偉くなれ偉くなれと強要するが、そんなムリな話はないぞ。俺たちみたいに偉くなれないのがいるからこそ、偉いやつが偉いやつになれるんだ。皆が皆偉くなれば、もうそこに偉いということはあり得ないのだ」

圭介は眼を据えて、自分の行く末のことを、じっと考えて見た。行く先はあんたんとしていた。圭介はつぶやいた。

「もう四十になる」

人生は四十から、という言葉があるが、これは薬の広告かなにかで、実際の人生にはあまり適用しにくい。四十までに足場をかためたものにとっては、その言葉も当たっていようが、圭介みたいに四十で失業状態では、お話にならないのである。人から使われるにはヒネ過ぎているし、といって第一歩から始めるには、心身が硬化している。まだしも一家の主人であれば、どうにか形がつくのだが、間借人ではどうにもならない。

「どうしたらいいか。どうしたらいいのだろう?」

失業保険もあと二か月で打ち切られるのだ。四十にして大いに惑わざるを得ないではないか。

圭介はごそごそと立ち上がり、押入れから毛布をひっぱり出して、また畳にひっくり返った。毛布を頭からひっかぶった。ほこりくさいにおいと共に、圭介の眼界にチカチカと暗い火花みたいなものが飛び散った。

「よし。どんなことがあっても、俺は偉くなってやらないぞ!」

毛布をひっかぶり、まるで石みたいに身体を硬くして、圭介は力んでいた。

「ランコが何と言おうと、俺は偉くなってやらないぞ！」

「あくまで態度をかえなければ、俺も一生ランコのことを、おばはん呼ばわりしてやるぞ！」

「偉くならないでも、俺は生きて行けるぞ！」

「どうせ世に入れられぬなら、入れられぬ者としての自己表現が、この世のどこかにあるわけだぞ！」

「逆手やハメ手を使っても、俺は生きて行ってやるぞ！」

「あとで後悔するな！」

後悔をする者はいったい誰なのか、それもよく見当がつかないまま、浅利圭介は毛布の中で力みに力んでいた。

## おっさん

玄関の扉をがたごとと引きあけた。浅利圭介は陣内陣太郎に低い声で言った。

「暗いから、足もとに気をつけるんだよ」

上がり框《かまち》も古ぼけているから、ぎいときしんだ。圭介は奥に声をかけた。

「ただいま」

「どなた？」

茶の間からランコの声がした。その声につづいて、長男の圭一の声で、

「おっさんらしいよ」

圭介は眉をひそめ、情なさそうに顔をくしゃくしゃにした。陣太郎はごそごそと靴を脱ぎ終えた。圭介は言った。

「僕だよ。おばはん」

ランコの声がこだまのように戻ってきた。

「ああ、おっさんか。お帰りなさい」

圭介のおばはんに対抗して、ランコがおっさん呼ばわりを始めたのは、もう半月ほど前になる。こちらもおばはん呼ばわりをしている関係上、圭介はそれに難癖をつけるわけにはいかなかった。ただおっさんと呼ばれて見ると、急に自分が爺むさくなったような気がして、情なかった。

しかし、ランコもおばはんと呼ばれて、とたんに婆むさく情なかっただろうと、想像してやる力は圭介に欠けていた。怠け者のくせに、彼の想像力は案外に貧弱だったのだ。

ただ困るのは、圭一までが近頃母親の口真似をして、圭介のことをおっさん呼ばわりをし始めたことだ。間借人に転落して覚悟はきまっているつもりなのに、子供のそれは圭介にひどくこたえるのである。

「こちらだよ」

圭介はうすぐらい廊下を先に立ち、顔をしかめたまま、納戸の方にすたすたと歩いた。陣太郎はリュックサックを引きずり、そのあとにつづいた。

初めての家だから、ふつうならば尻ごみしたり、おどおどしたりするものなのに、陣太郎の態度は悠々迫らず、まるで自分の家に戻ってきたような歩き方であった。

茶の間の障子がすこしひらかれ、そこから圭一の幼ない顔が廊下をのぞいた。

「おっさん、誰かお客さんを、連れてきたヨ」

圭介につづいて、陣太郎も納戸に足を踏み入れ、リュックサックをどしんと畳に置いた。ぐるぐると見回した。

「ほこりっぽい部屋だろう」

圭介は先手を取って言った。陣太郎がそのような顔をしていたからだ。

「僕は生来、あまり掃除というやつが、好きでないんだ。軍隊でも苦労したよ。君は兵隊には行ったかね」

「兵隊？」

陣太郎はそう問い返しながら、畳に腰をおろそうとしたが、思い直したように腰を浮かせ、リュックサックに腰掛けた。床几にうち掛けた武将のように、足をゆったりとひろげ、胸をそらして、

「おれ、海兵にいたんですよ」

「カイヘイ?」

「ええ。江田島の海軍兵学校です」

圭介は陣太郎の顔を見た。陣太郎は魚のように無表情である。圭介は畳に腰をおろした。何かに腰かけたかったが、あいにく手頃のものがなかったのだ。陣太郎はつづけた。

「在学中に、気に食わぬことがあってね、田淵という教官をぶんなぐってやったんですよ。それが問題になって、とうとう江田島を追い出されたね。ははは」


「本当かい、それ」

浅利圭介は探るような眼付きで、陣内陣太郎を見上げた。陣太郎はリュックサックに腰かけているし、圭介は畳にあぐらをかいているので、どうしても見上げるという恰好になる。見上げられても、陣太郎は悠然としていた。

「それからどうしたね?」

「追い出されたから、仕方なく東京に舞い戻って、学校に入り直しましたよ」

「どこの学校?」

「東大」

陣太郎はすらすらと発音した。

「フランス文学科に入ったんだけどね、途中で止めちゃった。敗戦でうちも斜陽族になったし、それに仏文の内部でもいろいろ勢力争いがありまして、何かというと、このおれを利用しようとしやがってねえ、いや気がさしてとうとう飛び出しちゃったんですよ」

「よく飛び出したり、追ん出されたりするんだな」

何かを計るように圭介は陣太郎を眺めながら、煙草を一本吸いつけた。陣太郎はためらうことなく、掌をさし出した。

「おれにも一本ください」

箱ぐるみさし出しながら圭介は言った。

「さっき、教官をぶんなぐったということだったが……」

「ああ、あれ、イヤな男だったなあ。生意気でおしゃれで、それに意地悪でねえ、生徒たちから手荒く嫌われてたんですよ。棒倒しという競技があるんですよ。江田島の棒倒し。ご存じですか?」

「棒倒しなんか知らないが――」

圭介は陣太郎の饒舌を封じた。

「かりにも教官をぶんなぐって、それで退校だけで済むかね。海軍のことはよく知らんけれども、やはり、軍法会議とかなんとか――」

「いや」

陣太郎は両手をにゅっと突出して、圭介の発言を封じた。声の調子を一段と落として、

「これには深い事情がありましてねえ」

そしてそのまま陣太郎は突然口を閉じた。沈黙が来た。

やがて圭介はのそのそと立ち上がり、部屋の隅の書棚から、一冊のスクラップブックを引き出した。元の場所に戻ってきた。

「僕は、君に、同情している」

スクラップブックをぱらぱらとめくりながら、圭介は重々しく口を開いた。

「僕の考えでは、あれはそのまま放っておく手はないと思う」

「おれも、そう思っているんです」

「放っておくから、ますますあいつらは増長するんだ。僕はまったく義憤を感じるよ」

圭介はやや興奮して、拡げたスクラップブックの一頁をぽんと叩いた。

「だから運輸省でも、近頃こういう公示を出した。読んで見るよ。自動車をお持ちの方へ、運輸省――」

「なんだ、自動車のことか」

陣太郎は意外そうに呟いた。圭介はつづけた。

「ええ。自動車損害賠償保障法は、二月から全面的に実施されているので、この法律に定める自動車損害賠償責任保険に加入した上保険証明書を備えつけなければ、自動車を運行の用に供

することができません。ええ、下手っくそな文章だな。全く役人という奴は、頭が悪いよ。ええと、これに違反すると、三か月以下の懲役又は三万円以下の罰金――」

浅利圭介はスクラップブックを読むのをやめて、じろりと陣内陣太郎を見た。

「君。そのリュックからおりて、畳に坐らないか。上から見おろされていては、どうにも具合が悪い」

陣太郎は腰を浮かし、指で畳のざらざらを確かめ、そしてぎこちなくあぐらをかいた。

「そんなに気味悪そうに坐らなくてもいいじゃないか」

圭介はちょっと気を悪くしてたしなめた。視線をスクラップに戻して、

「ええと、次は、自動車事故による被害を受けた方へ、だ」

どこを見ているか判らないような眼付きで、陣太郎は神妙にあぐらをかいている。

「自動車事故により被害（人身）を受けた方は、その自動車が加入している損害保険会社にも、損害賠償額の支払請求ができます。ひき逃げされた方も損害保険会社に請求して、政府の保障金を受けられます」

「轢《ひ》き逃げ？」

陣太郎が反問した。

「轢き逃げされたというのは、おれのことですか？」

廊下から幼い足音が、歌とともに近づいてくる。お手手つないで、の節《ふし》で、

おててんぷら　つないでこちゃん
のみちを　行くおっさん
みんな　かわゆくない
のんきなおっさん　毛が三本

「まだ小学一年だというのに、ろくな歌はうたわない。まったく将来が思いやられる」

圭介おっさんは頭をかかえてぼやいた。陣太郎がそれをとりなした。

「独創的で、なかなか面白い歌じゃないですか」

障子が外からひらかれて、長男の圭一が顔を出した。

「お母ちゃんがね、今月分の部屋代をちょうだいってさ」

「ああ、判ったよ」

圭介は情ない声を出した。

「ここに入って坐りなさい。ほら、子供のくせに、またあぐらをかく。きちんと坐るんだ」

圭介は内ポケットから、今日貰った失業保険の袋を引っぱり出した。紙幣を指で数えながら、

「圭一、お前は今変な歌をうたっていたな。ああいう歌をうたってはいけないよ。とても偉く

なれないよ」

「僕、偉くならなくてもいいんだ」

圭介はぎょっとしたように圭一を見た。それからもごもごと、

「うん。偉くならなくてもいい。いいがだ、そんな歌をうたうのはよろしくない。それから、お前は近頃、お父さんのことを……」

「紙ならありますよ」

圭介が千円紙幣三枚をつまんで、視線をうろうろさせているので、陣太郎が気をきかせて声をかけた。手早くリュックサックの口をひらいて、紙を一枚引っぱり出した。

「原稿用紙だね。ふん」

ふん、と圭介がつけ加えたのは、その原稿用紙の隅に、『陣内陣太郎用箋』と小さく印刷してあったからである。圭介はそれに紙幣を乗せ、器用に折り畳んだ。

「これ、持って行きなさい」

圭介は父親の威厳を見せて発音した。

「のんきなおっさん毛が三本、なんて歌は、本当によすんだよ。判ったね」

「轢き逃げじゃない」

圭一の足音が廊下に消え去るのを待って、圭介は陣内陣太郎の方に向き直った。

「しかし君は、あの自動車のために、地面にひっくり返ったのだ。あの自動車がなければ、ひっくり返るということは、なかったわけだな。そして自動車は、そのまま逃げた。あの自動車が五分間ばかり君をにらんでいた、と君は言ってたようだが、それは君の記憶違いだよ。ほんの一瞬の間で、自動車は逃げたのだ。この僕が見たんだから、間違いはない」

はてな、という顔付きになって、陣太郎は小首をかしげた。

「じゃあ、おれに、損害保険会社に行け、と言うんですか?」

いぶかしげな表情のまま、陣太郎は自分の後頭部をとんとんと叩いた。

「でも、服とリュックが汚れたくらいで、損害保償をしてくれるかなあ?」

「そ、そこなんだよ。君」

圭介の声は急にやさしく、わがままな病人をなだめる看護婦みたいな口調になった。

「物質的な損害は、服とリュックだけかも知れないが、精神的な面も考えなけりゃいけない。ね。あんな目にあって、君はびっくりしただろう。つまり、相当のショックを受けたわけだろう?」

「ショック?」

陣太郎はおうむがえしに言った。

「そう。ショック。ショックだけでも、大いなる精神の損害だ。それに、そ、そのショックのためにだ——」

やや言い辛そうに言葉がもつれた。

「精神の活動がにぶるとか、あるいは頭の歯車が狂うとか、そんなことがあれば、これはもう大変な損害だね。つ、つまり、人間から毛が三本足りなくなる状態——」

「それ、おれのことを言ってるんですか」

陣太郎はすこし気色ばんだ。

「三本足りないのは、さっきの歌じゃないが、のんきなおっさんのことでしょう」

「仮、仮定のことだよ。ね」

圭介は両掌で眼の前の空気を押さえつけるようにした。

「しかしだね、ショックでちょっと頭の歯車が狂うということは、それはよくあり勝ちのことだ。なにも恥かしいことじゃない。たとえば錯覚なんかもそうだね。君があの時、一瞬の出来事を、五分間のことのように思ったのも、その一種だよ。その錯覚だけで済めばいいが、それが変な具合に昂じたりすると、ことは面倒になる。それは君にも納得がいくだろう」

「一応納得することにしましょう」

陣太郎は面倒くさそうに言った。

「それで、その錯覚分まで、保険会社が賠償してくれると言うんですか?」

「錯覚だけじゃダメだろうね」

思わせぶりな口調に圭介はなった。

「錯覚が昂じて、つまり、本式のクルクルパア——」

陣太郎がまた眼を剝《む》いたので、圭介はあわてて語調を変えた。

「つまり錯覚だけに止っていてもだ、それを本式のクルクルパアという具合に申告すればだ、それ相当の保障金が受けられるということになる。ね、そうだろう?」

陣太郎は腕を組んで、また首を傾けた。

「おれ、しもじものことはよく知らないけれど、保険会社というやつはそんなに甘っちょろいものかなあ」

「しもじものこと?」

浅利圭介は笑った。陣太郎のその言葉を冗談と受取ったのだ。

「しもじもとは大きく出たもんだね。もちろん保険会社は、そんなに甘っちょろくないさ」

「じゃあダメじゃないですか」

「まずダメだろうな」

圭介はけろりして言った。しかしその眼は油断なく陣太郎を注視していた。陣太郎はやや混乱したかのように、唇をゆるめ、眼をぱちぱちさせた。

「君はずいぶん変った顔をしているな。眼と眼が大変離れている」

「おれんとこの一族は皆そうですよ」

「そうかね。一度見ると忘れられない顔だ。そんなに離れていては不便だろう」

主介は書棚の本のうしろから、ウイスキーの瓶を取出した。グラスを二つ並べ、とくとくと注いだ。

「不便じゃないですね」

そのくらいのサービスは当たり前といった態度で、陣太郎はそれを一気に飲み乾した。舌鳴らして言った。

「もう一杯ください」

「そんな顔に生まれつくと、得もするだろうが、損もするだろうね」

「損得はないですね。顔は他人《ひと》のためにあるんだから」

「他人のために？」

「そうですよ。顔というのは、眼や鼻や口や耳、そんなものの配置の具合を言うんでしょう。もちろん、眼や鼻や耳、そんな器官のひとつひとつは、当人のためにある。見たり、聞いたり、味わったりするためにですね。そのために具えつけられている。しかし、それらの器官の全般的な配置のし具合は、当人とはあまり関係がない。つまりそれは他人がその人を識別するためにあるのです。そして配置の具合の微妙な変化によって、他人はその人の気持を知ることができる。たとえば、頬に皺を寄せ、口をあけ、目を細めたとすれば、当人が嬉しがって笑っていると、他人が知る仕組みになっているですな」

そして陣太郎はまたグラスをにゅっと突出した。

「もう一杯」

何だかげんなりした気分になって、圭介はまたウイスキーを注いでやった。陣太郎はそれも一気に飲み乾した。ふつうの声で、

「あの自動車の番号を、おっさんは見たんだね。そうでしょう？」

圭介はぎょっとして陣太郎を見た。ぎょっとしたことを、陣太郎に悟られたと思ったが、しかしあくまでしらばっくれて、

「おっさんはよして貰いたいな。君からおっさん呼ばわりをされるいわれはないぞ。浅利さんと呼べ」

「浅利さんの器官の配置が、ちょっと変りましたね」

皮肉めいた口調でなく、淡々とした調子でつづけた。

「おれには見えなかった。前灯があんまりぎらぎらしていたもんだから、つい見そこなった。あのナンバーは、何番でした？」

そうと決めてかかった言い方だったので、つい圭介はつられて口に出してしまった。

「三の、一三一〇七」

「三の、一三一〇七、ね」

頭に刻もうとするかのように、陣太郎はゆっくりした声で復唱した。

その夜は納戸《なんど》に二人で寝ることになった。

こちらが招いたのだから、本来ならばお客あつかいにすべきなのだが、浅利圭介はすでにこの家の主人でなく、単なるおっさんでしかない関係上、十分なもてなしはできないのである。圭介の自由になるのはこの部屋だけで、他の部屋はランコ母子、止宿人たちで占められているのだ。

(こんな妙な男、連れて来なければよかったな)

ばたんばたんと蒲団をしきながら、圭介はちょっと後悔をした。

自動車のナンバーを地面に控えた時、また陣内陣太郎を家に誘った時、圭介にはまだはっきりした方針が立っていたわけではなかった。とにかくこれは放っておけないという義憤みたいなものだけで、一役買おうという気持はまだ胸に発生していなかった。いないつもりであった。

ところが、つい陣太郎にそのナンバーを洩らした瞬間、圭介がわけもわからない忌々しさを感じたのも、最初からこの事件をモノにしたいと、彼が潜在的なところで考えていたせいに違いない。モノにするためには、加害者のナンバーさえ判ればいいので、被害者の身柄なんかさして必要ではないのだ。

(モノにすると言うと、この俺がそれをネタにして、ゆすりたかりを働こうというわけか？ この俺が？)

掛蒲団を力まかせに押入れからひっぱり出しながら、かるい戦慄と共に圭介は考えた。まだゆすりたかりを働かない前に、その想像を自分に課することによって、戦慄して見るところに、圭介という人間の小市民的善良さがあるのだろう。こういう人物は、いくらランコあたりから尻をひっぱたかれても、とうていこの世では出世の見込みはないのである。圭介はあわててその想像を打ち消した。

（イヤイヤ、これはゆすりたかりというものではない。とにかく通行人をひっくり返して、そのまま逃げるということは、この世の秩序を乱す行為だ。そういう行為を、俺は市民の一人として……）

「三の一三一〇七、か」

陣太郎はノートを取出して、鉛筆をなめていた。酔いがその頬をあかくしていた。

「どういうつもりで、おれを轢こうとしたんだろう？」

「轢くつもりじゃなかったんだ」

圭介は忌々しげに言って、蒲団を畳に投げ出した。

「あんまりうぬぼれないがいいよ。それとも轢かれるような理由でもあるのかい？」

「おれ、ねらわれているんです」

陣太郎はしずかな声で言った。

その声音は妙なリアリティを圭介に感じさせた。

「誰から?」

「近いうちに、おれ、相続することになっているんです。一方それを邪魔しようとする一味がいるんだ」

茶の間の方から、重々しい足音が廊下を近づいてきた。障子がそっと開かれた。ランコが立っていた。

「お客さんなの?」

ランコは陣太郎を一瞥《いちべつ》し、圭介をにらみ据えるようにした。

「うん。ううん。僕のお客さんだ」

僕の、というところに圭介は力を入れた。

「おばはんとは関係のない御仁《ごじん》だよ」

「僕のお客さん?」

わけの判らんことを聞くもんだ、という表情にランコはなった。

「あんたのお客さんなら、うちのお客さんじゃないの。うちのお客さんなら、すなわちあたしのお客さんよ」

「だ、だって、僕は間借人……」

「部屋代は徴収していますよ。部屋代は」

ランコは圭介をきめつけた。

「しかしあんたはまだ、あたしのオットですよ。それを忘れちゃ困るわね」

「でも、この家の主人は、もう僕じゃなく、おばはん……」

「もちろん主人はあたしですよ。しかしまだあんたは、あたしのオットです。それともオットの籍が抜けたとでも思ってるの？」

何だか奇妙な論理だと思ったが圭介はあらがうことを止めた。陣太郎を前にして夫婦喧嘩を見せたくなかったのである。

しかし、その口争いに陣太郎はいっこう無関心なふうで、圭介の煙草を悠々とふかしていた。その陣太郎の姿と、投げ出された蒲団を、ランコの眼がじろりと見た。

「お客さんには、お客用の蒲団があります」

ランコは命令した。

「取りに来なさい。おっさん」

圭介は余儀なく、ランコに従って部屋を出て、やがてエッサエッサと客用蒲団をかかえて戻って来た。それを畳に投げ出して、自分の方の蒲団をばたばたとしいた。それでも陣太郎が傍観しているものだから、圭介はついに怒鳴った。

「君も手伝え。君の蒲団だぞ！」

陣太郎は立ち上がって、のろのろと手伝った。その手伝い方はびっくりするほど不器用だった。

「そんな蒲団のしき方があるか。君は蒲団のしき方も知らないのか？」

やっと蒲団をしいてしまうと、部屋は蒲団だらけになって、畳の目も全然見えなくなった。六畳から家具の占領分をさし引くと、実質四畳しかないから、それも当然なのである。

陣太郎はリュックサックを蒲団の裾に置き、寝巻に着換えて、ごろりと客用蒲団に横になった。


圭介も消灯してつづいて横になったが、あまりいい気持のものでなかった。圭介のせんべい蒲団に対し、陣太郎のは客用でふかふかしていて、第一厚みがちがう。一段下に寝ている恰好なのである。その一段上から、陣太郎が声をかけた。

「おれ、眠ります」

「眠れ」

圭介は忌々しげに返事をした。陣太郎はおっかぶせるように言った。

「おれ、蒲団をしいたこと、あまりないんですよ」

「それは、どういう意味だい？」

少し経って圭介は、闇の中から問い返した。返事はなかった。陣太郎はもはや眠りに入っているらしく、かすかないびきがそこから流れてきた。

（やはりこの男は、あのショックのために、すこし歯車が狂っているらしいな）

うつらうつらとした状態で圭介は考えた。

（とにかく明日から、あのナンバーの自動車を探さねばならん。探し出したら、そこからまた事がはじまるだろう――）

## にらみ合い

事のおこりは些細なことであった。食べ物に関してである。

食べ物に関してというと、終戦直後あたりには、肉親や友人間などでも、かなり深刻な争いがおきたりしたものだが、食糧事情の好転によってだんだんそんな事件も新聞紙上から姿を消していった。

だからこの事件も、食べ物のうばい合いから来たものではない。

食べ物の食べ方から来たのである。

その食べ方を批難され、そのあげくの果てに、カッとして暴力をふるったのが、『三吉湯』というチェーンストア式の銭湯を経営している、猿沢三吉という男であった。五十の坂を二つも越したというのに、年甲斐もなく暴力沙汰に出たというのも、よくよく腹に据えかねたのだろう。

暴力をふるわれたのは、泉恵之助といって、やはり『泉湯』という一軒風呂屋の経営者であった。この男も五十二歳になる。

職業も同じ、年齢も同じだったけれどもその他の点においてはこの二人は実に同じではなかった。対蹠的《たいしょてき》であるといってよかった。

三吉は背が低かった。五尺そこそこで、ずんぐりと肥っていた。胴体だけじゃなく、手足の指の先まで肥っていた。指が肥り過ぎているので、三吉は電話をかけることができなかった。指がダイヤルの穴に入らないのである。

だから三吉は、電話をかける時には、指のかわりにシガレットホルダーとか、マッチの軸を束に使って、ダイヤルを回した。

それに反し、恵之助はやせていた。ひょろりと背が高く、五尺九寸五分もあった。指なんかも細長くて、関節なども一つぐらいは余分にあったかも知れない。

指が長いから、鮨の立ち食いなどで、実に器用なスマートなつまみ方をした。

恵之助は代々の東京人で、泉湯は銭湯としても相当のシニセであった。

三吉は山国出身で、若い時志を立てて東京に出て来た。

三吉は肥っているくせに、声はキイキイと甲高《かんだか》かった。

恵之助はやせているくせに、声は低くしゃがれていた。

三吉はがむしゃらな努力家で、また精力家で、二十歳で上京して以来、今では三軒の銭湯を経営している。まだまだ殖やしていく予定であるらしい。

恵之助は親爺から引継いだ泉湯を、細々ながら経営している。別に事業を拡張しようという気はなく、現状を維持していくだけで満足しているらしい。仕事に関しては消極的である。三吉の方は実に積極的で、女房の眼をぬすんで近ごろメカケを囲い、また営業用にと中古の自動車をも買い入れた。自分で運転もやるのである。

恵之助はものぐさで、自転車すら持たないのだ。

三吉は四人も子供をつくった。二十になる長女以下、みんな女ばかりである。

それに反して恵之助の方は、息子がたった一人で、二十五歳になる。女房は十年前、空襲で死んでしまった。後妻を貰わなかったのは、子供のことを考えたせいでもあったらしい。

猿沢三吉と泉恵之助は、昔からにらみ合っていたわけではない。ついこの間まで、割に仲が良かったのである。

泉湯と三吉湯の地理的関係を言えば、そこを碁盤にたとえると、泉湯が天元の位置にあって、三軒の三吉湯が三つの隅を占拠しているという形になっている。つまり三方から囲んでいるというわけだ。

だから商売敵という関係になっているのだが、だいたい風呂屋というものは、一軒あたりのお客がきまっていて、そう変動はない。今日はこの銭湯にしたから、明日はあの銭湯に行こうというようなお客はあまりないのである。そこで三吉と恵之助は、前述の如く、商売敵としていがみ合うことなく、割と仲が良かった。

この両者は、風采や性格において大変異っていたが、ただ将棋が大好きだという点においてはピタッと一致していた。どちらもヘボ将棋で、勝ったり負けたりで大変な負けず嫌いで、そして自分の力量については大変うぬぼれが強かった。

ことに猿沢三吉は、同名の由をもって故坂田三吉名人を敬慕し、坂田名人のやり方にならって、第一手に端歩《はしふ》をつくのを得意としていた。端歩をついて、おほんとおさまりかえるのである。

碁敵とか将棋敵というものは、相手におさまりかえられたり得意になられたりすると、はなはだしく腹が立つもので、腸が煮えくりかえるような気分になるものだ。

で、その日もそうであった。

その日というと、昨年のある日のことであるが、この両人の間で百一番将棋というのを企画し、ちょうどその百一番目の勝負の日であった。

百番とせず、なぜ百一番将棋としたかと言うと、うっかりすると五十番同士の指し分けになるおそれがあったからだ。闘志あふるる両人にとって、勝負なしになることくらい面白くないことはない。

その配慮通り、抜きつ抜かれつの激戦の後、百番まで打ち終ると両者ともちょうど五十番ずつになっていたのである。

これをもってしても、両者の技倆がいかに伯仲しているかが判る。

では、この百一番将棋は、何年間、いや何か月間かかったかというと、それがわずか十日間なのである。十日で百一番指そうというのだから、それも家業や仕事のあい間に指そうというのだから、いかに両人の指し手にスピードがあるかが判る。

何故そんなにスピードがあるかというと、二人ともあまりにもヘボなので、考えることが何もなかったからである。条件反射的に駒を動かす、もっとも原始的な将棋であったのだ。

その百一番目の勝負場は、泉恵之助の家の縁側で、時刻は夕方であった。

これで勝負が決する重大な一番だから、さすがに二人は緊張して先手の三吉は第一手を一分間ほど考えた。未曾有の大長考である。

「えい。やったあれ！」

三吉は腕組みを解き、坂田名人もどきのかけ声をかけて、勢いよく端歩をつき出した。

恵之助はじろりと上目使いに三吉を見て、これまた一分間ばかり考えた。

考える内容は何もないのだが、相手が芝居がかりできた以上、こちらも気取って見せないわけにはいかなかったのだ。

この百一番目の大勝負は、一時間余りもかかった。両人の勝負において、そんなに時間がかかったのは、空前のことであった。

それは両者とも、一手一手を割に考えたせいもあったが、指し手の数が多かった故でもある。両者とも落手の頻発で、飛車だの角だのが何度、向こうに取られたり取り返したりしたかは判らない。まさに波瀾万丈《はらんばんじよう》の一番だというべきであった。

それでも猿沢三吉には、確実に敵将を取れる機会が一度だけあった。三吉の角が王手飛車をかけた時、恵之助は飛車の方を逃げたのである。

「しめた！」

と敵将を取ろうとすると、その声で自分の失敗に気づいた恵之助が、あわてて飛車を元に戻し、王将を動かしたのである。

三吉は肥っている関係上動作がにぶいし、恵之助は指が長くて敏捷だし、また自陣の内のことでもあるので、動きがちょっとばかり早かったのだ。

「ずるいよ。おい、そりゃずるいよ！」

三吉は縁側をかきむしるようにして抗議したが、恵之助は聞き入れなかった。

「待ったは厳禁ということになってるじゃないか」

「待ったじゃないよ」

大切な一番だから、恵之助もあとには退けない。

「待ったというのはだね、君が指して、そのあとで訂正を申し込むのがそれだ。ところが君は、まだ指してないじゃないか。だからこれは、待ったではない」

「そりゃまだ指してないけれども、しめた、とかけ声をかけたじゃないか。あれで君は気がついたんだろ。だとすれば、あのかけ声は、角で王様を取った動作の代用品だといってもいいぞ」

「かけ声が代用品になってたまるか。それじゃあわしたちは、駒を実際に動かさないで、かけ声ばかりかけていればいいと言うことになる。そんなバカな話があるか！」

三吉がどんなに力んでも、現実に敵将を取ったわけではないので、涙を呑んで抗議を撤回せざるを得なかった。

三吉の腹は煮えくりかえって、角で敵の飛車をはらった。

だいたいにおいて勝負ごとというものは、カンカンになった方が負けというのが原則になっている。だから勝つために、相手を怒らせるという戦術もあり得るわけだ。しかしこの場合、恵之助は意識的にそれをやったのではない。三吉の怒りは自然発生的なものであった。

「ウヌ、ウヌ」

頭から湯気を立て、カンカンになって駒を動かすたびに、三吉の形勢がだんだん悪くなって行くのだ。恵之助もけっこう悪手愚手を指しているのだが、三吉がそれに輪をかけた悪手愚手を指すのだから、それも当然である。

とうとう三吉の王将は、自陣にぐいぐい押しつけられ、身動きもできなくなってしまった。雪隠詰《せっちんづ》めというやつである。三吉は眉を吊り上げて、盤面をにらみつけた。

坂田名人は、銀が泣いている、という名文句を残したが、ここにいたっては、王様がオイオイ泣いているように、三吉には感じられた。

「おい。何をしてるんだ。早く指さないか」

恵之助は煙草をくゆらしながら愉快そうに催促した。

三吉は自分の王将に手をかけた。手をかけたが、動かすところがないので、思い余った王様は盤からピョンと飛び降り、縁側をゴソゴソと這って逃げた。


いくらヘボ将棋とはいえ、王様が盤から飛び降りて逃げるのは違法である。すなわちこの百一番将棋は、五十一対五十で泉恵之助の勝ちになった。

「わしの一番勝ちだな。まったく天佑神助《てんゆうしんじょ》だった」

駒をざらざらとしまい込みながら、恵之助は小鼻をぴくぴく動かした。

「そうだ。まったくだ」

猿沢三吉は口惜しげに相槌を打った。

「天佑神助でもなければ、君にはとても勝ち目はない。実力はもともとわしの方が上だからな」

「まあ何とでも言わしておくさ」

勝ったものだから、恵之助は太っ腹なところを見せた。

「すこしおなかが空いた。何か食べに行くかい?」

「行ってもいいが、勘定はそっちもちだぞ」

三吉はつんつんした声を出した。負けた腹いせに、せめて相手に経済負担をかけようという魂胆である。

「よろしい。おごってやる」

恵之助はポンと胸板をたたいた。やせっぽっちの薄い胸だから、たたいてもたのもしい音は出ない。恵之助はのっそり立ち上がった。つづいて三吉も。

二人は街に出た。街を歩きながら、恵之助はいつもみたいに低いしゃがれ声でなく、浮き浮きした調子で話しかけてくるのだが、受け答える三吉の方のきんきん声は、いつものようには冴えないようであった。

やがて恵之助は『勇寿司』と染め抜かれたのれんの店の前に足を止めた。のれんを頭で分けて入った。

「鮨でもつまむか」

三吉も渋々とあとにつづいた。三吉は鮨という名の食べ物を、あまり好きではない。三吉の好物は中華料理や洋食、あるいはホルモン焼きのたぐいで、鮨だのソバだの海苔、つまり東京人が昔から好物としたものを、さほど美味《うま》いとは感じないのである。やはり山国出身の故なのであろう。それに反して恵之助は関東土着だから、おのずから嗜好も定まっている。そういう点で、つまりソバ屋に入ってラーメンを注文するような三吉を、恵之助は日頃からやや軽蔑しているような傾向があった。

この空腹を充たすのに、三吉は鮨では不満なのだが、相手のおごりということであれば、文句をつけるわけにはいかない。

二人はつけ台の前に腰をおろした。

「トロ。それからおちょうし一本つけてくれ」

「わしはアナゴ」

三吉は言った。

恵之助は眉をしかめた。

恵之助は東京っ子を自任するだけあって、鮨の食べ方もなかなかうるさい。

恵之助の説くところによれば、先ずマグロとかヒカリモノのたぐいを食べ、つづいてアナゴのような煮物、最後に玉子焼きとかノリマキとか、あっさりしたもので終るのが定法だというのである。戦前までは玉子焼きが最初だったが、今では違う。何故ならば、戦前は各自の店で玉子焼きをつくったから、それを食べればその店の味は判ったが、現今ではたいていの店は河《か》岸《し》から既製品を買ってくる。既製品では、最初につまむ意味はないのである。

恵之助は低い声でたしなめた。

「初めからアナゴをつまむやつがあるか」

鮨の食べ方にもいろいろと説があって、必ずしも泉恵之助の説が絶対だというわけではなかろう。

しかし猿沢三吉の食べ方は、いささか無手勝流に過ぎた。

コースを無視してあれこれつまむのはいいとしても、つまみ方がスマートでない。

恵之助のやり方は、つけ台に置かれた鮨の高い方の中央に人差指をあてがい、親指と中指ではさみ、醬油をつける場合は、それを器用にひっくりかえしてつけ、ぽんと口にほうり込む。そして種がかわるたびにガリ（しょうが）をつまんで、口内の味を消す。

一方三吉のつまみ方は、いきなりわしづかみである。恵之助の指は長くてスマートだが、三吉の指はずんぐりしているから、どうしてもわしづかみになる。

醬油をつける場合は、いったん種をシャリ（飯）からひっ剝がし、つけてからまた元のシャリに乗せ、それから口にほうり込むという段どりになる。

ガリも種がかわる度には食べない。ひとまとめにして、ぐしゃっと食ってしまうのだ。

そういうやり方を、恵之助が黙って見逃すわけがない。大いにヒンシュクしたそぶりで、一々口に出してたしなめる。ヒンシュクするなら連れて来なければいいのに、やはり連れて来るというのも、三吉のそのやり方をたしなめることによって、自分の通人ぶりを確かめるのが楽しかったのであろう。

この日もそうであった。

いつもなら三吉も、それほど立腹したりはしないのだが、あいにくとその日は将棋に負けている。食べながらだんだん不愉快な顔付きになってきた。

「そう一々はたから口を出すなよ。何をつまもうと、わしの勝手じゃないか」

「そういうわけにはいかないよ。洋食だって、中華料理だって、チャンと順序がきまってるじゃないか。コーヒーや果物を先に食べ、最後にスープやオードブルを食べる奴はあるまい。中華では、鯉の丸揚げ……」

「うるさいな。中華と鮨とは違うよ」

「違わないよ。そら、またガリをわしづかみする。ガリなんてえものは、ほんのちょっぴりつまむもんだ」

三吉の眼はすこしずつ据わってきた。将棋に負けた上、さんざんたしなめられては、面白くないにきまっている。

それと同時に、三吉の鮨のつまみ方はだんだん早くなってきた。

恵之助のコースは今や煮物の段階に入っていた。

「ギャレージ」

恵之助は注文した。シャコのことをギャレージと呼ぶのも、あまり好い趣味ではない。

「わしにもそのゾーリ虫を!」

三吉が恵之助のその注文に便乗した。恵之助がじろりと三吉をにらみつけた。

「ゾーリ虫はいけないね。ゾーリ虫は！」

恵之助も少々腹を立てたらしく、声が高くなった。

「いくら無手勝流でも、ゾーリ虫はいけないよ。ちゃんとシャコと呼べよ」

三吉は黙ってシャコを口の中にぐいぐい押し込んだ。そしてつづけて言った。

「トロにイカにエビ。それにも一度ゾーリ虫をつけてくれ！」

「へい」

鮨屋は勢いよく返事して、手さばきを早めた。

泉恵之助のコースは最後の段階。あっさり物のノリマキに入っていたが、猿沢三吉はあれこれ注文、ぐいぐいと口に押し込む。何かに憑《つ》かれたような食い方なので、恵之助も呆れて忠告した。

「おいおい。いったいいくつ食べるつもりなんだい。先刻から数えてると、もうそれで二十四個目だぜ」

「エビ！」

それを黙殺して三吉に注文した。

「シャリは半分にして握ってくれ」

「へい」

タネだけ大きくシャリ半分の鮨が、つけ台に並べられた。三吉はそれをエイと口にほうり込み、両手で胸から腹に撫でおろすようにした。

「エビ。今のと同じくシャリ半」

恵之助の顔色がさっと変った。食いに食って相手に損害を与えようという三吉の魂胆を、やっと見抜いたのである。彼は声を高くした。

「将棋に負けたからといって、ヤケ飯を食ったりして、見っともないぞ」

「エビ！」

三吉はふたたび黙殺した。

「シャリは四半分にしてくれ」

「よさないか。いい加減に！」

恵之助は自分のノリマキをつまむのも忘れて怒鳴った。

「お前さんの魂胆はちゃんと判ってるぞ。うんと食べて、わしに大散財をかけて、意趣ばらししようてんだろう。だから、一番高いエビなんかばかり食べていやがる！」

「ゾーリ虫！」

三吉は今度はシャコに転向した。

「シャリはやはり四半分」

「三十二個目だぞ。ほんとによさないのか」

恵之助はそろそろふところが心配になってきたのだろう。しきりに足踏みをした。

「いい歳をして、みっともない真似はよせ。腹も身の内だぞ！」

「エビ！」

三吉も負けずに声を張り上げた。

「シャリ抜きにしてくれ」

「シャリ抜きなんて、そんなバカなことがあるか。それはもう鮨じゃない。わしはお前さんに、鮨はおごってやる。しかしシャリ抜きで食うんなら、その分は自分で払え！」

「じゃあ飯粒三つくっつけてくれ！」

鮨屋はあまりの成り行きに、きょとんとしていたが、三吉の語調の荒さに、あわてて飯粒三つをまぶして、つけ台に差出した。

しかし三吉はそれに直ぐには手を出さなかった。遠慮したのではなく、鮨が咽喉までつまっていたからである。最後の方はシャリは小さくなったが、通計三十四個という鮨は、五十二歳の三吉にはやはり多過ぎた。

「こ、これは折に詰めてくれ」

三吉は情なさそうな声を出した。

「お土産に持って帰る」

「お土産まで持って行くつもりか？」

とうとう恵之助のかんしゃく玉が破裂した。

「それでお前さんは人間か。人間なら人情というものがある筈だ。お前は山猿だ！」

「なに。山猿だと？」

山猿の一言でカッとなった三吉は、飯粒つきのエビをわしづかみにして、恵之助の顔にはたきつけた。

「何をしゃがる！」

恵之助も我を忘れて、ノリマキを三吉めがけて投げつけた。

かくて二老人は飯粒だらけになり、自分たちの年齢も忘れて、わめきながらつかみ合った。

猿沢三吉と泉恵之助のつかみ合いは、鮨屋や店に居合わせた客たちの手によって、またたく間に引き分けられた。つかみ合いといっても、片や六尺片や五尺そこそこだから、うまくつかみ合えず、そこをたちまち引き分けられたので、両者とも別に負傷はなかった。

両者とも興奮して、肩で大きく呼吸をしながら、おろおろ声で相手をののしり合った。

ことに三吉は、山猿と呼ばれたことがよほど口惜しかったらしく、殿中の内匠頭《たくみのかみ》もどきに引き留められながら、

「言いやがったな。この俺のことを、ヤマザルと言いやがったな。覚えてろよ。かならずうら

みは晴らして見せるぞ！」

大わめきにわめいて、店の外に押し出されて行った。

あとに残された恵之助も、しきりにわめき返していたが、相手が店の外に消えてしまうと、急に心配顔になって自分の脈をはかり、それから突然心悸高進《しんきこうしん》をおこして、三十分ばかり小座敷に横になってあえいでいた。

一方表に引き出された三吉も、ふと我にかえり、急に自分の血圧のことが心配になり、いかほどの距離もないのにタクシーで帰宅、薬箱から薬を出して服用、これも蒲団をしいて横になっていた。

そんなに自分の身体が心配なら、初めから喧嘩しなければいいのにと思うのだが、とかく明治生まれの人間には、こういう不条理な意地っ張りな傾向があるようだ。

心悸高進がようやくおさまった恵之助に、鮨屋が代金を請求したところ、

「あんな無礼な山猿の分まで払えるか！」

といきり立ち、また心悸高進をおこしそうになったので、鮨屋の方で折れて、代金はいらないかわりに、向こう十日間鮨屋一家がタダで泉湯に入る、ということでけりがついた。ちょうどお客が立てこむ時刻だったし、こんなにひょろ長い爺さんに小座敷を占領されては、商売にさしつかえるのである。

一方三吉はちょうどその頃、妻のハナコと四人の娘を枕もとに呼び寄せ、訓戒をたれていた。

「いいか、以上のようないきさつで、わしは泉と絶交することにした。もうあんな奴とは、将棋も指してやらんし、道で逢ってもそっぽを向いてやるつもりだ。なあ、ハナコ。お前の亭主がこんな目に合わされたんだから、お前も泉の野郎にそっぽを向いてくれるだろうな」

ハナコは唇を噛んで大きくうなずき、亭主と行動を共にすることを約した。ハナコは三吉に対して、大変なヤキモチ焼きであって、その点においては三吉は大の恐妻家であったが、なにぶんハナコも明治生まれであるので、大元のところではいつも夫唱婦随の原則が守られるのである。

三吉は寝返りを打って、今度は四人の娘に顔を向けた。

「いいか。今話したように、お前たちのお父さんがこういう目にあった。だからお前たちも、そっぽ向けよ。泉の親爺に対してだけでなく、泉の息子に対してもだ。あの息子、バカ息子、何と言う名だったかな。ああ、そうだ。竜之助だ。泉竜之助」

長女の一子《かずこ》と次女の二美《ふみ》は、顔を見合わせて、けらけらと笑い出した。三女の三根《みね》と四女の五月《さつき》はまだ小学生だから、きょとんとしている。

三吉の娘の名は、生まれた順に、一、二、三、と数字を使用してあるが、四女が五月となっているのは『四』は縁起が悪いので欠番となっているのである。三吉夫婦は縁起かつぎ屋であった。

一子と二美が顔を見合わせてけらけらと笑ったので、猿沢三吉はむっとして、むくむくと起き直った。

「何で笑う。笑いごとじゃありませんぞ」

「だって、これ、お父さん同士の喧嘩でしょ」

二十歳になる長女の一子が言った。

「あたしたちとは関係のない話だわ。ねえ、二美ちゃん」

「そうよ。そうよ」

二美も唇をとがらせた。この子はまだ十六歳だが、セーターを着ているので、胸のふくらみが目立つ。桜で言うと、四分咲きぐらいにはふくらんでいるのである。

「お父さんたち同士で喧嘩する分にはあたしたち、何も言やしないわよ」

「そうよ。それをあたしたちまで引きずり込もうなんて、フェアプレイじゃないわ。インチキよ」

「泉の小父さんだけでなく、竜ちゃんにまでそっぽ向けなんて、横暴もはなはだしいわ。そんなの、人権ジュウリンよ」

「何を言うかっ！」

娘たちにさんざん言いまくられて、三吉はカッとなって、蒲団の上に立ち上がろうとした。子ぼんのうの三吉のことだから、ふだんならカッとなったりしないのだが、そこはそれさっきの鬱憤が、娘たちの言葉でふたたび誘発されたのである。

「まあ、あなた」

ハナコが三吉に取りすがった。

「どうしたんですよ。プンプン怒ったりして。血圧にさわりますよ。さあ、お前たち、早くあっちに行きなさい」

一方泉恵之助も大急ぎで帰宅しながら、猿沢一家と絶交のことを、竜之助に言い聞かせねばならぬと考えていた。この世のオヤジたちの考えることは、だいたいにおいて同じようなものである。

竜之助は今年で二十五歳になる青年で、恵之助にとっては目に入れても痛くない一人息子だが、恵之助にとって遺憾至極なことには銭湯業の跡を継ごうという気持を全然持っていないらしいのである。銭湯業が職業として有利なこと、泉湯というのは伝統あるシニセであることなどを、時あれば説き聞かせるのだが、竜之助は面倒くさそうに耳をかそうとしない。

(大学なんかに入れなきゃよかったんだ。風呂屋稼業に、学問なんか要るものか。学校に入れたばかりに、ゲイジュツなんかに凝りやがって!)

まさしく竜之助はゲイジュツに凝りかたまっていた。ゲイジュツと名のつくものには、それが文学であろうと新劇であろうと、カメラであろうと前衛書道であろうと、何にでも竜之助は興味をもよおすのである。

泉宅は泉湯の裏に隣接して、建てられていた。くぐり戸をくぐって帰宅、恵之助は足音も荒く、息子の部屋に歩いて、障子をがらりと開いた。竜之助の姿は見えなかった。

「また西洋芝居かヤキトリ酒場に出かけたに違えねえ」

恵之助はにがにがしげに呟いた。

「それにこの部屋の乱雑なこと。少しは片付けたらどうだ。本は出しっぱなし、新聞紙は散らかしっぱなし。障子までが穴だらけじゃねえか。まさか『太陽の季節』の影響じゃあるまいな？」

ゲイジュツには無縁の恵之助老ですらも、この高名な小説にだけは目を通しているのだから、たいしたものである。

以上のようないきさつで、泉家と猿沢家は、いや、泉恵之助と猿沢三吉夫妻は、完全なにらみ合いの冷戦状態に入った。息子や娘たちは、それぞれの父親から叱責され、あるいは説得されて、一応にらみ合いを承諾したが、それはうわべだけで、真剣ににらみ合う気持はなかったようである。

にらみ合い状態に入ったのは良かったが、三吉も恵之助もひとつだけ困ったことがおきた。

それは将棋が指せないことである。

そんなに将棋が指したいなら、将棋会所にでも行けばいいのにというだろうが、それはそういうわけにはいかない。二人ともあまりにへぼ過ぎて、相手になるのがいないのである。強過ぎて相手がいないというのはあるが、弱過ぎて相手がいないというのはめずらしい。

それでは駒は落として貰えばいいではないか。それもそんなわけにはいかない。両人とも将棋に関しては自尊心が強いのだから、駒落将棋なんて論外の沙汰である。

長年二人で指し合っていたのだから、煙草のみがニコチン中毒になるように、二人とも将棋中毒にかかっていた。

自分たちが中毒症状にあるということを、あの鮨屋騒動の翌日か翌々日ごろから、彼らはそれを自覚し始めた。

勝負ごとというものは、碁にしてもゴルフにしても玉つきにしても、多かれ少なかれそういう傾向を持っている。たとえば玉つきの習い始めあたりには、道行く人が玉つきの玉に見えたりするものだ。

この両人の場合もまさしくそれであった。

番台に坐っていても、脱衣所の裸の男性、あるいは裸の女性が、ふと将棋の駒に見えてくるのである。猿沢三吉の方は、それでも稀代の商売熱心だから、はっと我にかえり、イヤイヤこれは一個十五円也のお客様だ、と気を取り直すが、それでもまたぼんやりしていると、たちまち将棋の駒に見えてくるのである。

中毒もここまでくるとおそろしい。

『あなたは将棋がやめられる』というような本でもあればいいが、どの書店を探しても、そんな本なんか売っていやしない。

番台に坐って、女湯の脱衣所をながめながら、あの駒をこう動かすと、向こうがこう動く、するとこちらがこうやって王手飛車、なんて考えたりするものだから、自然に眼が据わって、そこらの金棒引きが、泉湯の旦那と三吉湯の旦那は鮨屋で喧嘩して以来気が変になったようだよ、と噂を立て始める始末であった。

かくてはならじ、と両者が反省し始めたのが、約一か月後である。にらみ合っているのだから、相談して反省したのではない。五十二歳における反省期がおのずから一致したのだろう。泉恵之助は謡曲を始めた。謡曲によって、将棋中毒をごまかそうというのである。煙草に替うるにチュウインガムを以てするようなものだ。

猿沢三吉は自動車の運転を始めた。

知合いのタクシー業者から、五十年ダットサンを三万円で譲って貰って、せっせと教習所通いを始めた。相当のおんぼろ車ではあるが、それにしても自動車一台三万円とは、破天荒の安値である。万一のことを考えて、三吉は金だけを払って、登録はまだタクシー会社に止めておいた。

猿沢三吉がなぜ五十の手習いとして自動車運転を始めたか、これには深い仔細がある。自動車を所有するというのが、年来の彼の宿望であった。

話は三十年前にさかのぼるが、三吉は山国を出で、志を抱いて上京、とある風呂屋に三助として住み込んだ。三助稼業にはげみながら、将来はひとかどの銭湯主たらんとの夢を見ていた。その頃の三吉もずんぐりして、指も太くて短かく、決して器用な三助ではなかったが、働きぶりが実直で、主人にも可愛がられていた。

住み込んで一年経った時、御仕着として主人が三吉に、一着の背広をつくってくれた。自分が背広を着ることになろうとは、夢にも思わなかったことだけに、三吉の喜びようはひと通りではなかった。

彼の生国では、背広を着用しているのは、小学校の先生だけなのである。

その神のごとき小学校の先生と同じものを着ている。浴場の大鏡に自分の背広姿をうつし、と見こう見、倦きず打ち眺めて、若い三吉の胸はわくわくと弾んだ。自分の身体には背広はあまり似合わないようだなと、うすうすと感じはしたけれども、現実に背広を着用したという喜びが、そんなささやかな憂いなど一蹴した。

そして三吉は意気揚々、外出した。

外出して、恋愛映画を見て、その帰途、自動車に泥水を頭からひっかけられたのである。アッと避ける間もなく、新調の背広はぐしょぐしょに泥だらけとなった。

その日が雨上がりだったことも、三吉の不幸の一因であったが、それにしても三吉は不注意に過ぎた。映画の中の恋愛の後味、活弁の説明文句などを反芻しながら、呆然として歩いていたのがいけなかったのである。

「ちくしょょっ!」

三吉は両手を拳固にして振り上げ、大わめきにわめきながら追っかけたが、もちろん追っつけるものではない。追い疲れてハアハアあえぎながら、若い三吉はこう決心した。

(畜生! 俺は一生かかっても、自家用自動車の持ち主になって見せるぞ!)

自動車に泥水をひっかけられて大悟一番、日本の道路の改良に一生をささげようと決心するとか、タイヤの泥除けの発明に志すというのなら話は判るが、一生かかって自家用車の持ち主になり、諸人に泥をひっかけてやろうと志すのは、不穏当のように見えるけれども、資本主義興隆期の明治に生まれた人間の中には、間々《まま》こういう考え方をするのがいるのである。それは当人の育った環境や時代のせいであって、決して三吉ばかりを責めるわけにはいかない。

泥水をかぶってしょぼしょぼと戻り、主人には叱られ、同僚にはわらわれたが、三吉は押し黙って、一言の弁解だにしなかった。

その日以来の宿願であるし、妻のハナコと寝物語にも、そのことはしばしば話してあるのであるから、自動車購入に対しては、ハナコもむげには反対しなかった。

風呂屋稼業に自動車は必要というものでないし、いわばゼイタク品だから、ハナコは主婦の立場として、ただ予算を削減したまでである。

その削減の結果が、中古品の三万円の五十年ダットサンということになって現われた。三万円といっても、ガソリンさえ入れれば、ちゃんと人を乗せて動くのである。

生来あまり器用でないこと故、猿沢三吉の運転術会得は難渋を極めたが、しかし熱心がそれをおぎなって余りあった。やがて三吉はすっかり習得して、運転免許証を取った。

「とうとうわしも免許皆伝《かいでん》となったよ」

免許証が下附された日に、三吉はよほど嬉しかったのであろう、妻子をその自動車に満載して銀座へドライヴ、一流の中華飯店に案内して妻子を嬉しがらせた。ところがその席上で、三吉はうっかりと口を辷《すべ》らせてしまったのだ。

「さあ。かねがね望んでいたことが、やっとこれで一つかなったぞ。残るはあと一つだ」

「もう一つの望みって、何?」

聞きとがめたのは、長女の一子である。それで皆の視線が三吉に集まった。

「いや、なに、その――」

三吉はへどもどと口ごもった。妻のハナコが傍から口を出した。

「まだ望みがあるの。それじゃここでおっしゃい。あたしだってガリガリじゃないんだから、事によっては、たすけて上げますよ」

「うん。そ、それは、ありがとう」

三吉は眼を白黒させて、礼を言った。が、望みの内容は言わなかった。言わなかったのではなく、言えなかったのである。残る一つの望みとは、メカケをつくることだったのだからだ。

やはり話がまた三十年前にさかのぼるが、三吉が三助時代、その風呂屋の主人はメカケを一人蓄えていて、三吉は一度だけそのメカケのところに使いに出されたことがある。それはただ一度だけであった。なぜならば、そのメカケが主人に向かって、

「あんな不細工な男、見ると食慾がなくなるから、使いに出さないでよ」

と寝物語に及んだからである。次の日の主人の晩酌時に三吉は呼ばれて、

「あの子がお前のことを不細工だと言いおったよ」

と夫妻から大笑いに笑われた時、三吉は歯を食いしばってそれに耐えた。そして心中固く決心した。

(畜生！　俺は一生かかっても、メカケの持ち主になって見せるぞ！)

他人のメカケからはずかしめられて、廃妾論者になるのではなくて、自分が蓄妾の身分になろうと決心するところに、三吉の面目があった。自動車から泥水をかけられて、自動車の所有を決心したのと、同じ論理であり、同じ心理なのである。

この二つの望みの中、自動車の方は、三吉はハナコにかねがね寝物語などで含めておいたから成功したのだが、もう一つの方はそういうわけにはいかない。ハナコという女性は、結婚当初から極度に悋気《りんき》深くて、女中なんかと立話していても、たちまち角を生やすのである。メカケのことなんか切り出したら、どういうことになるか判らない。

それにハナコは女学生時代、砲丸投げと高跳びの選手で、夫婦喧嘩でも三吉はいつも負けるのである。それに近頃テレビでプロレスに熱狂、それも鑑賞の域にとどまらず、保健のためと称して、一子相手に練習なんかもしているのだ。しまい湯のあとの脱衣所にマットをしき、どたんばたんとやっている。ハナコの得意とするところは、彼女の言によれば、空手チョップと飛び蹴りである。昔日高跳びの選手だったのだから、彼女の飛び蹴りは相当の威力があった。

ハナコは鯉の丸揚げをガリガリ嚙みながら、三吉をじろりと見た。

「ねえ。もう一つの望みとは、いったいなに？」

「そ、それはだね」

猿沢三吉はすでに満腹しているくせに、質問をはぐらかすために、箸の先で鯉の尻尾のところをがりがりとむしった。

「も一つの望みというのは、つまり、なんだね、商売繁昌ということだ」

三吉はそう言いながら、脇の下から冷汗が流れ出るのを感じた。

これが率直に、実はメカケを持ちたいのだと言えたら、どんなにかいいだろう。三十年前に仕えたあの風呂屋の主人一家のことが、三吉にはしみじみとうらやましかった。あの風呂屋主人の蓄妾は、妻君も公認のものであった。あの妻君には子供ができなかったから、そこでメカケを公認したのだが、その点においては三吉もいささか言い分がある。ハナコは子供を産むには産んだが、そろって女の子ばかりで、あととりになる男子を一人も産まなかったのである。

(その点において、おれはメカケを持つ権利があるぞ!)

時々三吉は心の中で、声なき声を張り上げるのだが、もちろん口に出しては言わない。そんなことを言ったら、飛び蹴りと空手チョップで、ハナコから半殺しにされるおそれがあるのだ。

「商売繁昌だって?」

ハナコはいぶかしげに、じろりと三吉を見た。

「今だって結構商売繁昌してるじゃないの」

「うん繁昌はしてる。してるがだ」

三吉は箸を置いて、四人の娘たちの顔を見回した。娘たちは両親の会話に耳もかさず、おそるべき食欲をもって、しきりに箸で鯉の丸揚げの攻略に取りかかっている。その攻略の烈しさは、まるで南米アマゾン河産の猛魚ピラニアの攻撃ぶりを思わせた。

「実はわしの風呂屋を、もう一軒だけ殖やしたいのだ。それが数年前からのわしの念願なんだよ」

「もう一軒?」

「そうだ。四軒にしたいのだ」

やっとごまかせる見通しがついたので、三吉はごくりとお茶を飲み、また四人の娘たちを見回した。

「つまりだな、わしとお前の間に、四人の娘がいる。すくすくと育ってくれて、わしは大変ありがたいと思っているが、そのわしがだな、脳出血か何かで、ある日コロリと……」

「縁起でもない！」

ハナコは眉をひそめた。

「そんな縁起でもないことを……」

「いやいや、そうでない。老少不定《ろうしょうふじょう》という言葉もある。人間の生命は定まりないもので、年齢と関係なく、人間というものはいつ死ぬかは判らないのだ。そこでこのわしが死ぬと、遺産の分配もしなけりゃならん。な、判るな。娘が四人もいるのに、いかんせん、わしの風呂屋は三軒しかない。三を四では割れないことは、小学生でも知っとる」

「判りました」

ハナコは嬉しげに大きくうなずいた。

「それはいい望みです。あたしゃまた大それた望みじゃないかと思って……」

「大それた望みなんか、このわしが持つわけがないじゃないか。たとえば、代議士に打って出たいとか、メカケを囲いたいとか――」

「メカケ？」

代議士の方はとがめずに、メカケの方を聞きとがめた。三吉はあわてて、

「いや、なに、たとえ話だよ。世の中の奴は、一応身代が落着くと、すぐメカケを囲いたがる

もんだが、そんなのとわしを一緒にされちゃ困るよ。ワッハッハア」

中華飯店を出て、また女房子供をオンボロ自動車に満載し、猿沢三吉は帰途についた。免許証取りたての三吉の腕にすら、ハンドルが重く感じられたのであるから、いかに彼女らが盛んな食欲をもって、モリモリと料理を詰め込んだかが判る。往路よりも復路の方が、一人分ぐらい余計乗っけたような重量感があった。

帰途も娘たちはキャアキャアとはしゃいでいたが、ハナコは変にむっつりして、運転席のそばにでんと腰をおろしていた。

往路はハナコも浮き浮きしていたのに、帰りにそんな態度を取られれば、三吉といえども気にせざるを得ない。

(はて、さっき、メカケという言葉を口辷らせたのが悪かったのかな。でも、あれはたとえ話なんだからな。おれがメカケを囲おうというんじゃなくて、とかく世の中の男にはそんな傾向がある、と言っただけなんだからな。怒られる筋合いはない)

実際怒られる筋合いはなく、また実際にハナコは怒っていなかったことは、その夜に判った。

三吉が夜遅く自室で、パチパチと算盤を弾いていると、ハナコが手提袋をさげてのっそりと入って来た。顔が緊張し、眼が据わっているので、三吉はギョッとした。

「おい。どうしたんだい」

ハナコは三吉と膝をつき合わせるようにして、どしんと坐った。

「あなた。先ほどはあの中華飯店で、大変いいことを言ってくださいました」

そしてハナコは三吉の膝をポンと叩いた。

「実はあたしも、あれと同じようなことを考えてたのよ」

「あれと言うと？」

メカケのことかと、三吉はぎくりとした。

「あれですよ。一軒殖やすという話ですよ」

「あっ、そうだ、そうだ。いかにもわしはそう言った。お前も同じ考えか？」

「そうよ。全然同じなのよ。夫婦一身とはよく言ったものねえ」

ハナコは嬉しげに身をくねらして、ながし目を使った。

「あたし、あなたに、実はお詫びしなくちゃならないことがあるのよ」

「何だい、それは？」

メカケのことでないと判ったから、三吉はほっと安堵して、にやにや顔になった。

「お詫びしようかしまいか、帰りの自動車の中でいろいろ考えたんですけどね、やはりお詫びをした方がいいと思って――」

何か重大な話らしいので、三吉もやっとにやにや顔を引きしめた。

「実はあたし、万一のことを考えて、終戦以来相当なヘソクリをこしらえたのよ」

「ヘソクリ？」

「そうよ。万一のことがあったら困るでしょう。それにヘソクリのままで持っているのは全然妙味がないでしょ。だからあたし、昨年、それを全部土地に投資したのよ」

「おいおい。いつの間にそんなにへそくった？」

「でもね、今日あなたの話を聞いて——」

ハナコは三吉の反問を無視してつづけた。

「あたしは全く感動したし、それに、山内一豊の妻のことを考えたりしてね、打ちあける気持になったのよ。その土地、ちょうど風呂屋を建てるのに、適当な場所だし、広さも打ってつけなのよ」

ハナコは手提袋をがさがさと拡げた。

猿沢三吉は仰天した。

こともあろうに、土地を買うほどへそくられていたとは、夢にも知らなかったからである。三軒の銭湯からの上がりは、三吉がちゃんと管理しているのだから、そこからどうやってへそくったか、これはもう魔術という他はない。

「いったいお前は、どういう方法で、そんな巨額の金を、おれからかすめ取ったんだい？」

「かすめ取ったなんて、人聞きの悪いことは言わないでよ」

ハナコは手提袋から、がさごそと書類らしきものを取り出した。

「小額のへそくりをモトにして、あとは株で殖やしたんですよ」

「へえ。大胆不敵なことをするもんだな。で、その土地というのはいったいどこだい?」

「そら、泉湯さんから東へ一町半ばかり行った……」

「泉湯さんはやめろ。泉湯と言え!」

「ええ、あそこの角に空地があるでしょう」

「子供なんかがよくキャッチボールをしてるところか」

「そうよ。あそこよ。いい場所でしょ」

ハナコは勢いこんで膝を乗り出した。

「あそこに風呂屋を新築すれば当たるわよ。あそこら、近頃、どんどん家が建ってるでしょう。あたし、この間行って調べたんだけど、たいてい十二坪かそこらの小住宅で、浴室なんか持ってないようよ。だから当たるわ。そのかわり泉湯さん、いや、泉湯はちょっと客足が落ちるかも知れないけれど」

三吉は大きく呼吸をして腕を組んだ。そして天井を向き、泉恵之助の顔を思い浮かべた。

あの鮨《すし》屋事件以来、しばらくの間は、三吉と恵之助は道で会っても、プンとそっぽ向く状態がつづいていたが、近頃ではそのにらみ合いの状態が、さらに悪化する傾向にあったのだ。

考えれば考えるほど憎らしくなってくるので、ある日三吉は道で恵之助とすれ違いざまに、舌をペロリと出してやったのである。その時恵之助はプンとそっぽ向いていたのであるが、そっぽ向きながらも、横目で三吉の挙動をにらんでいたらしい。

その次に道で出会った時には、今度はいきなり恵之助の方からアカンベーをした。

その次の出会いでは、両者は同時にアカンベーをした。

その次の出会いでは、アカンベーばかりでは芸がないと思ったのであろう。恵之助はやや手の込んだ仕草をした。両手の人差指で空に四、五回輪を描き、次に両掌をパッとひろげて、それから白い歯をむき出してわらったのである。

恵之助のつもりでは、お前はクルクルパアだという仕草であったが、三吉はそう取らなかった。掌のひろげ具合だといい、歯のむき出し方だといい、そっくりお前は山猿だ、と諷しているのだと解した。

だから三吉の血は逆流した。あの日以来、いや、それよりずっと以前から、三吉には山猿コンプレックスがあったのである。

「ちくしょうめ！」

三吉は腕組みをといて、自分の膝を拳固でなぐりつけた。そしてその痛さに顔をしかめながら言った。

「ひとつ、でんと建ててやるか。そうすればあの背高ノッポも、音を上げるだろう。音を上げて、わしにあやまりに来るだろう。ざまあ見ろだ！」

# 人間器械

違い棚のオメガの置時計が、十二時二十分前を指していた。そこは十畳の書斎になっていて、真中には黒檀の机がでんと置かれ、傍の小机には本や雑誌や書類のたぐいが山と積まれていた。

小説家の加納明治は、書き終えた原稿を角封筒に入れ、原稿箱の中にポイとほうり込んだ。そして小机の引出しから日記帳を取り出し、黒檀机の上にひろげながら、ちらと置時計の方をみた。

加納の就眠時間は十二時と決まっているから、いや、決められているのだから、残すところ二十分が彼の自由時間であった。

まったく小説家加納の自由になる時間は、一日の中ちょっとしかない。一日の段どりがきちんと決められていて、眼かくしをされた馬車馬みたいに、そのスケジュールに従って労働せざるを得ないのである。小説を書くことは、加納にとって、すでに労働であった。頭脳の労働というより、筋肉労働という方に近かった。

加納はペンをとり上げた。

『八時起床。酵素《こうそ》風呂に入り朝食』

起床時間と酵素風呂入りは、毎日の行事だから、書く必要はないのだが、つい形式上そう書いてしまう。

『天気』

と書いて、加納は小首をかしげた。今日は晴れか曇りか雨だったのか、覚えていなかった。加納の日常は、それほど天気と関係なかったのだ。加納はペンを置いて立ち上がり、窓をあけて空を眺めた。空にはたくさんの星がチカチカと光っていた。加納は納得《なっとく》した表情になって机の前に戻って来た。

『天気快晴。朝食。果汁、半熟卵、とーすとぱん、まーまれーど。午前中仕事。昼食。野菜入りイタメウドン（粉ちーずカケ）、野菜どれっしんぐ、果物盛合（おれんじ他）。昼食後仕事。

夕食。ぽたーじゅすーぷ、こーるみーと（牛肉、はむ）、とまと、キューリ、ふるーつさらだ、強化ぱん、よーぐると。

夕食時ニ、タマニハ和風ノ食事ヲトリタシト、塙女史ニ申シ込ム。夕食後仕事』

毎日の献立は塙《はなわ》女史が決める。加納の好みはほとんど入れられないのである。なぜならば、毎日の食餌《しょくじ》は加納の好みを充たすためのものでなく、加納の健康を保持させるためのものであるからだ。

毎朝の酵素風呂入りも、やはりそのためのものであった。

塙女史の説によると、酵素というやつは熱を下げる働きがある由で、かつ大腸菌、ブドウ状菌、その他有害菌を殺菌する力を持っている。神経痛やリュウマチスにもよく効き、胃や肝臓や腎臓のためにもいいというのだから、小説家のような座業者には、打ってつけの湯なのである。

そういうありがたい湯であるから、加納はよろこんで毎朝入湯しているかというと、必ずしもそうでなかった。ことに近頃彼はある種の嫌悪を酵素風呂に感じ始めている。

自発的に入湯するのではなく、強制的に入湯させられるのが、その理由のひとつでもあった。彼の嗜好に奉仕しているのではなく、彼の健康だけに奉仕していることが、面白くないのである。

日記帳をパタンと閉じると、加納は急にするどい眼付きになって周囲の気配をうかがった。そして本棚の木のうしろから、ごそごそとウイスキーの角瓶を取り出した。塙女史にも秘密のかくし場所であった。

ウイスキーのことなどが塙女史に知られては大変だ。懇々と説得されたあげく、取り上げられるにきまっている。

塙女史が加納家にやってきたのは、今からちょうど二年前になる。

その時加納明治は四十八歳であった。四十八歳にして、彼は糟糠《そうこう》の妻と別れた。別居の直接の原因はなかった。ただ何とはないあせりみたいなものが加納にあって、そこで合議の上、別居することになったのである。四十八歳とは、男性にとってかなり危険な年齢なのだ。

「別居しよう」

「ええ。そうしましょう」

と、さばさばと別居して、加納は二十年ぶりに新鮮な自由感を味わった。彼は考えた。(そうだ。この自由感こそが、創作の源泉だ。もっと早く気がついて別居すればよかったなあ)

自由感は取り戻したものの、いざ妻がいなくなって見ると、身のまわりの世話をする人が、どうしても必要になってくる。

そこで加納はいろいろ考えたあげく、新聞広告を出した。

『秘書兼助手ヲ求ム。当方小説家』

かなり多数の人々が応募してきた。

『女性ニ限ル』という断り書きをつけるのを忘れたので、その半数は男性であったが、野郎ではどうにもならない。

六十歳前後の老人も交っていたが、おそらくそれは停年退職後のアルバイトのつもりで、応募してきたのだろう。

加納の条件は、若くて聡明な女性で、いろいろと細かいことに気が付き、しかもやさしいというのであるが、そうそう条件に合うような女性はいるものでない。

あれこれ詮考《せんこう》の結果、塙佐和子という女性を、加納は採用することにした。

塙佐和子はその時三十四歳、若いという条件には欠けていたが、フチナシ眼鏡なんかをかけ、つめたいような美貌の持主で、一見三十そこそこに見える。

某女子大学の英文科の卒業で、卒業後は某能率研究所、栄養研究所、某ドッグトレイニングスクール、某大学心理学研究室などの勤務を経めぐって来ている。スマートなスーツをパリッと着こなしているし、言葉もきれいで丁寧なので、その点も加納の気に入ったのである。

「僕は小説書きだし、生活もだらしない方なんでね。遠慮せずピシピシやってくださいよ」

今考えると言わないでもいいことを、いや、言うべきでなかったことを、加納は塙女史に言った。

「何もかも、僕の生活の全部、箸の上げおろしから友達付き合いまで、あなたに任せることにするから、よろしくやってください。つまり、この僕をして、如何にして良き小説をたくさん生産させるか、そこに重点を置いて、いろんな計画を立てて下さい。もし僕がぐずぐず言うようだったら、ひっぱたいてもいいですよ。僕という人間より、小説が大切!」

まったく余計なことを言ったものだ。

「はい。かしこまりました。先生」

塙佐和子はしずかに答えた。

「先生をして、良き小説を書かせることに、全力をつくしますわ」

「よろしい。それから僕は、あなたのことを、女史、あるいは塙女史、と呼ぶことにします。他の呼び方は、とかく日本的陰翳《いんえい》を帯びていて、面白くない。女史、ならサッパリしているからねえ」

加納明治に対する塙女史の世話の仕方は、最初のうちは実に献身的であった。いや、今でも献身的なのだが、献身ぶりが少し違っていた。

初期の塙女史の献身ぶりは、今のとくらべて、実にういういしく、やさしかった。恋人的ですらあった。恋人的であり、母親的であった。

だから加納は最初は全く満足していた。生活の周辺にさまざまの改革がほどこされたにもかかわらず、四十八歳の加納はそれに満足していた。快適ですらあった。

人間も四十八歳ぐらいになると、外界の変化をあまり好まないものであるが、それが快適に感じられたのだから、どんなに恋人的であり、母親的であったかが判る。

(生活の形を変えるのも、なかなか新鮮な感じのするものだわい)

改革はあらゆる方面において、少しずつ進行していた。

たとえば、食生活。

今までみたいな不規則な食事は改められた。味よりも栄養を主としたものに変えられた。なにしろ彼女は、栄養研究所で働いていたこともあるのだから、その方面はお手のものなのである。

睡眠時間も、ドンピシャリ八時間。それより多くても少くてもいけないのだ。夏期にはそれに一時間の昼寝が加えられる。

よほどの事情がなければ、十二時就寝の、八時起床。

それまでは仕事や遊びの関係で、徹夜したりするようなこともあったが、いっさいそれは禁止となった。徹夜なんか能率が悪いという女史の説なのである。かつて能率研究所にも勤めていたんだから、加納も反駁できない。

では、どうしても徹夜をしなければならぬ仕事があれば、どうするか。

それは安心である。塙女史がそんな仕事を拒絶するからだ。仕事を引受けたり断ったりすることも、塙女史の任務になっていた。加納にオーバーワークさせないように、女史は万全の注意を払うのである。

八時起床の十二時就寝、毎日毎日そんな生活をしていると、今までと違って、だんだんメシがうまくなってきた。それはそうだろう。

そのかわりに、酒と煙草の量は制限ということになった。

これも塙女史の最初の試案では、全面的禁止ということであったが、いくら改革を快適だと思っていた加納も、それには言葉を尽くして反対した。

「そ、そりゃ困るよ。いくらなんでも全面的禁止とは、僕は生きている甲斐がない」

酒も煙草も百害あって一利なし、という塙女史の主張も、加納の必死の頑張りにあって、部分的制限ということに落着いた。

煙草は一日に十本。

酒は週に二回。一回が二合。ビールならば二本。

不用の外出もやがて禁止されることになった。

小説の取材という外出には、塙女史もついて来るのだから、存分に羽を伸ばすというわけにはいかない。

住も改革された。

便所も腰掛式となった。しゃがみ式は身体に悪いというのである。

塙女史は改革のたびに、やさしい声で言うのである。

「ねえ。先生にいい仕事をしていただくためには、あたし、どんなギセイでも払いますわ」

塙女史の理想主義的な改革ぶりに、最初は満足していた加納明治も、その改革がだんだん進行発展して行くにつれて、そろそろあわてざるを得なかった。

塙女史は何年計画かで改革を成就させるつもりらしく、いきなり一挙の改革には出ないが、じょじょに、確実に、ことを運んでいくのである。

彼女は心理学研究室にも勤務していたことがあることとゆえ、そのへんの呼吸はよくのみ込んでいるらしい。

しかし、いくらのみ込んでいても、理想主義的やり方というものは、とかく現実と衝突するものだ。

あぐらをかいて仕事をするよりは、腰かけて仕事をする方が、身体のためにもいいし、能率的だ。その主張にもとづいて、卓子と椅子をあてがわれ、加納は大いに難渋した。長年あぐらが習慣になっているので、椅子では全然仕事ができないのである。

「やっぱり椅子はダメだよ。塙女史」

加納はついに悲鳴を上げて、塙女史に嘆願した。

「椅子では全然頭が動かないよ」

「それは変ですねえ」

塙女史は眉をひそめた。

「でも、仕事ができないとおっしゃるのなら、仕方がありませんねえ。では、先生、元のお机にいたしますから、いい仕事をなさってくださいませ。でも、時々は椅子にかけて、椅子に慣れてくださいませね。トルストイだって、カミュだって、あぐらをかいては仕事しませんでしたわ」

一日の中の時間の割当ても、最初はゆるやかに含みを持たせていたが、その中だんだんきびしくなってきた。

八時間の睡眠、八時間の労働。のこりの八時間が、食事や入浴や散歩や読書や外出。その割当てをキチンと守るのである。

いい仕事をしていただくために、という大義名分があるのだから、加納はふくれ面をしながらも、従わざるを得ない。

それに、最初に彼女と契約した時に、ピシピシやって欲しい、言うことを聞かねばひっぱたいてもよろしい、という言質を与えている。今さらそれを変改するわけにはいかないのだ。

塙女史を秘書兼助手として雇《やと》い入れて一年間を過ぎた頃から、加納家の主導権は完全に彼女に握られてしまっていた。いつの間にそうなったのか、ほとんど判らないような微妙なやり方で、塙女史はその位置についていたのである。

そのうちに加納は、自宅では編集者と会うことも、一切なくなってしまった。一切を塙女史が代行するからである。加納は塙女史から、今月はこれこれの仕事をしなさいと伝達され、唯々諾々《いいだくだく》として制作に従事するのである。

来客ですらも、塙女史が先ず会って、仕事中であれば、どんなのでも追い返してしまうのだ。

加納がそれに異議をとなえても、

「僕自身よりも仕事が大切。先生はいつかそうハッキリおっしゃいましたわ」

と塙女史は一蹴してしまう。

こうして改革が次第に進行して行くにつれて、加納はだんだん憂鬱になってきた。そろそろ自分が人間でなく器械にでもなったような気がし始めてきたのだ。

こういうわけで、加納明治は人にもろくに会えないのである。朝起きてから夜寝るまで、目にしたのは塙女史だけ、という日も少なくなってきた。

前述のごとく、八時間睡眠、八時間労働だから、残る時間はまだ八時間あるわけだが、その八時間もなかなか自分の自由にならない。

運動といえば、庭の芝生に出て体操や縄飛びをするとか、あるいは散歩。散歩には必ず塙女史がついてくる。

塙女史が設計した理想主義的生活が、しだいに確乎《かっこ》とした形をとり始めた頃から、加納明治は次第にへこたれてきた。毎日毎日が辛抱できなくなってきた。

身体の方は、規則正しい生活と栄養食によって、大変調子よく強健となり、また頭悩の働きもグルタミン酸、ビオチン、カルシューム、燐《りん》などの適量の摂取により、俄然明晰となってきたのだが精神そのものがへこたれてきたのである。

いくらいい仕事をするためとはいえ、酒、煙草その他嗜好品の制限、無用の外出の禁止などということは、人間としては辛抱できかねるのだ。

ある日の夕方、ちょうどその日は飲酒日であったので、加納は神妙にちびちびと盃を傾けていた。場所は台所で、以前はそこは単なる台所であったのだが塙女史の改革方針にそって徹底的に大改造、今ではリビングキチンになっている。リビングキチンの丸椅子に腰をおろして、酒を飲むなんて、まことに味けがない。青畳の上に大あぐらをかいて、スダコか何かでキュッとやりたいのだが、この方が能率的であり、衛生的であるというのだから、余儀ないのである。

「ねえ。塙女史」

調理台に向かって料理をこしらえている塙女史に向かって、加納は声をかけた。

「毎日の散歩のことだがね、あれはあまり意味がないと、僕は思うんだがね」

「なぜでございますの？」

調理の手を休めて、塙女史は顔を振り向けた。

「なぜかというとだね、散歩というやつは、ただ歩くだけで、目的がない。何か用事があって歩くというのなら判るけれども」

「目的はちゃんとございますわ。先生」

縁無《ふちな》し眼鏡の向こうで、塙女史の眼がきらりと光った。言葉は丁寧だけれど、語調はやや押しつけがましい。

「そ、そりゃ保健という目的はあるだろうけどね」

加納はちょっとどもった。

「でも、僕は散歩なら、あんな川っぺりや畠の中じゃなく、街を歩きたいんだよ。つまり市井《しせい》の塵――」

「それはいけませんわ。先生」

塙女史は断乎として言った。

「新鮮な空気。それが大切ですのよ。町中の空気は、大変汚染していて、肺なんかにもとても悪いんですのよ。わたくしがドッグ・トレイニング・スクールで勤務しておりました時も、犬を散歩させるのに――」

「ドッグと僕とでは違う」

さすがに加納もにがにがしげにさえぎった。

「ドッグは小説は書かないが、僕は小説を書くんだよ。一緒くたにされては困る」

「一緒にしてはおりませんわ」

「いや、してるらしい。その証拠には、散歩といえば、必ず女史はついて来るじゃないですか」

「それは先生のためを思えばこそでございます」

調理台を背にして、塙女史は居直りの気配を示した。

「わたくしがお伴いたしませんと、きっと先生は街の方にお出かけになってしまいますわ。街に出てきたない空気をお吸いになれば、それだけ体力が低下して、作品活動も衰えるにきまっていますもの」

「そんなに女史は僕を信用しないのか？」

「信用してさしあげたいのですけれども」

塙女史は憐憫の表情を浮かべた。

「この間の山本さんの出版記念会でも、お酒を二合しか召し上がらないとお約束なさったくせに、ご帰宅の時、アルコール検出器でお調べしたら、七合以上も先生は召し上がっていらっしゃいました。七合以上というと、二週間分の定量になりますわ」

「そ、それは——」

加納はまたどもった。アルコール検出器というような文明の利器を、塙女史はいつの間にか買い込んで、万全を期しているのだからかなわない。

「あれは、むりやりに飲まされたんだ。つき合いだから仕方がない」

「仕方がないでは済みません」

塙女史は子供をたしなめるような声で言った。

「散歩というものは、先生のような方には、絶対必要なものでございます。新鮮な空気。適当な運動」

「しかし、だね」

加納もここぞとばかり頑張った。

「たとえば、昼間に一時間、散歩に出るだろう。それからまた夜に、外出するとする。すると、昼間の散歩で、僕の適当な運動は済んでいるわけだろう。夜の外出分だけが余分なものになるわけだね。そうすれば、それは運動過剰ということにならないか」

「そ、それは――」

今度は塙女史がどもった。だから加納はたたみかけた。

「僕も今年で五十歳になる。運動過剰はしんから身にこたえるのだ。だから昼間の散歩はやめにして、もっぱら街歩きでそれに替えたいと思う。街の空気はきたないきたないと言うが、なに、塵埃濾過器《じんあいろかき》を使用すれば何でもない。それに、水清ければ魚棲《す》まずのたとえ通り、人間だって、すこしはよごれたところに住む必要がある」

「塵埃濾過器？」

塙女史はきらりと眼を光らせた。

「それ、どこで売っているんでございますの？」

「薬屋で売ってるよ。マスクのことだ」

「マスク？」

塙女史は失笑した。

「大げさなことをおっしゃるものではありませんわ。マスクを塵埃濾過器だなんて。それよりも、そんなに運動過剰とおっしゃるなら街歩きをおやめ遊ばせ。つまり、歩くということを――」

「歩くことを止めろって、そんなことはできないよ。用事があって、目的地があるんだから」

「目的地なんか、歩かなくても着けます」

「どうやって着ける？」

「自動車をお買いになればよろしゅうございましょう」

塙女史は平然たる表情で答えた。

「この間からあたくしは、そのことを考えておりました」


塙女史を秘書兼助手として雇い入れて以来、すべての事務、渉外、会計に到るまで、加納は彼女にあずけ放しにしている。あるいは彼女から取り上げられた、という言い方が正しいかも知れない。

女史がかくもテキパキと事務的であることは、加納にとって一面気楽でもあるが、一面においては前述のごとく、大いに加納をへこたれさせた。あまりにも事務的に過ぎるのである。長年連れそった古女房と別居、そして自由の境遇に入り、それから美人秘書を雇ったのであるから、加納の当初の考えには、ロマンティックな要素がなかったとは言えない。いや、言えないという程度ではなく、大いにあったのである。美人という条件をつけたことでも、それは明瞭である。

ところが塙女史は、美人は美人であっても、その美しさには情というものが全然こもっていないのである。つまり動物的、または植物的美しさでなく、鉱物の美しさにそれは似通っていた。

スタイルも八頭身的でスマートだが、腰も胸もふくらんでいないので、まるで竹の筒みたいに見える。

その硬質的な美しさに迷わされて、つい雇い入れたわけだが、やがて加納はそこにロマンチィックな要素がないことに気がついた。一言にして言えば、この美人秘書に対して、彼は全然食指が動かないのである。最初から動かすつもりで雇ったわけではないが、そこはそれ、も少し軟かいところがあってもいいではないか。

(実際、金魚か熱帯魚みたいな女だな。見る分には美しいが、食べたいという気持がいっこうにおこらない)

加納がそんな呑気なことを考えているうちに、塙女史は加納の生活の要所要所を確実に押さえてしまったのである。

「自動車を買うんだって?」

加納はおどろきの声を上げた。

「そうでございます」

塙女史は切口上で答えた。

加納は盃を宙に浮かしたまま、しばらく塙女史を眺めていた。

近頃では会計一切も塙女史に任せているのだから、自分にどの位の収入があるか、税金関係はどうなっているのか、蓄えはどうなっているのか、加納はほとんど知らない。面倒くさくて知りたくない気持もあるのだが、第一には塙女史がギュッと握って離さないからだ。金銭関係に心を使うと、作品制作の能率が落ちるというのが、その理由である。しかし毎日八時間労働、それに精勤しているのだから、以前よりは生産量が上がっているはずであった。それにぐうたら生活による出費もなくなったわけだし。

「どうしても買うと言うんだね」

「さようでございます。先生」

塙女史はつめたい声で答えた。

「街歩きはいっさい自動車でやっていただければ、毎日の散歩はきちんと励行《れいこう》できる筈ですわ」

盃を支えたまま、加納の気持はヘナヘナとくずれ折れた。そういう具合に宣言されると、もう抵抗できないような感じに、加納は近頃なってしまうのである。猫ににらまれた鼠とでも言うか、よほど深い前世の因縁があるのかも知れない。

加納は情なさそうな声で問い返した。

「自動車を買うのはいいけれど、運転は誰がやるんだね?」

「それは、運転手をおかかえになっても、よろしゅうございましょうし——」

塙女史は平然として、かねてから予定していたような口調で言った。

「何ならあたくしが、運転術を勉強してもいいと、思っておりますのよ」

「運転手を雇うと、それだけ費用がかさむだろう?」

「それはかさみましょうねえ」

他人事《ひとごと》のごとく塙女史は返答した。

「では、女史に頼めばタダか。いや、タダというわけにもいかないだろうし――」

最後はひとりごとじみた口調になって、加納明治は宙に眼を据えた。眼を据えながら、加納の右手はちょうしの首をつかんで、無意識にことことと振っている。まだ酒が残っているかどうか、確かめるためにだ。これは酒飲みにとっては、大変いやしい真似だとされている。

昔はそんな癖はなかったのに、そんないやしい癖がついたと言うのも、塙女史から酒量を制限されたためである。

良い作品を書くために、酒を制限され、今度は酒を制限されたために、いやしい癖がついた。いやしい癖がつけば、やがてそれが作品にも影響してくるだろう。

事実、塙女史の改革が進行して行くにつれて、加納明治の作品は、進行に比例して、質量共に低下の傾向があらわれつつあった。

いくら身体が丈夫になり、頭脳が明晰になっても、ろくに外出もさせず、よごれた空気を吸わせず、運動が縄飛びと散歩ときては、まるで温室に栽培された清浄野菜みたいなもので、ロクな作品が書けよう筈がない。そのことを塙女史に切出さないのは、議論によって女史を納得させる自信を、加納がうしなっているせいであった。理屈という点になると、加納はからきしダメなのである。

「ええと――」

ちょうしの振り癖にハッと気づいて、加納はそれを卓に戻した。ちょうしはすでに空《から》になっている。

「それは僕がやることにしましょう。一石二鳥だ」

「それ、と申しますと?」

「運転のことだよ」

加納は断乎として言った。

「運転は、僕が練習することにする」

「先生が?」

塙女史は呆れたような声を出した。

「先生がおやりになるんですか。そのお歳で。ハンドルとペンとでは、少々違っておりますわよ」

「やるったら、やる!」

酒の気も少々入っているので、加納はふだんに似合わず強気に出た。ここらで強気に出とかないと、総くずれになるおそれがあったのだ。

「女史がどうしても一時間散歩に固執するなら、僕だってすこしは固執してもいいだろう。とにかくそれは、僕がやることにする！」

塙女史に運転を習わせたら、外出においても後方座席で、自分は囚人のごとく護送されるだけだろう。その思いが加納の勇気をかり立てた。

「とにかく僕がやるんだ！」

なにを力んでいるのかと、塙女史はいぶかしげな表情となった。実際女史には、加納の気持は判っていなかった。塙女史は言った。

「ハンドルとペンとは違う、とあたくしが申し上げたことが、お気にさわったんでございますか？」

このようないきさつで、加納明治は自動車を買い入れることになった。

学校時代の同級生の一人が、今ではちょいとした会社の重役になっていて、その自家用車を安くゆずって貰ったのである。外国製の小型車で、まだほとんど傷んでいない。

自分が運転するつもりだと加納が言った時、その重役は言った。

「加納。そいつはよした方がいいぜ。悪いことは言わんから、運転手を雇えよ」

「なぜ？」

「なぜもくそもあるかい。お前が運転して、そして人を轢き殺して見ろ。早速刑務所入りだぜ。お前はもともとそそっかしい男だからな。運転手だったら、お前は損害賠償だけですむんだ」

「いや。これにはいろんな事情があってな」

「どんな事情だ?」

「おれだって、すこしは、羽根を伸ばしたいんだよ」

はてな、という顔を重役はした。

「それ以上羽根を伸ばしてどうするんだい。だいたい小説家なんてものは、朝寝はするし、酒は飲むし、女遊びはするし、破目の外し放題じゃないか。おれなんか、いつもお前のことをうらやましく思っているんだぞ」

「お前はそう思うだろうが」

と加納は苦笑した。

「実際はなかなかそんなものじゃないよ。おれはむしろ、お前の方がうらやましい」

重役の忠告を黙殺して、加納は運転術を習い、やがて運転免許証を取った。

この自動車購入を最初に言い出したのは、塙女史であったが、それを逆用することによって、利益を得たのは加納の方である。

なにしろ自分で運転するのだから、どこにでも飛んで行けるし、またいろいろとごまかしがきくのだ。

それまでは、取材のための外出といっても、ちゃんと塙女史が随行して、窮屈極まりないものだったが、自動車となると随行というわけには行かない。

加納が運転席にいるのだから、もし随行するとすれば、女史は後部シートにおさまらざるを得ない。主人がハンドルを握り、秘書兼助手が客席にふんぞりかえるのは、やはり具合が悪いのである。

塙女史も散歩時間や散歩場所を固執せずに、あっさりと夜の散歩を許しておれば、こんなことにはならなかったのに、女史としてはとんだ手抜かりと言うべきだろう。

といっても、塙女史は、加納を理想的環境にしばりつけるのを、唯一の目的としていたわけではない。あくまでも女史の目的は、しばりつけることによって、加納に良い作品を多量に書かせるということであった。鶏を窮屈な場所に押し込め、いろいろ束縛することによって、多数の卵を生産させるようにだ。

多分に理知的であり、計画性に大いに富んだ彼女であったが、芸術を鶏卵と同一視したところに、その考え違いがあった。その考え違いのために、塙女史は芸術の擁護者であるかわりに、芸術の破壊者となっていた。(もうおれは執筆器械にはならないぞ。器械に甘んじておれるものか)

そんなにかげで力むのなら、いっそ塙女史をちょんとクビにすればいいのに、と思うのだが、それができないところに加納明治の気の弱さがあった。しかも当人は、その気弱さを、ヒューマニズムだと思い込んでいるのだから、世話はない。

## 春の風

浅利圭介は戦争の夢を見ていた。

戦争といっても、現代のそれでなく、夢の中で圭介はヨロイカブトに身を固め、弓矢を持っていた。

なんでも敵にものすごく強い女性がいるらしい。彼方にその姿が見える。肥って堂々としたその女性は、やはりヨロイに身を固め、大声を上げて攻め寄せてくるのだ。

(ああ、あれが勇女板額《はんがく》だな)

夢の中で圭介は考えた。

(するとこの俺が、浅利義遠与一というわけだな。しかし、いつの間に、おれはご先祖様になったんだろう?)

圭介は弓をつがえて、板額をにらみつけた。見事に討ち取ろうというつもりなのである。

すると板額が彼をにらみ返して大声で、呼ばわった。

「こら。そこにいるのは、おっさんだな!」

「あっ。おばはん」

圭介はたちまちにして戦意を喪失、弓矢を投げ捨てて、一目散に逃げ出した。板額と思ったら、攻め寄せてくるのは、ヨロイに身を固めた妻のランコだったのだ。

「おばはん。許してくれえ」

せっぱつまって、そこにあった古池の中に、圭介はどぼんと飛び込んだ。泳ごうとしたが、ヨロイカブト姿だから、そういかない。ぐんぐんぐんぐんと沈んで行く。呼吸が苦しく、懸命にもがくのだが、浮き上がらない。

沈みに沈んだあげく、枯葉や泥の堆積した水底に、圭介はどっしりとあぐらをかいていた。ふしぎなことには、もう呼吸は苦しくなかった。

「ああ、たすかった」

圭介はカブトを脱ぎながら、あたりを見回した。藻のようなものがゆらゆら動き、魚が何匹も泳いでいる。その魚の一匹が、急に方向を変えて、圭介の正面に泳いできた。

魚は真正面に圭介と向き合った。

それはもう魚の顔でなかった。

「あ、君の名は——」

圭介はそう叫ぼうとした。が、咽喉をしめつけられて、声が出なかった。魚のヒレが手になって、圭介の首をしめて来たのだ。

苦しげにうなりながら、圭介の意識は薄紙を剝《は》がすように、すこしずつ目覚めていった。

誰かが肩をゆすぶっている。

圭介はフッと眼をひらいた。

肩をゆすぶっているのは、陣内陣太郎であった。

「ひどくうなされていたようですな」

陣太郎はゆすぶり止めた。

「何か夢でも見たんですか?」

「夢?」

圭介は不機嫌そうに眼をぱちぱちさせた。夢の中の魚の顔は、この陣太郎の顔であったのだ。

「うん。夢を見ていた」

夢の中で首をしめられたからといって、現実の陣太郎に文句を言うわけにもいかない。

「どんな夢です?」

「ご先祖様の夢だ」

お前から首をしめられた夢だ、とは言えないので、圭介はぶすっと答えた。

「僕がご先祖様になって、勇しく戦っていた夢だよ」

「ご先祖と言いますと?」

「浅利義遠与一だよ。歴史で習っただろう。板額を手取りにした勇将だ」

「浅利、与一？」

陣内陣太郎は遠いところを見る眼付きになった。

「それ、幕臣ですか？」

「幕臣じゃないよ」

浅利圭介はうんざりした声を出した。

「徳川幕府ができるずっと前のことだ。君は何にも知らないな」

「幕臣のことなら、割に知っているんだけれども」

陣太郎は頭をごしごしとかいた。

「その浅利与一に、夢の中で、僕はなっていた。ヨロイカブトに身をかため、むらがる敵の中を、阿修羅のごとく荒れ回っていたんだ。面白かったところを、君に起こされて、残念だった」

「そんなに面白い夢でしたかしら」

陣太郎はにやりと笑った。

「確かに、許してくれえ、と言う寝言が聞こえたようでしたが」

「寝言？　僕は寝言を言ったか？」

圭介はやや狼狽した。ヨロイ姿のランコから追っかけられた時の悲鳴が、おのずと口から洩れ出たのだろう。

「そ、それは僕の言葉じゃない。敵の悲鳴を、僕が代行してやったんだろう。そんなこと、よくあることだ。で、君は先祖になった夢は見ないかね？」

「さてね」

陣太郎は首をかしげた。

「この間、曾祖父《ひいおじい》さんになった夢を見ましたよ。あの夢は、つらかったな。おれ、思わずうなっちゃったよ」

「君の曾祖父さん、商売は何だったね？」

「将軍でしたよ」

「ショーグン？」

「そうです」

陣太郎はけろりとした顔で言った。

「十五代将軍です。おれ、夢の中で、慶喜《よしのぶ》将軍になっていてね、江戸城をよこせよこせと迫られて、ほんとにつらくて、イヤになっちゃった。その時、おれ、許してくれえ、と寝言を言ったかも知れない」

圭介は複雑な表情をつくって、陣太郎の顔を見た。

「でも、夢というものは、ふしぎなものですな」

「君、今朝は何時に起きた？」

圭介は傷ましげな声で訊ねた。

「今朝の気分はどうだね。頭かどこか、痛むところはないかね?」

「どこも痛くない。サッパリしていい気分です」

陣太郎は自分の頭を撫で、それから腹のあたりを撫で回した。

「おれはおなかが空いた。六時に起きて、ずっと書きものをしてたもんだから」

圭介は机を見た。客用蒲団を二つ折りにたたみ、そこに机が据えてある。机の上には、一束の用箋が置かれてある。昨夜圭介が間代をつつむのに使用した『陣内陣太郎用箋』という原稿用紙らしい。

「おれ、小さい時から、六時になると、パッと起きちゃうんですよ」

廊下に長男の圭一の足音が近づいてきた。

「今朝、ご飯を食べるかって?」

「うん。食べよう」

圭介はちょっと考えて、そう返事をした。近ごろでは、間代のみならず、一食たべる度に五十円ずつ取られるのである。ふたたび圭一の声で、

「お客さんもどうぞだって」

茶の間には、朝飯の準備がととのっていた。圭一だけはもう済ませたらしく、ランドセルを

背負い、草履袋をぶら下げて、立ったままあいさつをした。

「行って参ります」

「うん」

圭介は父親らしい威厳を見せて、うなずいた。

「しっかり勉強するんだよ。昨夜のような悪い歌なんか、覚えてくるんじゃないぞ」

「しっかり勉強して、えらい人になるんですよ」

傍からランコが口をそえた。そのえらい人という言葉を聞いて、圭介は情なさそうに肩をすくめた。同時に圭一も、子供ながらに、うんざりした顔になった。ランコが叱った。

「またそんな顔をする。それじゃあとても、えらい人になれませんよ」

「行って参ります」

圭一が出て行ったあと、三人は食卓をかこんで坐った。火鉢にしゅんしゅんと、鍋が湯気をふいていた。

「こちらが陣内陣太郎君」

圭介は紹介した。

「こちらが、この家の、おばはん」

「浅利ランコでございます」

分厚な膝をきちんとそろえて、ランコはあいさつをした。そして火鉢の鍋から、シジミの味噌汁を、それぞれの碗につぎ分けた。

圭介はシジミ汁は大好物だからまたたく間に一碗食べ終って手ずからおかわりをしたが、陣太郎君はツクダ煮とかオシンコばかりをつついて飯をかきこんでいる。それを見て、ランコは心配そうな声を出した。

「シジミ汁はおきらいですか」

「いや」

陣太郎は箸の動きを止めた。

「これは、おれには、熱過ぎるのです」

「熱過ぎる」

圭介が手を伸ばして、陣太郎の碗の外側にさわった。

「もうさめているよ」

「これでもまだ熱いのです」

「ずいぶん猫舌なんだなあ、君は」

「熱いものは一切ニガテですよ。ニガテというより、不慣れなんでしょうな。小さい時から、冷えたものばかり食わされて」

そして陣太郎はランコに言った。

「丼かなにか、貸してくれませんか」

運ばれてきた丼に、シジミ汁をあけ、またそれを碗に戻す作業を、陣太郎は二、三度くり返した。すっかりぬるくなった汁に口をつけ、うまそうにすすった。

すすったのは汁だけで、シジミの貝肉には箸をつけなかった。圭介がまた口を出した。

「シジミを食べないのかい。これは肝臓にいいんだよ。なにしろ蛋白質《たんぱくしつ》のかたまりみたいなものだからね」

「おれは肝臓は強いのです」

陣太郎は箸を置いた。

「ごちそうになりました。もうおなかがいっぱいです」

注《つ》がれた番茶も、熱いと見えて、陣太郎はしばらく手をつけなかった。

「さて」

つまようじを使いながら、圭介は舌を鳴らした。

「君は僕の部屋に行ってくれ」

陣太郎が部屋から出て行くと、圭介はポケットから十円玉を五枚つまみ出し、それをそっと食卓の端にならべた。

十円玉を五枚並べ終ると、浅利圭介はランコの顔色をうかがった。

「お客の分も、僕が払うのかね?」

「お客さんの分はよござんす」

ランコは手早く卓上をかたづけながら答えた。

「あれはどういう人？」

「どういう人って——」

圭介は返答に窮した。どういう人物なのか、彼にもよく判らないのである。

「肝臓が強いとか言ってたけれど、心臓も相当に強いんじゃないの？」

ランコはづけづけと言った。

「いったいどこで知り合ったの？」

「うん。あれで相当高貴の家柄の出らしい」

どこで知り合ったか、言いたくなかったので、圭介はそんな風にごまかした。

「猫舌なんかも、そのせいなんだよ。ああいう身分の人は、ちゃんと毒見役がいてさ、毒見が済まなきゃ、食事ができない。たき立てのメシなどを食べるわけにはいかないのだ」

「高貴の家柄？」

「うん。昨夜なんか、蒲団のしき方も不器用だった。自分で蒲団をしくことも、あまりないらしい。あんまりえらい家柄に生まれつくのも、考えもんだね。不便なもんだよ」

「えらくない家柄よりも、えらい家柄の方が、よござんす」

ランコはきめつけた。圭介の言い方が、えらいということにケチをつけた感じだったので、反撥したらしい。

「あのお客さん、いつまで滞在するの？」

「うん。あれは大切なお客だから――」

圭介は腰を浮かした。ランコからいろいろ突っ込まれると、困るのだ。

「とにかく、僕は今日、外出するが、陣内君はここに置いて行く。どこにも行かないように、おばはんは見張っててくれ」

「見張る？」

ランコは片づけの手を休めて、眉の根をふくらませた。

「そんなことを命令する資格が、おっさんにはあるんですか！」

「いや。命令じゃないんだよ」

腰を浮かしたまま、圭介は両掌を突き出すようにした。

「命令じゃなくて、依頼なんだよ。依頼でいけないと言えば、それも取消す」

そう弁解しながら、圭介は中腰のまま後退、廊下に飛び出した。

「ごちそうさまでした」

ランコも何か言おうとしたが、そのまま圭介の姿が障子のかげに消えたので、言うのを中止して舌打ちをした。

圭介は廊下を横歩きに歩いて、納戸に戻ってきた。陣太郎は机の前に坐って、鼻毛を抜いていた。

「僕は今から出かける」

圭介は不機嫌な声で言った。

「あの三・一三一〇七の番号車が、誰の所有であるか、調べて来る」

「おれもおともしましょう」

「君はここに残っておれ」

圭介は高飛車《たかびしゃ》に言った。

「あのおばはんがやって来て、いろいろ訊ねるかも知れないが、余計なことをしゃべっちゃいけないよ。自動車なんかのこともだ。判ったね」

「判りました」

陣太郎も仏頂面になって、抜いた鼻毛を机に植えつけた。


「僕が戻って来るまで待っているんだよ。どこにも行くんじゃないよ」

障子に手をかけたまま、浅利圭介はも一度念を押した。

「退屈なら、書棚の本でも読んでいなさい。昼飯はおばはんに頼んである」

「おれは、退屈しないです」

陣内陣太郎はそっけなく答えた。納戸に押しこめ奉られたのを少々無念に感じたらしい。圭介は言った。

「では、行って参ります」

空はうららと晴れわたり、あたたかい春の風が吹いていた。

(はて。ナンバーから自動車持主をしらべるのは、やはり警視庁かな。では、警視庁に行って見ることにしよう)

凸凹《でこぼこ》道を歩き悩みながら、圭介は今日の方針を立てた。天気はいいし、風はあたたかいし、何もかもすらすらと行くような予感があって、圭介は何となくにやにやと頰の筋肉をゆるめた。

やがて昨夜の生籬が近づいてきた。その地点に立ち止まると、圭介はやや緊張して、そこらのやわらかい地面に視線をはしらせた。昨夜箸で書きつけた三・一三一〇七という数字は、すっかり消え去っていた。そこらは一面、彼自身の靴の裏で踏みつけられていた。

(どんな具合にして、あいつは自動車と衝突したんだろうな。いやはね飛ばされたんだろうな?)

圭介はそこに佇《たたず》んだまま、明るい光の中で腕を組んだ。

(頭を打ちつけたとすれば、この生籬か、それとも地面にか。それとも、あいつの言う通り、打ちつけなかったのか?)

昨夜からの陣内陣太郎の言動を圭介は反芻するともなく反芻して見た。陣太郎の時折の突《とっ》拍子《ぴょうし》もない言動を、後頭部を打ったためだとばかり解釈していたのだが、今ここで実地検証をして見ると、生籬はマサキだし、内でそれを支えているのは古竹だし、道路もアスファルトは中央部だけで、生籬の下は軟土だし、ネジが狂うほど頭をぶちつける物件は、そこらに見当たらないのである。

それに陣太郎はリュックサックを背負っていたし、そのリュックサックの中は、用箋とか着換えとか、そんなやわらかいもので詰っていたようだから、あおむけにはね飛ばされても、それほどの衝撃は受けなかっただろう。

「はて。では、あいつは、ほんとに徳川慶喜の曾孫か」

圭介は思わず口に出してつぶやいた。

そうつぶやいて見ると、なるほど、あの魚のような異相は、そこらにざらにころがっている顔ではないし、悠々と物怖《ものお》じしないところも、タダモノでない感じがする。猫舌であるという点で高貴の出だと、先ほどランコに説明したが、あるいはそれがほんとだったのかも知れない。

(いやいや、下賤の人間にも猫舌はいる)

(とは言え、はね飛ばされたのが高貴人であるとすれば、はね飛ばした方は、ちょっと都合が悪かろう)

(はね飛ばした方が、ちょっと都合が悪ければ、その分だけこちらは都合がよくなりはしないか)

そこまで考えて、圭介は腕組みをといた。

その圭介の後姿に、十メートルほどはなれたソバ屋ののれんの下から、ソバ屋のおやじが不《ふ》審《しん》そうに声をかけた。

「浅利さん。いったいそこで何をしてんだね？」

午前中、陣内陣太郎は、浅利圭介に言った通り、退屈している様子はなかった。

窓から晴れた空を眺めたり、ごろりと畳に寝ころがって何か考えたり、机の前に坐って用箋に何か書きつけたり、そんなことをしているうちに、お昼になった。

浅利ランコも午前中、掃除をしたりミシンをかけたりしていたが、息子の圭一が、

「ただいま！」

と元気よく戻ってきたので、あわてて台所に入り、昼食の用意にとりかかった。

その母親のあとを追って、圭一も台所に入り込み、

「おなかがすいた。おなかがすいた」

とわめき立てたので、ついにランコはたまりかねて一喝した。

「なんですか！　男の子が、おなかがすいたぐらいで、そんなに騒ぎ立てて。そんな風では、とてもえらい人にはなれません！」

それを言われると、たちまち圭一はげっそりして、わめき声をおさめた。親爺がえらくなれなかった埋め合わせとして、早くえらくなれ、えらくなれと要求されるのだから、これは小学生の力には余ることだろう。

しゅんとなった圭一を、ランコは台所から追い立てた。

「ここは男の子が入るところじゃありません。納戸に行って、あのお客さんが何をしているか、様子を見て来なさい」

圭一はしょぼしょぼと台所を退出、廊下に出て元気を取り戻し、スキップ飛びで納戸にやって来た。障子をがらりとあけた。

「小父さん。何をしてるの？」

机の前に端坐していた陣太郎は、のっそりと振り返った。圭一は遠慮することなく、その肩に飛びついた。

「何を書いてるの。小父さん」

「何を書いてるかって――」

陣太郎はペンを置いた。

「字だよ。綴り方を書いているんだよ」

「大人でも綴り方を書くの？」

「書くとも。子供も書くが、大人も書く」

そして陣太郎は机を部屋のすみに押しやった。

「君は何て名前だね？」

「浅利、圭一だい」

「それでは訊ねるが——」

陣太郎は先生のような声を出した。声だけでなく態度も、いかにも先生そっくりになった。

「お父さんと、お母さんと、圭一はどちらが好きだね？」

「うん。それは——」

圭一は困った顔になった。

「お母さんも好きだけど、しょっちゅう、えらくなれ、えらくなれって、言うからイヤさ」

「お父さんは？」

「お父さんも好きだけど、なんだかハッキリしないんだよ」

小学生のくせに、圭一はませた口をきいた。

「僕、自転車が欲しいんだよ。もうせんから、買ってくれって、お母さんに頼んであるんだけれど、ダメなんだよ。なぜダメかというと、お父さんに働きがないからだって」

「お父さんの働きのないのは、昔からか？」

陣太郎は圭一の眼をのぞき込みながら訊ねた。

「お父さんとお母さんの喧嘩、見たことあるか。圭一」

昼食の支度ができるまで、陣太郎のひそやかな訊問は、執拗につづいた。

圭一が納戸からスキップで戻ってきた時、ランコはせっせと茶の間のチャブ台を、布巾で拭いていた。圭一は甘ったれた声を出した。

「僕、ライオンみたいに、おなかがすいてんだよ。早く食べさせないと食いつくよ」

「もうできてますよ」

そしてランコは声を低くした。

「お客さん、何をしてた？」

「綴り方を書いていたよ」

「綴り方？」

ランコは失笑した。

「お手紙か何かでしょ」

「お手紙じゃないってば。綴り方だよ。僕が行ったら止めちゃったけどさ」

「止めてから、何をしたの？」

「僕と世間話をしたよ。早く何か食べさせて」

「世間話だなんて、ナマイキを言うんじゃありませんよ」

ランコは布巾をたたんで、台所に行き、大皿を三つ持って戻ってきた。

「どんな話をしたの？」

「いろいろさ。おや、中華ソバだね。僕はつめたいのより、あたたかい方がいいな」

「いろいろって、じゃあお前、またつまらんことを、おしゃべりしたんじゃないだろうね」

「つ、ま、ら、ん、こ、と――」

圭一は困って、とぎれとぎれに復唱した。

「だって、いろいろ聞くんだもの。答えないわけにはいかないや。まるで、学校の先生みたいだね。あの、松平の小父さん」

「松平の小父さん？」

ランコはすこし驚いて反問した。

「松平じゃないでしょ。あのお客さんは、陣内という名なのよ。陣内陣太郎」

「松平というんだよ」

圭一は真面目な顔になって答えた。

「だって、あの小父さんが、そう言ったんだもの。おれは、松平陣太郎だって」

「変ねえ」

ランコは首をかしげながら、大皿を台上に配置し、コショウや醤油や酢の用意をととのえた。

「とにかく、お客さんを、呼んでおいで。お昼の用意ができましたって」

「用意ができましたか」

障子越しの廊下から、即座に声が戻ってきた。そして障子がひらかれて、陣太郎がのそのそと入ってきた。ランコはびっくりして、思わず厚い片膝を立てた。

陣太郎はそれにかまわず、部屋のすみに積まれた座蒲団を一枚つかみ、チャブ台の前にふわ

りと置いた。おもむろにその上にあぐらをかきながら、平然たる口調で、

「陣内というのは、これはペンネームなんですよ。ああ、おなかがすいた。どうして近頃、こんなにおなかがすくんだろう。これ、うまそうだなあ」

機先を制せられた恰好で、ランコは狼狽していた。ぬすみ聞きに対する怒りよりも、ぬすみ聞かれたことのばつの悪さが、彼女をどぎまぎさせていた。そのどぎまぎをごまかすために、ランコは立て膝を元に戻し、わざと重々しげに言った。

「冷し中華ソバですよ。あなたが猫舌だから、特別にこしらえたのです」

「それはありがとう。おば……」

さすがの陣太郎もちょっと言い淀んで、ランコの顔をうかがい見た。ランコはすかさず口を入れた。

「さんです。おばさん！」

「いや、それほど困らなかったですよ」

冷しソバをつるつるすすりながら、陣太郎は答えた。

「でも、軍隊というところは、熱いものでも何でも、大急ぎで食べなくちゃいけないんでしょ」

ランコは箸を止め、酢の方に手を伸ばした。

「うちの圭介ね、あのおっさんも、陸軍に引っぱられて、初めの中は、とにかく早く食わねばならないのが苦しかったと、復員してきて話してましたよ」

「ああ、初年兵の時ね」

陣太郎も真似して、酢に手を伸ばした。ざぶざぶとソバにふりかけた。

「おれ、初年兵の経験はないんです。いきなり江田島の海兵に入ったもんだから」

「海兵？」

ランコもかつては、軍国の妻的境遇と心境にあったこともあるのだから、びくりと反応を示した。今でこそカブが落ちたが、なにしろあの頃の海兵という名は、たいしたものであった。

「海兵では、そんなガツガツした教育は、やらなかったですな。ゆっくりと食べてよかった。その頃も、おれ、熱いのはニガテだったけれど、逃げ出したのはそのためじゃない」

「お逃げになったんですの？」

ランコはやや気色ばんだ。士官教育という有利な身分を放棄したことのもったいなさ、と同時に、結局上等兵どまりで、終戦二年後までモタモタと引っぱられていた圭介の要領の悪さが、パッと彼女の胸によみがえってきたのだ。

「逃げましたよ。何となくあの世界が憂鬱になってね」

「江田島って、島でしょう。そんなにカンタンに逃げられますの？」

「いや、それはカンタンです。しょっちゅう船が通っているから」

陣太郎はあわれみの眼で、ランコを見た。

「それで、おれ、東京に舞い戻ってきたんですよ。兵学校生徒の服装のまま、東京をうろついていたら、三日目に陸軍の憲兵にとっつかまった。その頃、あんな服装のは、東京にはいなかったんですな。東京には、海軍経理学校があったが、経理生徒の帽子は白線が入っているし、おれたちのとはそこが違う。ついにつかまって、海軍側に引き渡されちゃった」

ランコはソバをすするのを忘れて、耳を傾けていた。

「そこで、おれ、横浜の大津刑務所に入れられたんです」

「軍法会議か何かで――」

「いや、まだ未決囚としてです」

陣太郎は思い出したように、ソバをすすり上げた。

「未決のまま、のびのびになって、とうとう軍法会議にかからずじまいでしたよ。家《うち》の方から、何か圧力をかけたらしいんですな」

「ごちそうさま」

ソバをすっかり食べ終えて、圭一が口を袖でぬぐった。

「軍法会議にかかると、大変ですからねえ。服役して、それが済んでも、シャバには帰れない。懲治部隊というのに入れられる。懲治部隊というのは、囚人上がりばかりの部隊です。もしそこまで行けば、おれの運命も変ったかも知れないが、幸いに未決のまま終戦となりました」

「つまり、おれ、あんな生活には、性が合わなかったんですな」

冷し中華ソバの最後の一筋をすすり終えると、陣太郎はコップの水をごくりと飲んだ。猫舌だということを承知しているから、ランコもお茶を出さないでいる。

「なにしろ、皆が同じでしょう。朝起きるのも同じ、寝る時刻も同じ、毎日の課業も同じ。皆が皆、予定表通りというやつでね、くさくさして、呼吸がつまりそうで、それでふらふらっと逃げ出しちゃった。反抗とか反戦とかいうものじゃなくて、もっと実存的な気分でしたな」

「うちの圭介もそうなんですよ。ちっとも実用的じゃない」

ランコは共感の意を示した。

「いっそ、あなたみたいに、逃げ出しゃいいのに、その甲斐性もなくて、五年間も引っぱられたあげく、上等兵なんですよ。あたしゃ情なくって、情なくって」

「軍隊じゃ出世しなくってもいいですよ」

陣太郎はなぐさめた。

「いや、復員後も、てんでダメなんですよ。することなすこと、イスカのはしのくいちがいで」

どこで覚えたか、ランコは古風な言葉を使用した。

「働き出したかと思うと、たちまち失業で、そうですねえ、終戦以来二十ぺんも失業しましたかしら」

「つまり、働きがないというわけですな」

陣太郎はけろりとして、相槌を打った。ランコは眼をぱちぱちさせ、それからじろりと圭一の方を見た。形勢悪しと見た圭一は、立ち上がって、陣太郎の背後から肩をしきりにゆすぶった。

「小父さん。映画に行こうよ。さっき連れてってくれると言ったじゃないか」

「連れてってやるよ。も少しあとでな」

「圭一。お前は外で遊びなさい！」

ランコが眼を三角にして叱りつけた。圭一のおしゃべりだと言うことを、見抜いたらしい。圭一は陣太郎から離れ、スキップで外に出て行った。それを見定めて、ランコは陣太郎に向き直った。

「さっき、圭一が、あなたのことを松平だと、松平陣太郎だと——」

「陣内はペンネームです。おれ、この頃、小説を書こうと思い立ってね」

「小説をねえ」

ランコは感心したような、また呆れたような声を出した。

「もっとも近頃、わりと上流階級の若い人が小説を書いて、よく売れているようでございますね」

陣太郎はちょっと不快そうな顔になった。立ち上がると、のそのそと縁側の方に出て行った。ランコが三つの大皿を台所に運び、すっかり洗って茶の間に戻ってくると、陣太郎は縁側にうずくまって、じっと庭の方を眺めていた。庭にはやわらかに風が吹いていた。

「おれ、そういう生活も、イヤになったんですよ」

ランコの気配を背中に感じて、陣太郎は低い声で言った。

「でも、あんな世界というやつは妙なところがありましてねえ。いやがるおれをつかまえて、むりやりに相続させようと言うんですよ。おれ、いったい、どうしたらいいのか」

茶の間と縁側の敷居の上に、厚い膝をそろえて坐りながら、ランコは訊ねた。

「あなたはうちの圭介と、どういうことでお知り合いになったんですの?」

ランコは疑問の中心をついた。

陣太郎は黙っていた。黙って空を眺めていた。余計なおしゃべりをするなと、今朝圭介から一本釘をさされているので、何も言わないのだろう。

空には一筋の飛行機雲が、それも今でき立てと見えて、一端がななめにずんずん伸びつつある。

「なにかうちの圭介と――」

「浅利さんと、今度、共同で、事業をやろうか、と言うことになってるんですよ」

低い声で陣太郎はしぶしぶと答えた。

「事業？　どんな事業ですの？」

ふたたび陣太郎は沈黙した。掌をかざして、飛行機雲に気をとられているような仕草をした。

「その事業というのは、見込みあるんでしょうか」

少したって、ランコはまた口を開いた。

「うまく行けば、うまく行くでしょう」

陣太郎はあおむいたまま、あたりまえのような、とんちんかんのような答え方をした。

また時間が流れた。

「いったい、うちの圭介――」

ランコは思い詰めた、沈痛な声を出した。

「あのおっさんには、見込みがあるんでしょうか？」

「え？」

意外な質問だったらしく、陣太郎は空から眼を離して、ランコの方に向き直った。それはそうだろう。自分の亭主に見込みがあるかどうか、その糟糠の妻があかの他人に聞くなんて、これはちょっとめずらしい。

「そ、それは、おばはんの方が、いや、おばさんの方が、よくご存じでしょう。おれは、昨晩」

そこで陣太郎は口をつぐんだ。圭介の釘さしを思い出したのだろう。

「それがいっこうに判らないんですよ」

ランコは肩を落とした。

「一生懸命あたしが尻をひっぱたくんですけどね、いっこうにききめがないんですのよ。失業してごろごろしてるから、部屋代を払えと言ったら、奮起するかと思うと、奮起しないんですよ。おめおめと間代を払うんです」

「間代はいかほどですか？」

「月三千円ですよ」

ランコは自分の膝をぴしゃりと叩いた。

「でもね、あたしゃ亭主から部屋代を取って、それを使おうという気はないんですからね、圭介名義でちゃんと積立貯金にしてあるんですよ」

「食費の方は？」

「間代を取っても奮起しないから、食費も取ることにしたんですよ。そしたらそれもおめおめと払う。あれはいったい、どういう気持なんでしょうねえ」

「さあ」

陣太郎は困ったような声を出した。

「やはり、何か、考えがあるんでしょう。おれにはよく判らないけれど」

「小父さあん」

庭の向こうの生垣の間から、圭一が顔をのぞかせて叫んだ。

「早く映画に行こうよ。約束じゃないか」

「うん。今行くよ」

いい機会とばかり、陣太郎は腰を持ち上げた。

春風の中を陣太郎と圭一が出て行くと、ランコは茶の間にでんと腰を据え、茶箪笥から塩センベイを取り出して、ぽりぽりと噛み始めた。そして考えた。塩センベイとか南京豆とかいうやつは、とかく人をして、物思いにふけらせるものである。

(どうも妙な人だけれど、ウソは言っていないらしい)

(ウソを言ってないとすれば、あの若者は相当の家柄の相続人だ)

(その相続人と、圭介がどこで知り合ったのか、またどんな事業をいとなむのか、よく判らないけれども、うまく行くだろうか。うまく行けばいいが)

ランコは塩センベイを食べ止めて、立ち上がった。廊下に出て、何となく足音を忍ばせ、納戸に入って行った。

納戸の内をひとわたり見回すとつかつかと隅の書棚に歩み寄った。厚ぼったい広辞苑を引っぱり出した。

「ええ。マの部。マツダイラと」

ランコはぺらぺと頁をめくり、松平の項を探しあてた。低く音読した。

「まつだいら。姓氏の一。三河国賀茂郡松平から起こり、家康に至って徳川家を称し、宗家の外三家、三卿に限ってこれを許し、他は松平を称。すると、徳川家も松平なんだわ」

ランコはぱたりと頁を閉じた。

「そして、松平はお大名なんだわ。すると、あの人は大名家の相続人――」

そしてランコは胸に手を当て、視線を宙にして、しばらく何か考えていた。手を胸から外すと、広辞苑を元の書棚に押し込んで、そろそろと立ち上がった。

納戸を出ようとしたとたんに、ランコはそこの机に、机の上に重ねられた原稿用紙に気がついた。ランコは取って返して、それに顔を近づけた。

「小説かしら」

しかしランコはすぐに身体を起こし、また音を忍ばせる歩き方で、茶の間に戻ってきた。塩センベイの罐の前にどっかと坐った。ふたたび塩センベイをぱりぱりと食べながら、ランコは圭介のことを考えていた。

（あの人も、もうそろそろ四十だし、ここらでどうにかなって貰わなくては、あたしたちが困る。事業もいいかも知れないが、あの人はどこかグズなところがあって、いつも他人にひけを取る傾きがある。変な事業に手を出すより、陣太郎にでも取り入って、相続の暁には、家令か何かに使って貰ったらどうだろう？）

ランコは眼を閉じて、圭介の家令姿を想像して見た。すると瞼《まぶた》の裡《うち》で、その想像はぴたりと実を結んだ。ランコはびっくりして、眼を開いた。

圭介が応召中、ランコは圭介の軍服姿を想像しようとして、どうしても目に浮かんでこなかったことがあるが、家令姿となると、またたく間に浮かんできたから妙である。

（家令職というのが、あの人にはうってつけの仕事なのかも知れない）

また塩センベイに手を伸ばしながら、ランコは考えた。

（あの人を家令にするためには、あの若者を早く相続させねばならない。ところがあの若者は、相続をいやがって、小説なんかを書きたがっているらしい。もったいない話だ。どうしてもあの若者に、小説を止めさせなければ、ことは始まらないんだわ）

夕方になって、陣太郎と圭一は戻ってきた。圭一は手に大きなゴム風船を持っている。ランコは陣太郎にお礼を言った。

「まあまあ、ありがとうございました。映画だけじゃなく、風船まで買っていただいて」

「いや、圭一君が、映画があまり面白くなかったと言うんでね」

陣太郎は無表情のまま言った。

「それで風船を買わせられましたよ」

圭一の手の風船は、春風にのんびりと、ゆらゆらと揺れている。

陣太郎が納戸に引込んでしまうと、ランコは圭一にうがいをさせ、つづいて手を洗わせながら訊ねた。

「どんな映画だったの。漫画?」

圭一は首を振った。

「それじゃ、外国映画?」

「そうじゃないんだよ」

タオルで手を拭きながら、圭一は答えた。

「何だかね、チンドン屋がたくさん出て来るんだよ」

「チンドン屋?」

「うん。チンドン屋の小父さんたちが、喧嘩ばかりしているんだ。退屈しちゃったよ」

「それはチンドン屋じゃありません。お侍さんです」

ランコは教えてやった。圭一が今まで観た映画は、漫画映画か教育映画ぐらいなもので、時代劇というのを一度も観たことがないのである。圭一が接している現実において、チョンマゲを結ったり刀をさしたりするのは、チンドン屋以外にないのだから、チャンバラ映画をチンドン屋映画と間違うのも、ムリはない。

「昔の人は、皆あんな恰好をしていたんですよ」

「ふうん」

圭一は納得のいかぬ顔をした。昔の人は皆チョンマゲ姿で、皆そろってチンチンドンドンと、街中をねり歩いているものと思ったらしい。

夕食時になっても、浅利圭介は戻って来なかった。圭一がぐずり出した。

「おなかがすいた。おなかがすいた！」

ランコは午後の三時頃から、夕食の献立にあれこれと心を悩ましていた。婦人雑誌付録の『家庭料理全書』のどの頁をめくっても、若人向き、お子様向きや病人食、そんなのはあるけれども、猫舌向きというのはないのである。

そこで余儀なく、サシミにハムサラダにホーレン草のおひたしという、月並なところに落ちついた。

実は家令のことを打診して見ようと思い、そのためにビールでも一本出そうかと思ったのだが、あまりにもそれは見えすいているようで、やめにした。

陣太郎は相変らずたくさん食べた。

ランコは飯をよそってやりながら訊ねた。

「今日のはどんな映画でございましたの。マタタビ映画？」

「いや」

陣太郎は悠然と四杯目を受取りながら答えた。

「マタタビ映画、あんな下品なものは見ないです」

「でも、圭一の報告では、時代劇――」

「そうです。題は、風雲のなんとかといって、つまり、ちょいとしたお家騒動の映画でしたな。でも、あんな世界は、圭一君にはよく理解できなかったらしい」

## 作戦

そろそろ日も暮れかかる頃、浅利圭介はソバ屋の卓で、ザルソバをさかなにして、お酒を飲んでいた。

家に戻って食事をしてもいいのだが、家で食べても食費は取られるし、それに家には酒はないし、ついふらふらとソバ屋に足を踏み入れてしまったのだ。

酒を飲もうと思い立ったのは、今日あちこちにかけ回ったねぎらいの意味もあった。

「うん。今日は割にうまくいった」

二本目のちょうしを傾けながら、圭介はひとりごとを言った。

今日は割にお客が立てこんでいて、ソバ屋のおやじや小女もいそがしく、それにテレビで間の伸びたような顔の男が、マドロス歌などを歌っていたので、誰もその圭介のつぶやきに耳をとめる者はなかった。

そして圭介は、わざわざ席をかえて、テレビに背を向けた。圭介はあのマドロス歌のようなコジキ節は大きらいなのである。

「あの歌い手は、何てえ面《つら》をしてやがるんだろう。まるで伸び切ったソバみたいじゃないか」

その頃、ランコは圭一を寝かしつけながら、物思いにふけっていた。今日という日は、ランコにとって、近来になく物思いにふけった日であった。

「さて。おつもりとするか」

圭介は代金を卓に置き、ふらふらと立ち上がった。のれんを分けて外に出た。

圭一がかるい寝息を立て、すっかり寝ついたころ、玄関の扉ががたごとと引きあけられた。

そして濁った声がした。

「ただいま」

「どなた？」

「僕だよ。おばはん」

「ああ、おっさんか。お帰りなさい。ご飯は？」

「ソバを食べてきたよ」

上がり框《かまち》を踏む、ぎいという音がした。

「おっさん。ここに入りなさい」

ランコはやや命令的に言った。

「お茶をいれますよ」

廊下の足音は、ちょっとためらう風だったが、そのまま障子をあけて、茶の間にのそのそと入って来た。ランコは上目使いにじろりと圭介を見た。

「お酒を飲んでるんですね」

「ああ、飲んだよ」

圭介はチャブ台の前にあぐらをかいた。

「あちこちかけ回って、大変疲れたんだ。飲んだって、あたり前でしょう」

「どこをかけ回ったの？」

圭介はそれに答えずに、親指を立てて、納戸の方向を指した。

「あれは？　陣内君は？」

「いますよ」

「今日一日、うちにじっとしていたのかね」

「昼から、圭一を連れて、映画を見に行きました」

「ふん」

注がれた番茶を、圭介はすすった。

「何か話したか。何も話さなかっただろうね」

「あたしが？」

「おばはんじゃないよ。陣内君だよ」

「いろいろ話しましたよ」

ランコは用心深く、圭介の態度を観察しながら答えた。

「いろいろ、さまざまの話をね」

「そうかね。そりゃよかったね」

浅利圭介はあっさり答えて、そ知らぬ顔で茶をすすった。

陣太郎がどんなことをしゃべったのか、まだ見当がつかないし、うっかりした受け答えをすれば、ヤブヘビになるおそれがある。圭介は茶を飲み乾して、二杯目を請求した。

「あの人と一緒に、事業をやるんですってね」

圭介はそ知らぬ顔をしているものだから、ランコは切りこんだ。

「うん」

事業とは大げさなことを言いやがったな、と内心では考えながら、圭介はおうようにうなずいた。

「まだはっきりした内容のものじゃないがね」

「あの人、戦争中は、海軍兵学校にいたんですって。生徒としてよ」

「そうなんだ。でも、在学中に、田淵という教官をぶんなぐって、それが問題になって追い出されたんだ」

「教官をぶんなぐったんだって？」

はてなという表情で、ランコは首をかたむけた。

「違いますよ。何となくふらふらと脱走して、東京で憲兵につかまり、刑務所に入れられたんですよ。海軍の大津刑務所」

今度は圭介の方が、はてな、という表情になった。

「なかなか反抗心の強い人ねえ。おっさんにもそのくらいの気概があって、早く逃げ帰ってくれれば、あたしもカツギ屋なんかになって、苦労しないで済んだのに」

「ムチャ言ってくれるな」

圭介は嘆息した。

「僕の部隊は外地だよ。外地で脱走して、どうやって日本に逃げ帰れる？ 海があるんだよ、海が」

「そりゃそうね。それにおっさんは、あまり動作が早くないからね。直ぐつかまってしまうわよ」

「僕だけがとっつかまるように、おばはんは言うけれど、誰だってつかまるよ。なにしろあの頃の軍隊機構というのは、大変なものだったからな。陣内君だって、つかまったじゃないか。もっともあの男も、あまり動作が敏活という方じゃないが。で、大津刑務所に入れられて、それから何と言ってた？」

「軍法会議にかけられないように、家の方で圧力をかけたんだって」

ランコも自分でお茶を入れ、うまそうにすすった。

「たいしたものねえ。軍法会議に圧力をかけるなんて。松平家って、徳川もそれに入るんですってね」

「松平？　おばはんはいったい、何の話をしてるんだい？」

「松平よ。松平陣太郎さんのことよ」

ランコはいぶかしげに圭介を見た。

「おっさんは自分の友達の名も知らないの？」

「あっ、そうだ。そうだ。松平だ」

圭介は大げさにうなずいて見せた。心の中では、圭介には通告せずに、ランコにそんなことを打明けた陣太郎に、かんかんに腹を立てながら、

「つい陣内と呼び慣れているから、ど忘れをしていたよ」

「なかなかしっかりした人のようね」

ランコの追求をあれこれとごまかして、浅利圭介が納戸に戻ってくると、陣太郎は部屋の真中に肱枕して、ぐうぐう大いびきを立てて眠っていた。

(何というのんきな奴だ。おれの苦労も知らないで)

音を立てないように、そっと納戸に入り込み、隅の机の前に坐ると、陣太郎はいびきを中止

して、パッと眼を開いた。

「どうでした？」

「どうでしたもくそもないよ」

圭介は投げ出すように言った。

「僕があちこちかけ回り、さんざん苦労しているのに、大いびきで寝ていたりして。起きて来なさい」

「だって、あなたがそう言ったんでしょう」

陣太郎は不服そうに、のそのそと身体を起こした。

「自分は出かけるが、君は家にじっとしておれって」

「じっとしていなかったじゃないか。圭一を連れて、映画なんか見に行ったそうじゃないか」

圭介は口をとがらせ、ポケットから煙草を取り出した。

「いったい君は何という名前だね。松平だというのは、ほんとか？」

「そうですよ」

「じゃ陣内というのは何だ？」

「ペンネームです」

「それならそうと前もって、僕に知らせとかなくちゃ、ダメじゃないか。ランコからそこをつつかれて、僕は大汗をかいた」

圭介はハンカチをひっぱり出して、額をごしごし拭いた。

「おかげで、酔いがいっぺんに醒めたわい」

「おや、酒を飲んだんですか?」

「飲んだっていいだろう。あちこち回って疲れたし、それに僕の金だ。他人のお世話にはならん」

「昨日失業保険金がおりたんでしょう」

陣太郎は当然のように、机上の圭介の煙草に手を伸ばし、一本をつまみ出した。

「でも、酒なんか、あんまり飲まない方がいいんじゃないですか。事業の運動費も要るし、それに毎日の食費を、おばはんに払わなくてはいけないでしょう」

「誰に聞いた?」

圭介はぎろりと眼を剝いた。

「おばはんがそんなことまでしゃべったのか?」

「おばはんからではありません。坊主からです」

「坊主? あんまり慣れ慣れしく言ってくれるな。圭一君と言いなさい」

圭介は上半身をねじ向け、手を伸ばして、書棚からウイスキーの瓶とグラス二つを取り出した。醒めた酔いを取り戻そうというつもりらしい。

「実際、圭一の奴、小学一年生だというのに、そんな告げ口をする。これもランコの教育が悪いんだ。おやじをバカにするなんて、とんでもない息子だ」

「で、持主は何者でした？」

陣太郎が話題を転じた。

「三・一三一〇七の持主」

「まあ待ちなさい」

圭介は二つのグラスに、とくとくと液体を充たした。

「おどろいたことにはね、三・一三一〇七という番号の自動車が、東京には二台あるのだ。一台は自家用、一台は営業用」

「三・一三一〇七番の自動車は、東京に二台ある」

浅利圭介はそう繰り返して、グラスをぐっとあおった。陣太郎もそれにならった。

「一台、自家用車だな、これは加納明治という著述業者が持っている。加納明治、知っているかね？」

「小説家ですよ」

二つのグラスに充たしながら、陣太郎は答えた。

「へボ小説家です」

「そうか」

主介は胸のポケットから、小さな革手帳を取り出してひろげた。

「もう一台、営業用だな、これは上風《かみかぜ》タクシー会社の車だ。名前からして全く速そうな感じがするな」

「すると、おれを轢こうとしたのは、そいつかな?」

陣太郎はきらりと眼を光らせてグラスに手をやった。

「僕もそう思った。だから僕は、さっそく上風タクシー会社に出かけて行った」

「もう出かけたんですか。それはまずかったなあ」

「なぜまずい?」

「いや、やはりこんなことは、充分に計画を立ててやるべきですよ」

陣太郎はまたグラスをあおった。

「ぶっつかる前に、向こうの状況をよく調べなくては。それではまるで、日本海軍のミッドウエイ攻撃みたいだ。猪突猛進《ちょとつもうしん》というやつです」

「君は、海軍兵学校を——」

主介はそう言いかけたが、それでは話がこんぐらがると思ったのだろう、話を元に戻した。

「僕は上風タクシー会社におもむき、社長に面会を申し込んだ。社長は上風徳行《とくゆき》という男だ。僕は応接室に通された。応接室には標語が書いてあった。《スピードこそ最上のサービス》大変なもんだねえ。街の中の気違いのように走り回っている車があったら、それはきっと上風タクシーの所属だよ。もっともたいていの車が、気違いみたいに走り回ってるがね」

圭介の長広舌のすきをねらってまた陣太郎はグラスをあおった。

「上風徳行という男は、そうだな齢は僕と同じくらいかな、いい体格をしていて、顎髭なんかを生やしている。よくよく聞いて見るとやはり海軍出身で、潜水艦に乗っていたそうだ」

「それで」

陣太郎はいらいらしたらしく、うながした。

「どう切り出しました？　いきなり貴社の車が、人を轢いただなんて、切り出しはしなかったでしょうね」

「もちろんだよ。僕だっていろいろ策略を考えている」

圭介はちょっと気を悪くしたらしく、鼻翼をふくらませた。

「いきなりそう切り出せば、向こうはしらを切るかも知れない。だから、おだやかに、三・一三一〇七という車は、お宅の所属ですかと訊ねて見た。すると上風社長の答は、その車はすでに他人にゆずったというんだ」

「誰に？」

「猿沢三吉。銭湯の経営者だ」

「つまりだね、この加納というヘボ小説家、猿沢という風呂屋、そのどちらかの自動車が君をはね飛ばしたのだ」

そう言って浅利圭介は、ウイスキー瓶に手を伸ばしたが、それをすぐにグラスに注ぐことはせず、いぶかしげにことことと振って見た。そして呟いた。

「ずいぶん減りが早いウイスキーだな」

「なるほどね。天に二日なしと言うが」

陣太郎はごまかすように、早口で相槌を打った。

「同じ番号の車が二台あろうとは、予想もつきませんでしたな」

「うん。そうなんだ」

圭介はたちまちごまかされて、ウイスキー瓶を下に置いた。

「番号の車さえ突きとめればと、かんたんに考えていたが、そうすらすらとは行かないらしい」

「それで、どうするつもりです?」

「仕方がないよ。一軒ずつ訪ねて見るつもりだ」

「つもりだ?」

陣太郎はまたもや圭介の眼をぬすんで、自分のグラスにちょろちょろと液体を充たした。

「じゃ、おっさんが、いや、浅利さんが、ひとりでそれをやろうと言うのですか?」

「もちろんそうだよ」

何を言っているのか、という表情で、圭介は陣太郎を見た。

「僕の他に、誰がそれをやると言うんだね?」

「おれ、ですよ」

陣太郎は自分の顔を指差した。

「おれだってやりたい。やる権利がある」

「君が?」

圭介は失笑した。

「何を言ってるんだね。いいかい。君は被害者なんだよ。はね飛ばされて、傷ついたのは君なんだよ。それがのこのこと、加害者のところに出頭すれば、一目で傷ついてないことが見破られるじゃないか」

「だから、両家の訪問を、十日ばかり延ばせばいいじゃないですか」

陣太郎も負けてはいなかった。

「そうすれば、おれも一口乗れる」

「そう膝を乗り出すな」

圭介はたしなめ、猫撫で声になった。

「いいかね。こういう交渉というのは、実にむつかしいもんだよ。綿密な頭脳と達者な弁舌、これがなくては成功しないもんだ。ところが、君はだね、自動車ではね飛ばされたショックから、まだ充分に回復していない。十日の期間を置いたとて、頭のネジが元に戻るかどうか――」

「まだそれを言うのですか！」

陣太郎は色をなした。

「おっざんはあくまで、おれの頭のゼンマイが狂っていると――」

「いやいや、そんなに言うのなら、それは取消す。僕の失言だった」

圭介は形式的に頭をぺこりと下げた。

「しかしだね、やはりその仕事は、君には不適任だ。なぜかと言うと、君はもともと高貴の生まれで、いっこうに下情に通じていない。しもじものことを、あまりご存じでない。ご存じでないことで、うまくいくわけがない。ね、判るだろ。だからこんな仕事は、しもじもの僕にまかせておきなさい」

下情に通じないと浅利圭介に指摘されて、陣太郎は実に複雑な、あいまいな笑いを頰に浮かべた。なるほど陣太郎は昨夜、確かにそんな意味のことを言った。圭介はしめたとばかり、たたみかけた。

「この事件において、君は立役者なんだよ。立役者は立役者らしく、おっとりとかまえて、ちょこまか動き回らないように心がけるんだね。それが肝腎だ。ちょこまか動きは、僕が引受ける」

「そういうわけにはいかないですよ」

「なぜ？」

「だって、おれが、はね飛ばされた当人だからですよ」

陣太郎はけろりとした顔で言った。

「当人を抜きにして、事を運ぶことはできない」

「君はそう言うけれども――」

圭介はじれったそうに、自分の耳の穴に小指を入れて、ごしごしとほじくった。

「あの自動車の番号を見たのは、僕なんだぜ。君はヘッドライトに眼がくらんで、何も見なかったじゃないか。すなわち、僕という人間がいたからこそ、事が成立したんだ。僕がいなければ、何も始まらないんだ」

「そうおっしゃいますけれどね」

陣太郎も頑張った。

「番号を見た、番号を見たとえらそうにおっしゃるけれど、その自動車がおれをはね飛ばしたからこそ、番号を見るということに価値を生じたんですよ。おれがはね飛ばされなければ、つまりおれという人間がいなければ、おっさんがいくら番号を見たって、何にもならないじゃないですか」

「そりゃそうだが、しかし――」

「いいですか。よく考えて見なさい」

陣太郎はえたりとばかり、たたみかけた。

「今、おっさんがいなくなっても、事は運ぶんですよ。おれがいなくなったら、おれがこの家を出て姿をくらましたら、どうします？　この家を出て、直接加害者に交渉することも、おれにはできるんですよ」

「僕だって――」

圭介は苦しげな表情になり、抵抗をこころみた。

「僕だって、架空の被害者を仕立てて、交渉することが、できないでもない」

「そうですか」

ぐっと低い、ドスのきいた声を陣太郎は出した。

「では、そうして下さい。おれは身を引きます。そして、一宿一飯の義理合い上、今までのいきさつを洗いざらい、おれはランコおばはんに報告して、それから退去します」

「そ、それは、待ってくれ」

たちまち圭介は狼狽の色を示した。

「一宿一飯だなんて、そんな古風な、マタタビ的なことを、言い出さなくてもいいじゃないか」

「義理ということは、大切です」

陣太郎はゆったりと答え、またウイスキーをどくどくと注いだ。

「おれを無視するか、おれのいい分を聞き入れるか、おっさんの取るべきは、その二つの中の一つです。一分間だけ、おれは待ちましょう。いいですか。一分間！」

陣太郎は腕時計を外して、二人の間に置いた。

圭介は苦悶の表情を浮かべて、腕を組んだ。秒針がカチカチと動く。やがて陣太郎が言った。

「あと、三十秒！」

「あと、五秒！」

時計を見詰めながら、陣太郎は切迫した声で秒を読んだ。

「あと三秒。二秒。一秒――」

「わ、わかったよ」

浅利圭介は悲鳴に似た声を出した。

「き、きみの言い分を呑む！」

「そうですか」

陣太郎はふつうの声音に立ち戻って、無雑作に腕時計をつまみ上げ手首に巻きつけた。ついでにグラスに手を伸ばし、内味をぽいと口の中にほうり込んだ。

「それが当然というものです」

「し、しかし、君の言い分を呑むということは、何もかも君にまかせるということじゃない。君の参加を半分ぐらい認めるという意味だぞ！」

圭介は言葉に力をこめた。圭介としても、今までの行きがかり上、どこかの政府代表みたいに、一方的に相手がたに呑まれっ放しというわけにはいかないのである。

「そうですか。それでいいでしょう」

陣太郎は涼しい声で答えた。

「半分というと、相手が二軒だから、一軒ずつというわけですね」

「そ、そんな意味で言ったんじゃない。半分というのは――」

「半分は半分ですよ。あなたが半分、おれが半分、合わせて一になるわけです。さあ、では、おれがクジをつくりましょう」

「クジ？」

「そうです」

陣太郎は小机の上から、れいの用箋を一枚引き剝がし、二本の線を鉛筆で引いた。そして圭介には見せないようにして、その二本の線の下端に、素早く何かくしゃくしゃと書き込んだ。

「さあ、これです」

用箋の下半分をくるくると折り陣太郎は圭介の前につきつけた。

「ヘボ小説家を受持つか、風呂屋を受持つか。どちらかの線をえらんで下さい」

さっきからばたばたと、一方的に取りきめられて、圭介はいささか逆上、落着きをうしなっていた。でも、クジをつきつけられた以上、話を元に戻すわけにもいかなかった。圭介は気持を沈めるために、ウイスキー瓶に手を伸ばした。

「おや、すごく減ったもんだな」

圭介はウイスキー瓶を電灯に透かして見た。

「わあ、いつの間にか、こんなに減っている。おい、陣太郎君。君はいったいさっきから、これをグラスで何杯飲んだ?」

「何杯というほどじゃありません。せいぜい十杯前後です」

「十杯前後? ムチャを言うな。誰も君に飲んでくれと頼みやしなかったぞ」

圭介は気分をこわして、自分のグラスだけに充たし、瓶はごそごそと背後の書棚にしまい込んだ。

「まったく、油断もすきもありゃしない。これは寝酒用にと、乏しい失業保険金をさいて買い込んだ貴重なウイスキーだぞ」

「それは失礼しました。つい眼の前にあったもんですから」

陣太郎はおとなしくあやまった。

「さあ、クジを引いてください」

圭介はグラスをきゅっとあおって、二本の線をにらみつけた。やがて意を決したもののごとく、その一本の端をぴたりと指で押さえつけた。

「これだ」

圭介の指で線が押さえられたまま、用箋の下半分は、陣太郎によってするすると拡げられた。線の終りには、何か細長いものの形が書いてあった。

「小説家だ」

陣太郎がいくらか残念そうに叫んだ。

「おっさんは、小説家の係りです」

「これが何で小説家なんだね？」

細長いものの形を、圭介は指差した。

「これ、象形文字《しようけいもじ》か？」

「象形文字じゃありませんよ。ペンの絵です」

「ふん。するとこちらは――」

圭介は別の線の終りに視線をうつした。そこには、クラゲを逆さにした絵が書き入れられていた。

「温泉マークか。なるほどね。でも、何故文字にしなくて、記号にしたんだい？」

「文字だと時間がかかって、その間におっさんがクジはいやだと、言い出しはしないかとおもんぱかって――」

そして陣太郎は残念そうに、自分の膝をぽんとたたいた。

「実はおれが、加納明治の係りになりたかったんだ」

圭介はむっとした顔をしていたが、陣太郎のその言葉で機嫌を直したらしく、むずむずと頬の筋肉をゆるめた。

「そうだろう。実は僕も、この二人の中では、加納明治じゃなかろうかとにらんでいたんだ。小説なんかを書こうという連中は、だいたいにおいて手先が不器用で、運動神経もにぶいにきまっている。自動車の運転をやりそこなったのは、この加納にちがいない」

「おれだって、小説を書こうと思っているんですよ」

陣太郎が口をとがらせた。

「小説？」

圭介はいくらか軽蔑したような声を出した。

「今朝がた、はやばやと起きて、何か書いていたようだが、あれが小説かね？」

「そうですよ」

「ふん。だから、加納明治の係りになりたかったのか。でも、クジできまったんだから、仕方がない。あきらめるんだな」

圭介は得意げににやりと笑った。

「そんなに口をとがらせることはなかろう。君だって、あまり器用じゃないぞ。車に飛ばされたりして」

「おっさんだって、同じですよ」

「そう。僕もあまり器用じゃないな。軍隊ではそれで大変苦労した」

自分の不器用を、圭介もあっさりと自認した。

「さて。そろそろ寝るか。明日は小説家訪問だ」

「ダメですよ。それは」

陣太郎は声を高くした。

「十日間の余裕を置くという約束じゃなかったですか」

「十日間の余裕って、君、そりゃ君にとって必要かも知れないが、僕には必要じゃないよ。明日行っても差支えない」

「ダメですよ。それはダメ！」

陣太郎は必死の頑張りの気配を示した。

「いくらなんでも、おっさんは、準備がなさ過ぎますよ。いきなりぶっつかろうなんて、それは無暴です。図上作戦というやつが必要だ」

「図上作戦？」

「図上作戦を知らないんですか？」

陣太郎は呆れたような口をきいた。

「もっともおっさんは、士官や将校でなく、陸軍上等兵なんだからなあ。仕方がないや」

「おっさんは止せ。おっさんと呼ぶなと、あれほど言ったのに、いつの間にかまたおっさん呼ばわりをしている」

浅利圭介は陣太郎をにらみつけた。

「それに、僕が陸軍上等兵だったことを、どうして知ってる？　誰に聞いたんだ？」

「おっさんでいいじゃないですか。おっさん」

グラス十杯のウイスキーが、ようやく全身に回ってきたらしく、陣太郎の顔はあかくなり、舌もいささかもつれてきた。

「で、図上作戦。図上作戦というのは、戦闘の始まる前に、あらかじめ地図や海図やその他を用意して、作戦を練ることですよ。戦闘を図上でやって、結論を出す。今度の場合も、それをやらねばならない」

「どういう具合にやるんだね？」

圭介も興をもよおしたらしく、背後の書棚からウイスキー瓶を取出し、また自分のグラスにとくとくと注いだ。陣太郎はすかさず、自分のグラスをにゅっと突き出したが、圭介がそれに目もくれず、瓶をまた書棚に戻したので、さすがの陣太郎もシュンとした顔になった。

「飲ませてくれんのですか？」

「あたりまえだよ。もう十杯も飲んだじゃないか」

圭介はウイスキーを口に含み、さもうまそうにタンと舌を鳴らした。

「さあこれから、図上作戦をやろうじゃないか」

「まだやれませんよ」

陣太郎はつっけんどんに答えた。

「何もデータがない」

「データ？」

「そうですよ。データが必要です。つまり、おっさんはこの度、加納明治の係りになった。ところがその加納明治について、おっさんはほとんど知ることがない。何も予備知識を持っていない。そうでしょう？」

「うん」

「それでぶっつかろうなんて、無茶もはなはだしい」

陣太郎は腰に手をあてて、反り身になった。

「加納明治がどんな作品を書いているか、どの程度の収入があるか、家族は何人か、仕事はいつやるか。また性格として、たとえばケチンボであるかないか、大胆か臆病か、気が荒いかやさしいか、腕力が強いか弱いか、さまざまなことがあるでしょう。それによって、おっさんの切り出し方もちがってくるわけだ。そうでしょう?」

「なるほどね」

主介はほとほと感心したらしく、また書棚から瓶を取出して、今度は進んで陣太郎のグラスに注いでやった。

「海軍兵学校では、そんなことまで教えるのか。さあ、注いでやったよ。飲みなさい。ただし、これ一杯きりだよ」

「いただきます」

陣太郎はグラスをぐっと一息に乾して、よろよろと立ち上がった。

「おれ、すっかりねむくなっちゃった。寝ることにします」

「なんだ。もう寝るのか」

主介はがっかりした声で言った。陣太郎はそれもかまわず、不器用な物腰で、ばたんばたんと蒲団をしき始めた。

## 雲走る

泉湯から東方二百五十メートルにあたる空地に、ヤグラみたいなものが立てられ、材木その他が運び込まれ、それからそろそろ本建築が始まっても、泉湯の経営者泉恵之助は、それは風呂屋だということをまだ気がつかないでいた。

もともと恵之助はのんきでのんびりした性分であるし、近頃は将棋にかわって謡曲に凝《こ》っていて、組合の会合にもほとんど出ないのだから、つい情報をキャッチする機会がなかったのである。

住宅にしてはバカでかいものができつつあるなと、見るたびに思うのだが、そう思うだけで、このバカでかい建物はいったい何の用に供されるのかと、疑問をおこすことを恵之助はしなかった。もっともまだそれは骨組みだけだから、それはムリはない。

恵之助の一人息子竜之助は、相変らずゲイジュツに凝っていた。ゲイジュツに凝るあまりに、しょっちゅう外に出歩いてばかりいて家業の手助けをしようとしない。

番台に坐れと、むりやりに坐らせても、うつむいて三文小説に読みふけっていたり、女湯の方を横目で見ながら、膝の上のスケッチブックにデッサンをこころみたりろくなことはしないのである。

それに竜之助を番台に坐らせると、どういうわけか、その日のあがりがすくなくなる。だから恵之助が、

「お前、すこしくすねたんじゃねえか」

と責めても、竜之助は頑として否認する。

「風呂銭をくすねるほど、僕はおちぶれてないよ」

竜之助は小器用なたちで、ちょいとした画も描くし楽器もひねくるし、こづかいぐらいは結構自分で稼いでいるのだから、そういえばくすねる必要はない。

どうもお客たちが、

「あの若日那が番台に坐っている時は、十五円の湯銭に、五円玉二つ出したって、何とも言わないわよ」

というような噂がひろがっていて、そこでちょろまかされているらしい。三文小説に読みふけっている時などは、その油断に乗じてタダで入湯されている気配もあるのだ。

「ほんとにしっかりしてくれよ。いずれ将来は、お前が泉湯の経営者になるんじゃないか。入湯料をちょろまかされたりして、そのうちに板の間かせぎでもおこって見ろ。伝統ある泉湯の信用にかかってくるぞ」

その日もそうであった。

恵之助はどうしても昼間から出かけねばならぬ用事があった。

用事というのは、恵之助が属している謡曲会の仕舞のおさらい会で、夕方から宴会ということになっていた。恵之助は入会早々で技量もつたないが、その年配をもって世話人みたいなものにまつり上げられているのである。

だから朝飯の時、恵之助は息子に言いつけた。

「今日はわしのお仕舞の会だ。今日一日の番台はお前に頼むよ」

「今日はダメなんだよ。お父さん」

例によって竜之助は渋った。

「今日はQ劇団公演の初日なんだよ。もう切符も買ってあるんだから、今朝になってそんなことを言い出されても困るよ」

「また西洋芝居か。そんな切符なんか破っちまえ」

恵之助は厳命した。

「そして今日は一日外に出るな！」


仕舞のおさらい会において、泉恵之助は『熊野《ゆや》』を舞った。習いたてで修業も浅いし、五尺九寸五分という長身のひょろひょろ姿であるから、見物の中にはたまりかねてクスクス笑う者もあったが、どうにか間違えずに舞い終ることができたのは幸いであった。たくさんの人の前で舞ったのは、これが初めてのことなので、恵之助も大満悦である。

おさらいが終って宴会。

恵之助もいい気分で、大いに飲んだ。

宴果てて、散会。

いい気持で夜道を歩く時、近頃いつも恵之助はうなりたい衝動を感じる。覚えたてというのは、たいていそんなものだろう。

で、この夜も、恵之助は歩きながらうなった。

花咲かば告げんと言いし山里の、使いは来たり馬に鞍……

いつも恵之助の口にのぼってくるのは、この『鞍馬天狗《くらまてんぐ》』の一節なのである。この一節は、夜道を歩く時に誰でもうなりたくなるものらしく、幕末を舞台にした小説なんかで、岡っ引きを一刀の下にバッサリと切り倒し、それから悠々と立ち去りながら志士がうなるのが、きまってこの一節である。よほど夜道向きにできているらしい。

木陰になみいて、いざ、いざ花を眺めん……

この『眺めん』というところは、謡う時には引き伸ばして『ナガアアメン』となるのだが、恵之助のうなり方はあまり上手でないので、最後の『アーメン』だけがきわ立って、まるで牧師さんのお祈りみたいなバタくさい感じとなった。

でも、恵之助は大満足で、空の月などをあおぎながら、気取ってつぶやいたりした。

「さてさて、この良夜を如何にせん」

恵之助はまっすぐ家に戻らずに、ちょいと泉湯の扉をあけて、番台をのぞいて見た。今日の仕舞のできばえを、竜之助に話してやろうと思ったのである。

竜之助の姿はそこになかった。番台はからっぽであった。

「お種さん。お種さん」

板の間の籠などを整理している老女に、恵之助は声をかけた。

「竜之助はどうしたね。ご不浄かい？」

「若旦那はお出かけになりました」

「出かけた？　いつ？」

「夕方からでございます」

「ちくしょう！」

恵之助の顔に血がのぼった。

「外に出てはいけない、番台に坐っておれと、あんなに言ったのに。番台をほったらかして、西洋芝居になんか行きやがって。それで、何と言ってた？」

「自分がいなくっても――」

お種さんは番台の方を指差した。

「それがあれば、大丈夫ですって」

恵之助は番台を見た。

そこにはボール紙の空き箱がおいてあって、それに貼り紙がしてあった。

湯銭はこの中に入れて下さい。オツリのいる人は、その中からつまんで取って下さい。

泉湯主人

「バカにしてやがる！」

恵之助の額に、太い青筋が二、三本立った。

「何てえことをしやがるんだろう。それで済むもんなら、誰も番台なんかつくりゃしねえ。それに、泉湯主人とはなんだ。主人はこの俺さまじゃねえか！」

泉湯裏の私宅のくぐり戸に、泉竜之助が戻ってきたのは、午前一時に近かった。

竜之助は一人ではなかった。若い女性と二人連れであった。

月の光を避けて、くぐり戸のかげで、二人はひしと別れの抱擁をし合った。熱い唇と唇がぎしぎしと触れ合った。二人の唇が熱かったのは、酩酊のせいでもあった。

「あたしたち、不幸ねえ」

唇が離れると、女は背伸びして、指で竜之助の頭髪をまさぐった。親ゆずりの体格で、竜之助もべらぼうに背が高い。親爺よりも一寸もぬいて、六尺五分もあるのだから、相手の女も爪立ちせざるを得ないのである。竜之助も相手に髪をまさぐらせるために、膝を少し曲げ、猫背になっていた。ナイトとしてのエチケットである。

「ほんとに、あたしたちほど、不幸なものはないわ」

「僕らはその不幸に耐えて生き抜こう」

竜之助は女の耳に口をつけて、力をこめてそうささやいた。その姿勢をとるために、彼の身体はさらに猫背となる必要があった。

「いつまでも闇ばかりは続かない。そのうちに、きっと夜明けがやって来る。では、おやすみ」

「おやすみなさい。竜ちゃん」

女の身体は竜之助をはなれると、月夜の影を地面に引きずって、小走りに走り、角を曲がってその姿は消えた。

竜之助は憂わしげな姿勢で、空をあおいだ。空には明るい月が、しきりに西方に走っているように見えたが、走っているのは月でなく、それを取巻く雲の群であった。雲は白銀色にかがやきながら、東を目指して走っていた。地上のドブには、泉湯から落ちてきた風呂の湯が、湯気を立てながら流れていた。その流れは人間の肌のにおいをぷんぷん立てた。

「ああ、この良夜をどうしよう」

親爺とそっくりのセリフを竜之助はつぶやき、音のしないようにくぐり戸をあけ、身体を内に入れた。

親爺に気付かれぬように自分の部屋に戻るのは、毎度のことであるので、竜之助も修練を積んでいた。

修練を積んで、まるで鼠小僧のように巧妙な忍び入り方をしたが、今夜ばかりは気付かれないというわけにはいかない。親爺の恵之助老が、眼を皿のようにして、四辺の様子に気をくばっていたからだ。

「こら。竜之助!」

自分の部屋に入ったとたんに、背後から竜之助は声をかけられた。恵之助の声は怒りを含んで、低く押さえつけられていた。

「あれほど言っておいたのに、番台をほったらかして、いったいどこに行ってた?」

「芝居です」

竜之助の呼吸は、酒とヤキトリのにおいがした。さっきの女性とヤキトリキャバレーででも飲んだのだろう。

「何という奴だ!」

恵之助はじだんだを踏んだ。

「こともあろうに、西洋芝居ごときにうつつを抜かして。いったいお前は、泉湯というものを何と考えているのか。泉湯というものがあればこそ、わしたちはオマンマがいただけるんだぞ」

「それは判っています」

竜之助は部屋の真中に大あぐらをかき、居直った。

「しかし、僕には、僕の自由がある！」

「自由？」

泉恵之助はせせら笑った。

「自由たあ何だ。家業をほったらかして、ゲイジュツにうつつを抜かすのが、自由てえのか。いったいお前は、わしが死んだら、どうするつもりだい？」

「仮定の問題には、お答えできません」

「おや、どこかで聞いたようなセリフだな」

恵之助も息子の部屋に入り、穴だらけの障子をしめて、息子と向かい合ってあぐらをかいた。

「なあ、竜之助」

恵之助は調子をかえて、やわらかく、しみじみと呼びかけた。叱るばかりでは反撥をまねくと判断したのだろう。いつの世でも、子にそむかれる父親の気持は、切ないものである。

「なあ、竜之助。ゲイジュツもよろしい。悪いとは言わない。言わないがだ、ものには適度、節度というものがなくてはいけない。ゲイジュツもいいが、それもほどほどにするところに、趣味の趣味たる所以があるのだ。お前のは、すこし行き過ぎだよ」

竜之助は黙っていた。黙ってはいたが、少々膝を引き寄せて居ずまいを正したところを見ると、その呼びかけが身にこたえたのだろう。恵之助はつづけた。

「今日もお前は、番台を捨てて、自分の身代りに紙箱を置いた。それで正しいと思っているかも知れないが、それは大きな間違いだよ」

「だって、無人スタンド――」

「無人スタンドと風呂屋の番台とでは、性質がちがう」

恵之助は声をはげました。

「番台に坐るということは、単に湯銭を受取るという役目だけじゃない。お客さんたちは十五円で湯を買いに来てるんじゃないよ。気分とか雰囲気、そんなものを求めているんだ。だからそういう雰囲気の要に、番台がある。番台に人が坐っているといないでは、親しみの程度がぐんと違うのだ」

「……」

「泉湯に入りに来てくださるお客さんは、今のところ、平均一日に六百人だ。銭湯としては、多い方でもなく、少ない方でもなく、ちょうど普通というところだな。その六百人様のおかげで、わしたちは一応不足なくオマンマがいただけるのだ。その六百人が、無人番台のおかげで、ぐんと減少したらどうなる。オマンマの食い上げとなるとゲイジュツもヘチマもなくなってし

「まうよ」

「……」

「ことにお前も知っている通り、わしはこの間から、あの三吉湯の馬鹿オヤジと仲たがいをしている。泉湯のお客さんが減るとなれば、その分のお客は三吉湯に行くだろう。それはとうてい、わしの辛抱できることじゃない」

「そ、そのことを――」

竜之助はどもった。

「僕たちも心配しているのです」

「僕たち？　僕たちというのは、お前と誰のことだ？」

「いや、僕です。言いそこない」

竜之助はちょっと狼狽した。

「ここから東の方、一町半ばかり行ったところに空地があるでしょう？」

「うん。あのバカでかい家が建ちかけているところか」

「あの家は、猿沢の小父さんが建てているんですよ。あれは、四軒目の三吉湯です」

「なに。三吉湯？」

さすがに恵之助も仰天して、立て膝の姿勢になった。

「あ、あの建物が、三吉湯だと？」

「そうなんだよ。お父さん」

あわれみと同情のこもった眼付きで、竜之助は恵之助を見た。

「ヤグラが立っているでしょう。あれは掘抜井戸を掘るんだって」

「ちくしょうめ！」

膝をがくがくふるわせながら、それでも掌で心臓を押さえたりして、恵之助は落着こうとあせっていた。猿沢三吉と鮨屋で大喧嘩をした時もそうだったが、近ごろ恵之助は立腹をすると、すぐに心悸高進《しんきこうしん》をおこす癖があるのである。

「いったいお前は、それをどこで聞いて来た？」

「うん。その、あの——」

竜之助はまた狼狽の気配を見せた。なにか狼狽するような理由があるらしい。

「ど、どこからというハッキリしたもんじゃなくて、何となく耳に入って来たんだよ」

「そうか。あれは三吉湯か」

立て膝をあぐらに戻して、恵之助は腹立たしげにつぶやいた。

「つい近くまで行くおりがなく、遠くから見ていただけなんだが、そうか、ふつうの店にしては、少し大き過ぎると思ってた。三吉の野郎め、あくまでわしに挑戦してくる気だな！」

今までは、泉湯と三軒の三吉湯は、客の配分がうまく均衡がとれていたのだが、あの空地にさらに一軒新築されては、たちまちその均衡は破れることになる。二百五十メートルぐらいの近接場所につくられては、迷惑もはなはだしい。

竜之助が訊ねた。

「あそこに三吉湯ができると、うちのお客は減るかしら」

「そ、そりゃ減るだろう」

自分の手首の脈をはかりながら、恵之助は答えた。

「泉湯はシニセだから、固定のお客さんはいるが、なにしろ新築というと、設備もいいだろうからな。わしんところから最低二割は減るだろう」

「二割?」

竜之助は胸算用をした。

「じゃ、うちのお客、一日五百人を割るね」

恵之助はこめかみをビクビクさせながら、黙っていた。黙って何か考え込んでいた。

あの空地に三吉湯を新築されても、恵之助は法的に抗議することはできないのである。既設の浴場から二百メートル以内の地点には新築できないが、二百メートル以上だったら、自由に開業できるということになっているのだ。組合に提訴してもおそらくラチはあくまい。

「いつの間にあの土地を、手に入れやがったんだろう」

恵之助は忌々しげにぼやいた。

「なにもかも計画的だったんだな」

「どうにかして、取り止めさせる方法はないの？」

我が家の二割減収は、いずれは竜之助にもひびいてくることゆえ、竜之助の声音にも真剣味が加わった。

「ない！」

恵之助ははき出すように言った。

「それは道義の問題だ！」

心臓を押さえたまま、恵之助はよろよろと立ち上がった。胸の動悸がゴトッ、ゴトッと大きく鳴り始めたのだ。

翌朝、泉恵之助ははやばやと起き出で、顔をざぶざぶと洗い、神棚に合掌し、それから竜之助の部屋をちょっとのぞいて見た。障子は穴だらけだから、わざわざ障子をあけなくても、らくにのぞけるのである。

竜之助はまだ蒲団の中で、ぐうぐうと大いびきで眠っていた。

相変らず部屋の中は乱雑をきわめているが、服だけはハンガーにかけられ、きちんと壁にぶら下がっていた。

「しみったれたズボンだな」

恵之助はにがにがしげにつぶやいた。

「何とまあ生地を節約したもんだろう。あんなズボン、昔なら、俥《くるま》引きか田植の土百姓しか穿かなかったもんだ。いい若い者が、どうしてあんなものを穿く気になるのか」

恵之助も五十の坂を越したのだから、マンボ族の心理を忖度《そんたく》しかねるのも、ムリはない。

恵之助はふところ手のまま、くぐり戸をくぐり、ぶらりと外に出た。肩をそびやかすようにして、すたすたと東の方に歩いた。一町半ほど歩くと、例の角の空地に出た。

空地といっても、すでにヤグラや柱が立てられ、材木や鉄筋が山と積まれている。

恵之助は材木の山に登ったり、ヤグラの中をのぞいたり、だんだんその表情が険しくなってきた。

「うん。これは確かに風呂屋に違いない。今まで気が付かなかったとは、すっかりわしの不覚だった」

材木の上から、諸方角を展望しながら、恵之助は険しい声でひとりごとを言った。

「あそこが掘抜き井戸で、ポンプがそこで、こちらが焚き口で、するとと煙突がここらあたりになるな」

曲がりなりにも風呂屋の主人だけあって、一目見ればそのくらいのことは、恵之助にも判るのである。

「しかし、思ったほど大規模な風呂屋でもないな。でも、規模は小さくとも——」

恵之助は手を額にかざして、四方の屋並を遠望した。

「あそこらに近ごろ、小住宅がワンサできたな。あそこの連中がこの風呂屋に入る。その他に、わしんとこのお客の最低二割——」

恵之助は額から手をおろして、腕を組んだ。二割お客が減ると、収入が二割減る。人件費や物件費は元のままだから、実収入はさらにぐんと減る勘定だ。うっかりすると、オマンマの食い上げになりかねない。

「さて、どうしたものか」

恵之助は首をかたむけた。るいるいたる材木の堆積の上で、五尺九寸五分という長身の老人が、腕組みをして首を傾けているさまは、まことに奇観であった。

「どうにかして、この建築を阻止しなければ——」

かたむけた首を元に戻し、恵之助はその首をうしろに振り向けた。自動車の警笛が聞こえたからだ。

道路のかなたから、小型のオンボロ自動車が、がたごとと近づいてくる。それはそこの曲り角で、がたんと停止した。運転席の扉があけられて、肥った男の首がのぞいた。

「誰だっ！　その材木にのぼっているのは！」

それはまさしく猿沢三吉であった。三吉はごそごそと運転席から這い出して、恵之助をにらみ上げた。

「誰だっ。そこにいるひょろ長い奴は！」

材木の上にいるのが泉恵之助だと、猿沢三吉は知って怒鳴ったのではない。三吉の位置から見ると、ちょうど恵之助の頭のうしろに、ぎらぎらと上がりかけた朝の太陽があって、そのために顔かたちがはっきりしなかったのだ。鉛筆みたいにひょろ長い身体の恰好が見えただけである。

「誰だ。降りて来い！」

三吉は威嚇的に拳固をふり上げた。こともあろうに大切な材木を、土足にかけられたのが面白くなかったのだ。

「朝っぱらから、そんなとこに登って、さては何だな、材木泥棒をやる気だな！」

「人聞きの悪いことを言うな！」

つけつけと怒鳴られて、恵之助もむかむかっとした。近くに風呂屋を建てられることだけでもシャクのたねなのに、その上雑言を浴びせかけられるなんて、引き合った話ではない。

「材木泥棒とは何だ。泥棒とはだな。教えてやるが、夜やるもんだぞ。おテント様のまっ光りの下で、泥棒が聞いて呆れらあ。この山猿！」

「なんだと。山猿だと？」

三吉はあわてて額に掌をかざし、材木上の人物の顔を確かめた。

「ふん。誰だと思ったら、泉湯か！」

「いかにも泉恵之助だ」

謡曲できたえた声で、恵之助は気取って答えた。

「この泉恵之助に、何か文句でもあるのか」

「降りて来い！」

三吉はじだんだを踏んだ。

「他人の地所に無断で押し入り、その上に大切な材木を、土足にかけるとは何ごとだ」

「ケチケチするな。何だい、こんな安材木！」

恵之助は土足のまま、わざと材木の上で足踏みをした。

「ずいぶん値切って買ったと見えるな。どの材木を見ても、節だらけだぞ」

「降りて来い！」

たまりかねて三吉は、材木の下にかけ寄り、両手に力をこめて、材木の山を揺すり始めた。

「降りて来なきゃ、引きずり落としてやるぞ」

「降りるよ。降りるよ」

材木がぐらぐらと動き始めたものだから、さすがに恵之助も悲鳴に似た声を出し、思わず中腰になった。

「降りるから、材木を揺すってくれるな」

「早く降りろ」

三吉は材木から手を離した。恵之助は中腰のまま、材木を一段ずつ、用心深く踏んで降りて来た。地面を踏んだとたんに、恵之助は腰をしゃっきりと伸ばし、元気になった。

「降りりゃいいんだろ、降りりゃ。何でえ、安材木を踏まれたぐらいで、四の五のとわめきやがって」

「安材木で悪かったねえ。お前さんのお世話にゃならないよ」

三吉はにくにくしげに顎を突き出した。

「おれの金で、おれが材木を買い、そしておれが建てるんだ。お前さんからつべこべとケチをつけられる謂《い》われはない」

「そ、そんなことを言っていいのか!」

恵之助の額に青筋が三本ばかり立った。

「自分で金を出せば、どこに何を立ててもいいと思っているのか?」

「何が悪いんだ?」

三吉もわめき返した。

「三吉湯をもう一軒殖やすのに、一々誰かにことわらなきゃいけないのか」

猿沢三吉は怒鳴った。

「お前さんのとこから、ここは二百四十七米離れている。ちゃんと計ったんだぞ。二百メートル以内なら文句も出ようが、二百メートル以上離れているんだから、つべこべと文句を言われる筋合いはない！」

「法規に合いさえすれば、何をしてもいいと言うのか」

恵之助は額の青筋を、さらに一本殖やした。

「そりゃ二百四十七メートルぐらいは離れているだろう。しかし、離れているからといって、黙って建てる法はあるまい。いいか。ここから二百四十七メートルへだてた彼方に、わしという人間が、泉湯というれっきとした風呂屋をやっているんだぞ。それに一言のあいさつもしないで、こそこそと新築しようなんて、いったいお前さんはどんな料簡だい。将棋でいえば、卑怯千万な待ち駒だぞ！」

近頃将棋は指さないのだが、中毒するほど好きな道だったこと故、ついそのたとえが出た。

「待ち駒だと？」

三吉も眉をつり上げた。将棋でたとえられると、三吉も身に力が入る。

「待ち駒なんかであるものか。じゃ、お前さんのやり方は何だい。今頃になってあれこれケチをつけてくるのは将棋で言えば、待った同然じゃないか。わしのやり方は、正々堂々たる王手なんだぞ！」

「王手？」

恵之助の全身は怒りに慄《ふる》え、両掌はおのずから拳固の形になった。

「王手と言ったな。さてはなんだな。お前がここに新築するのは、それで稼ごうというよりも、わしんとこに打撃を与えようという魂胆なんだな」

「そんなケチな魂胆は持たん！」

三吉も両掌を拳固の形にした。

「わしはただ、三吉湯の発展を目指している。それだけだ」

「じゃなぜ、新築するについてわしんとこにあいさつに来ない？」

恵之助は詰め寄った。

「一言あいさつに来れば、頼むと頭を下げれば、わしも別に文句は言わない。人間には、仁義というものがあるんだぞ。仁義を知らない奴は、もうそれは人間じゃない。鶏だ！」

山猿から一挙に鶏にまで下落したので、三吉もいきり立った。

「鶏だと。言いやがったな。わしが鶏なら、お前は何だ。ゾーリ虫か？」

「ふん。まだあのことを根に持ってやがるんだな」

恵之助は鼻の先で冷笑した。

「そんなに口惜しかったのか。このチャボ」

「チャボ？」

「肥って背が低けりゃ、チャボにきまっている」

「ふん。ゾーリ虫のクルクルパア！」

三吉は肩をそびやかして、自動車の方に戻りかけた。口惜しがっているのは向こうであることは判っていたし、それにそろそろ人だかりがして来たからだ。それはそうだろう。六尺の男と五尺の男が、朝っぱらから口角泡を飛ばしてののしり合っているのだから、これは人だかりするにきまっている。その背後から、恵之助は怒鳴りつけた。

「仁義知らずの外道《げどう》野郎め！　そのうちに、きっと思い知らせてやるぞ！」

泉恵之助の罵声を背中に聞き流して、猿沢三吉は運転席に這い込み、ドアをがちゃんとしめた。窓ガラスをするするとおろし、頭をつき出して怒鳴り返した。

「また材木を踏みつけると、承知せんぞ。このゾーリ虫野郎！」

「何を言いやがる。放射能にあたって死んじまえ！」

三吉もまた何か怒鳴ろうとしたが、思い返してアクセルを踏んだ。おんぼろ自動車はがたんと揺れ、がたごとと動き出した。見る見る遠ざかり、角を曲がって姿を消した。

恵之助は忌々しげに唾を地面にはき、ついでに右足で力をこめて材木を蹴り上げた。ところが蹴りそこなって、向こう脛を材木の角にしたたか打ち当て、悲鳴を上げながら、そこにしゃがみ込んだ。

「イテテテ！」

三吉の自動車は街中を揺れながら、上風タクシー事務所に進んでいた。時々速力がにぶったりしているのは、三吉がブレーキをかけるからであった。なぜ必要もないのに、しばしばブレーキをかけてみるかというと、数日前からブレーキの具合が悪くて、試験しているのであった。

(買ってまだ半年も経たないのに、ブレーキの調子が悪くなるなんて上風徳行もとんだくわせものを摑ませやがったな)

ハンドルを切りながら、三吉は考えた。

(もっとも三万円という安値だからな。それぐらいは我慢すべきだろうな)

恵之助は顔をしかめ、びっこを引き引き、自宅の方に戻りつつあった。泉湯のそばを通る時、泉湯の中から、桶を積み重ねる音や、水を流す音などが聞えて来た。お種さんの指揮によって、朝の掃除が始まったのだろう。それらの音は、高い天井にがらんと反響して、本来ならば恵之助にすがすがしい気分をおこさせる筈だったが、この朝ばかりはそうでなかった。

(まごまごしていると、この伝統のある泉湯も、閉鎖ということになるかも知れないぞ)

くぐり戸をくぐりながら、そんな不吉なことを恵之助は考えた。

(いやいや、そんなことはできない。それではご先祖さまにあい済まない。どんなことがあっても、泉湯はつぶしてはならない。どんなことがあっても!)

倅の竜之助は玄関脇の空地で、上半身裸体となり、エキスパンダー、手製のバーベルなどを使用して、朝の行事のボディビルをやっていた。竜之助は自分のボディビルを『自分の美意識を自分の肉体に還元しようとするゲイジュツ的造形のひとつの実践』だなどと吹聴《ふいちょう》していたが、なに、その実は、自分のひょろひょろ姿が恥ずかしくて、幾分なりともこれで胸囲を拡げようという、可憐な努力の実践なのであった。

玄関の扉に手をかけ、倅のその姿を横目で見ながら、恵之助は不機嫌な声で言った。

「またそれをやってるのか。そんな暇があるなら、泉湯に行って、粉炭運びでもしたらどうだい」

恵之助はボディビルが大嫌いであった。なぜ嫌いかと言うと、全然ムダであり、能率的でないからであった。どうせエイエイと力を出すのなら、粉炭を運ぶなり、荷車を引くなりの方が、はるかに実生活の役に立つのである。

「粉炭運びはイヤだよ。真黒になるもの」

竜之助はバーベルをおろしながら、父親の右足を見た。

「足はどうしたの。ビッコなんか引いてさ」

「うん。こ、これはちょっと――」

泉恵之助はいくらか狼狽して、着物の裾をまくった。

「ちょっと打ちつけたんだ。向こう脛《ずね》を」

右足の向こう脛の一部が紫色に変色し、わずかながら血も滲み出ていた。恵之助は不興気にそれを眺め、裾をおろした。

「さあ、朝メシにしよう」

竜之助はバーベルやエキスパンダーを始末し、親爺につづいて玄関を上がった。茶の間には朝食の用意がすでにととのっていた。小女が味噌汁と牛乳を台所から運んで来た。

「イテテ」

チャブ台の前に坐る時、恵之助はまたしても悲鳴を上げた。

「ちくしょうめ。あの三吉の野郎！」

「朝っぱらから、どこの散歩に行ったの？」

トースターにパンを突っ込みながら、竜之助が訊ねた。

「ああ、判った。三吉湯の新築場でしょう」

「そうだ」

恵之助は不機嫌にうなずいて、味噌汁の蓋を取った。息子がトーストに牛乳に目玉焼、親爺が銀メシに味噌汁にお新香というのだから、泉家の朝食というのは、毎朝大変な手数がかかるのである。

「そこで転んだんですか？」

「転んだんじゃない」

恵之助はワカメの味噌汁に口をつけた。

「わしはまだ転ぶような齢じゃない。蹴りそこなったのだ」

「誰を？　三吉小父さんを？」

「三吉小父さんなんて呼ぶんじゃない。三吉のクソ爺《じじい》と呼べ！」

はなはだ教育的でない発言を恵之助はした。

「材木だ」

「材木？」

竜之助は失笑して、牛乳にむせた。

「材木を蹴ろうとしたんですか？」

「笑うな！」

恵之助は気分を害して、息子をにらみつけた。

「材木を蹴っては悪いのか？」

「悪いとは言いません。言いませんし、また材木を蹴りつけようというお父さんの気持も、よく判りますが——」

トースターから出たトーストに、バタをなすりつけながら、

「僕のボディビルを、全然ムダで非能率的だと、お父さんはいつも言うじゃないの。そのお父さんが材木を、生命のない材木を、いくら三吉小父さん、いや、クソ爺の所有物だとはいえ、足蹴にするなんて、全然ムダ——」

「全然ムダでない！」

恵之助は息子の発言を封じた。

「足で蹴れば、材木だってすこしは凹《へこ》む。凹めばそれだけ向こうの損害だ」

「そのかわり、こちらの下駄も凹むでしょう」

竜之助も理屈では負けていない。

「下駄が凹むだけでなく、現実には蹴りそこなって、向こう脛が凹んだでしょう。何か薬をつけとかないと、化膿すると大変だよ。化膿すればペニシリン。ペニシリン打てば、ペニシリンショック——」

「よくぺらぺらとしゃべるな。お前という男は」

恵之助はにがい顔になって、ツクダ煮をつまんだ。

「事態はさし迫っているんだぞ。呑気なおしゃべりをしている時でない」

朝食が済んだ。

泉恵之助は煎茶の茶碗を口に持って行きながら、同じくジュースを飲んでいる息子の竜之助に、しみじみと話しかけた。

「なあ。こうなれば、わしも相当の覚悟をきめねばならないぞ」

恵之助は煎茶を一口、うまそうに含んだ。

「三吉湯の馬鹿オヤジが、我が泉湯に対して大攻撃をかけてくる日が、目前に迫っている。それに対処するために、こちらもいろいろ準備をととのえなければならない」

「準備？」

「そうだ。準備だ」

恵之助はまた煎茶をすすり、煙草に火をつけた。

「今朝、あの新築の状態を見て来たが、規模という点では大したことはない。しかし、新築は新築だからな、設備も新式になるだろうし、木口が新しいということが最大の魅力だ。それに対抗するためには、泉湯としてはどうしたらいいか。サービスだ」

「……」

「サービスによって、客足をつなぎとめる他はない。そのためにはだね、ラジオやテレビ、蓄音器なんかもいいと思っている」

「テレビはいいね。テレビ」

竜之助は賛意を表した。

「番台の前に置いてくれれば、僕だって喜んで番台に坐るよ」

「番台の前に置いて、何になるんだ。お客さまに見せるんだよ」

恵之助は息子をたしなめた。

「ところがだね、組合の申合わせで、ラジオ、テレビ、そんな種類のサービスはお互いにいっさい遠慮しようという項目があるんだ。しかし、四軒目の三吉湯ができるとなれば、こちらも背に腹はかえられない」

「組合から文句を言って来たら、どうするの？」

「その時は、組合を脱退する！」

恵之助はどしんとチャブ台を叩いた。

「同じ条件で、新湯と古湯と競争せよなんて、そりゃムリな話だ。わしは最後の手段として、湯銭の値下げまでも考えているんだ。湯銭を値下げすれば、客はきっと殖えるだろう」

「値下げして、採算が取れるの？」

竜之助は心配そうに口をはさんだ。

「それに、こちらが値下げすれば、三吉湯でも同じことをしないかしら？」

「それは大丈夫。大丈夫だろう」

恵之助の声は慄えを帯びた。

「三吉湯と泉湯とでは、すこし条件が違うのだ。たとえば、燃料だな。三吉湯では高価な石炭を使用している。ところがわしんところでは、バーナー式の燃焼機を使ってるから、安い粉炭で沸くんだ。また三吉湯は、井戸と水道の併用だが、うちは井戸だけで間に合う。使用人にしてもだ、うちは男衆が二人、女中が三人、それだけでやっている。三吉湯はそれよりも多い。したがって人件費が余計かかる。あんなやり方では、湯銭の十五円はどうしても取らなきゃ、採算は取れない。人件費、税金、消却費——」

「うちじゃ、どの程度まで値下げできるの？」

「うん。それが問題だ」

恵之助は煙草をすりつぶして、腕を組み、憮然として言った。

「わしたちの生活費の問題もあるしな。最悪の場合は、お前にもゲイジュッは止めて貰って、働いて貰うということになるかも知れないぞ」

## 真知子

猿沢三吉の自動車は、上風タクシー会社の構内に、がたごとと入って行った。適当な位置に停車すると、三吉はごそごそと運転台から這い出し、建物入口の受付に歩いた。

「上風君はいますかね？」

「いらっしゃいます。どうぞ」

受付では、若い男が二人、将棋をさしていた。駒数がすくないところを見ると、もう終盤戦らしい。その盤面をちらと一瞥しただけで、三吉の血は騒いだ。思いあきらめてはいても、やはり血の方で勝手に騒ぎ立てるのである。

「もうずいぶん長いこと、将棋をささないなあ」

奥の社長室の方に歩きながら、三吉の手は自然と将棋の駒を動かす指付きになっていた。

「あの恵之助の野郎め。将棋は空っ下手のくせに、江戸っ子ぶりやがって。そのうちに一泡《ひとあわ》吹かせてやるぞ！」

その将棋の空っ下手の恵之助に、五十一対五十で負けたことも忘れて、三吉はぼそぼそとつぶやいた。

上風タクシー会社社長上風徳行は、顎鬚をたくわえた顔の四角な四十男で、大きな社長卓を前にしてでんと腰をおろし、ハサミと櫛でもって顎鬚の手入れに余念がなかった。その社長室に、扉を排して猿沢三吉がのこのこと入ってきた。

「やあ」

「やあ」

「ようこそ」

三吉は卓をはさんで、上風と向き合って腰をおろした。上風は小さな卓上鏡をのぞき、ハサミをちょきちょきと鳴らしながら訊ねた。

「朝っぱらから、何かご用かね？」

「うん。ブレーキの具合がちょっとおかしいんでね、お宅で直して貰おうと思ってさ」

「お安いご用だ」

上風社長はハサミを卓に置き、立ち上がって窓をあけ、大声で怒鳴った。

「修繕部の野郎ども。猿沢さんの車のブレーキの具合が悪いそうだ。ただちに故障個所をしらべ、修繕せよ。かかれっ！」

戦争中は海軍の潜水艦乗りだったと言うだけあって、命令の仕方もたいへん勇ましく荒っぽい。

「君んとこからゆずって貰って以来、これで故障は六度目だぜ」

上風が椅子に戻って来るのを見すまして、三吉は口を切った。これでちょいとした厭味のつもりなのである。

「今日のなんか、修繕代はタダでもいいくらいだな」

「そんなわけには行かないよ。それじゃこちらが持ち出しになる」

上風は大口をあけて空笑いをした。

「第一売価が破天荒の三万円だからなあ。そこは猿沢さんも辛抱して貰うんだな」

そして上風は周囲を見回し、小指を立ててにやりと笑った。

「時に、こっちの方の具合はどうだね？」

「ああ、それ、えへへ」

三吉はちょっと顔をあかくして、照れ笑いをした。その小指は、上風が近ごろ世話してくれた若いメカケのことなのである。

「いや、上風君からは、いつも乗り物の世話ばかりをして貰って——」

自動車と女性を一緒くたにするような不謹慎な発言を三吉はした。どうも明治生まれの人間の中には、とかくこういう不謹慎な女性観の持主がいるようだが、全く慨嘆にたえない。

「そちらの方はまだこわれないかね。修繕の方は僕が引き受けるよ」

上風社長はにやにやしながら言った。

「そちらの修繕なら、タダでもいいよ」

「とんでもない」

猿沢三吉は手を大きく振った。

「君なんかに修繕が頼めるもんか。かえってこわれ方がひどくなる。それにまだ、あれは修繕の必要はない」

「そりゃそうだろうなあ。あれは中古品でなく、新品なんだからな」

上風社長も三吉には負けぬ不謹慎な発言をした。

「奥さんの方は、大丈夫かね。何なら僕が密告してやろうかな」

「とんでもない！」

三吉は今度は真顔になり、いくぶん蒼白にすらなって、大きく手を振った。

「冗談もほどほどにしてくれ。そんなことをされたら、わしはハナコから半殺しにされてしまう。いったい君はわしを脅迫する気か」

「冗談だよ。冗談だよ」

上風はにやにやしながら、両掌で空気を押さえつけるようにした。

「ずいぶんこわいと見えるね。そんなにこわいもんかなあ」

「こわい。こわいよ」

三吉は真剣な表情で口をとがらせた。

「何がこわいって、世の中にあんなこわいものはない。近頃は保健のためと称して、娘を相手に、毎日レスリングの練習をしているんだよ。あれのことが知られたら、わしなんか股裂きか何かにされてしまうだろう。わしだってまだ殺されたくない。長生きをして、ますます商売にいそしまねば——」

「時にまた一軒、風呂屋を建てるんだってねえ」

上風は卓上鏡の中に、自分の顎鬚の形を確かめながら、話題をかえた。

「ずいぶん金がかかるだろう」

「うん。かかるとも。うんざりするくらいだ」

三吉は窓ガラス越しに、窓外の自動車を指さした。

「だからあのオンボロ自動車に打ち乗って、金策にかけ回っているんだよ。もっともハナコにはかけ回っているように見せかけて、真知子のとこに寄ったりしているけれど」

「そんなにかけ回っては、ブレーキの具合も悪くなるわけだよ」

上風は憮然として顎鬚をしごいた。

「それでも、建ってしまえば、しめたもんだね。建物は財産として残るし、毎日の日銭は確実にあがるし——」

「日銭、日銭と言うけれど、たいしたことはないんだよ。風呂屋なんてのははかない商売で、タクシー屋みたいに荒かせぎはできない」

「そういうと、僕がよっぽど荒かせぎしているように聞こえるな」

「わしんとこにくらべると、荒かせぎだよ」

三吉はまた口をとがらせた。

「いいかい。今、湯銭はいくらか知ってるだろう。大人十五円、小学生は十二円、未就学児童は十円となっている。問題は、この大人の十五円だね。戦争前、湯銭というやつは、もりかけソバ、シャケの切身、とだいたい同額だったんだ。ところが今ではどうだ。ソバは標準店で二十五円、シャケの切身もその位。シャケの方は北洋があんなことになったから、まだまだ上がるだろう。しかるに湯銭は、わずか十五円ぽっちだ！」

「シャケの切身、もりかけのソバが二十五円以上もしているのに、風呂銭ばかりが十五円にとめられて、それでやっていけますかと言うんだ」

猿沢三吉はどしんと卓をたたいた。しかしこの論理は、三吉が都合のいい例ばかり出しているのであって、戦前に風呂銭とほぼ同額だったものに、他には豆腐や都電の料金がある。豆腐や都電の料金には、三吉はずるくも頬かむりをしているのである。

「ね、君もそう思うだろ。風呂屋というのは、まったくはかない、引き合わない商売だよ」

「そうかねえ」

上風徳行はうたがわしげに眼をパチパチさせた。

「じゃあなぜあんたは、三吉湯をもう一軒殖やそうとするんだね？」

「そ、それは、もちろん――」

三吉はどもった。

「もちろん、公衆衛生のために、身を尽くしたいからだよ。皆さんの身体を清潔にしたい、その一念だけだね。まったくギセイ的商売だ。その可憐なるギセイ的商売に対して、実に当局の取締りがきびしいんだよ」

「取締りはうちの方もきびしいよ」

上風もうんざりしたような声を出した。

「取締まられるのはタクシー業ばかりかと思ったら、風呂屋もそうなのかい？」

「もちろんさ。ひどいもんだよ。公衆浴湯法というのがあるんだ。保健所が年に何回か、検査にやってくる。予告なしの抜打ち検査だよ。湯の成分に、アンモニア、大腸菌、雑菌がすこしでも余計に入っていると、もうそれで営業停止だ。アンモニアなんてものは、これは業者の責任じゃない。一部悪質のお客のせいだよ。しかし罰せられるのは、わたしたちだ」

三吉は嘆かわしげに、拳固を宙に振り回した。

「その他、湯の温度はいつも四十二度を保てだとか、湯はいつも湯舟にあふれさせておけとか、十歳以上の混浴はならんとか、そりゃうるさいもんだよ。こういう弾圧を受けながら、わしらは黙々として、公衆衛生のために尽くしている。それで十五円は安いな。安過ぎるよ。せめて二十円に値上げを、わしは組合に提訴したいね。十五円では、食うや食わずだ」

「ほんとかい？」

「ほんとだよ。それにわしんとこはだいたい山の手だろう。山の手の連中は、下町の連中とちがって、毎日は入浴しない。二日おき、三日おきだね。だから下町の連中と違って、一回にお湯をたくさん使うんだ。たまった話じゃないよ。それに近々水道料も上がるし、十五円ではまったくわしらは干乾しになる」

「食うや食わずとおっしゃるけれど――」

と、上風徳行はにやにやとした。

「干乾しになろうという人間が、よくメカケを囲う余裕があるね」

「そ、それとこれとはちがう」

「ブレーキが直ったら、直ぐにそちらに回ろうと言う算段だろう」

「いくらなんでも、朝っぱらから――」

三吉は内ポケットから小さな時間割を取り出した。

「ええと、今日は水曜か、水曜の朝八時から十時まで、万葉集の講読と。真知子は今頃、万葉集の講読を受けているんだよ」

猿沢三吉が真知子を見染めたのは、上風徳行と一緒に行ったアルバイトサロンでであった。

この場合、見染めたという用語は、正しくないかも知れない。第一、見染めるというようなういういしい用語は、三吉の風態にふさわしくない。

かねてから、若い三助時代のころから、三吉は生涯に一度メカケを囲ってやろうと考えていて、目下物色中のところ、やっと一軒のアルサロにおいて、適当なのを発見したのである。自動車を買い込み、つづいてメカケというのは順当で、これが逆だとすこし困る。メカケのところに通うのに、てくてく歩いたり都電を利用したりしては、時間がかかり過ぎて、ハナコに気取られるおそれがあるのだ。

実際三吉はこの秘密の妾宅通いに、自家用車の機動力を存分に利用していた。

アルバイトサロンなんかに行くのは、三吉にとってはそれが初めてであった。つい行く機会が今までになかったし、行ったことがハナコにばれると、どんなことになるかは判らない。自家用車の五度目の故障の修理のお礼に、またはそのお礼という名目で、三吉は上風をウナギ屋に誘って、一緒に酒を飲んだ。宴果てて、上風が三吉を誘った。

「どうだね。アルサロにでも行って見るか」

「うん」

三吉はハナコのことを考えて、ちょっと渋った。しかし、いささか酩酊《めいてい》はしていたし、ついに好奇心の方が打ち勝った。アルバイトサロンとはいかなるサロンなりや、かねてから新聞紙上の広告などを見るたびに、むずむずと彼は好奇心をもよおしていたのである。

「うん。君がそんなに誘うのなら、わしもむげにことわるわけにもいかないな。止むを得ず、お伴するとするか」

三吉は恩着せがましい口をきいた。もしばれた時に、上風から強引に誘われたんだという証拠を残して置く必要があった。

盛り場の横丁の、パチンコ屋の二階に、狭い階段をとことこと登り切った時、三吉はキモをつぶして呟いた。

「わあ、暗いなあ。なんて暗い店なんだろう」

三吉が時々行くウナギ屋だの中華飯店だのとくらべると、これは海上と海の底ぐらいのちがいがある。

その海の底みたいなサロンの中で、お客や女たちが、深海魚みたいにうごめいたり、じっとしたりしていた。

「いらっしゃいませ」

隅のうすぐらいボックスに、二人は案内された。上風はビールを注文した。

あやめもつきかねる暗さだと思っていたが、しばらくいるうちにだんだん目が慣れてきた。二人坐っている女の一人に、三吉は興味を引かれた。

まだ若い、端正な冷たいような顔立ちの子で、図々しいとかすれたという感じが全然なく、挙止も万事控え目なのである。

「アルバイトサロン。アルバイトと言うけれど——」

三吉はその子の耳にささやいた。

「いったいあんたの本業は何だね？」

「学生ですわ」

女は悪びれずに答えた。

「大学の国文科に行っているんです」

「大学？」

三吉はすこしおどろいて、ビールにむせた。

アルバイトサロンのその女の子が、大学生であると聞いた時、猿沢三吉はおどろいたと同時に、大いに感動もした。なにしろ三吉は高等小学校を出ただけで、山国から上京、風呂屋の三助に住み込んだのであるから、学というものがあまりない。学があまりないから、学というものに対して、三吉はいまだにあこがれとおそれを保有しているのだ。

「ううん」

三吉は思わずうなり声を発した。

「それで、あんたの名は何と言うんだね？」

「真知子。今度いらっしゃる時は、真知子と指名してね」

真知子は三吉の顔をまっすぐに見た。三吉はその視線にたじろいだ。相手が学の蘊奥《うんのう》をきわめつつある女だと思うと、たじろがざるを得ないのである。

「そ、それで、こんなところで働いているのも、学資かせぎかね？」

「そうよ」

「こんなところで働かないでも、もっと上品なアルバイトはないのかねえ」

「ここは別に下品じゃありませんわ」

真知子は三吉をきめつけた。

「ここを下品だと思うのは、お客さんの品性が下劣だからだわ」

「うん。そうだ。そうだ」

三吉はあわてて賛成した。

「要はお客の気持の持ち方ひとつだ」

「それにここは割に収入はいいし――」

真知子は説明を補足した。

「この次かならず、真知子と指名してね。指名料というのがあたしに入るのよ」

指名料なるものの説明を聞き、その夜はビール四本ぐらいにとどめて、三吉と上風徳行は引き上げた。ずいぶんふんだくられるかと覚悟していたら、案外安かったので、三吉はびっくりした。

「あのくらいの値段だったら、女の子たちの手にはいくらも渡らないな」

帰り途に三吉は感想をもらした。

「そりゃそうだよ。アルバイトだもの」

上風は当然のことのように言った。アルバイトとは安いという言葉の外国語だとでも思っているらしかった。

「でも、そんな安い収入で、あんなところで働かねばならんとは、可哀そうだなあ。あんなきれいな女の子が」

「おい、おい。惚れたのと違うのか」

三吉の背中をたたいた上風がひやかした。

「あんなうすぐらいところじゃ判らないよ。おてんと様の下でとっくり眺めなきゃ」

その夜、三吉は家に戻ってからも、なかなか眠れなかった。血が騒いで眠れないのである。

(学資をかせぐために、あんなうすぐらい不衛生なところで、あまたの男たちの相手をするとは、いくらなんでも可哀そうだ。もっと有利な、収入の多いアルバイトはないものかなあ)

三吉は寝がえりを打ちながら考えた。

(あまたの男性じゃなくて、一人の男性、たとえばこのわしが、金を出してやって、充分に学

問をつづけさせる。そんな具合には行かないもんかなあ）

暗闇の中で、三吉の胸は動悸が打っていた。つまりあの女がわしのメカケに、と考えて見ただけで、三吉の胸はドキドキと脈打ち始めたのである。

ハナコの寝息をうかがいながら、三吉はまた切なそうに寝がえりを打った。

寝ては夢、起きてはうつつ、という言葉があるが、その翌日からの三吉の気持もだいたいそれに近かった。気分がふわふわしているので、湯銭のおつりを間違えたり、食事の最中に箸を持ったままぼんやり天井を眺めたりするものだから、その度にハナコに叱りつけられるのである。

「何ですか、あなたは。フヌケみたいな馬鹿面をして。また血圧が高くなったんじゃないの。イヤですよ。今頃からヨイヨイになられては」

では思いきってアルバイトサロンを再訪し、気持を切り出せばいいのに、それが三吉にはどうしてもできなかった。なにしろ相手は学の蘊奥をきわめた女性であるし、気持がすくんでしまうのである。海千山千のごとく見えて、三吉の心情には意外にもうぶなところが残っていた。

思い余って三吉は、上風徳行を訪問、切ない胸の裡を打ち明けて、あっせん方を依頼した。

「よろしい。引き受けた。あんたも案外ウブなところがあるんだなあ。見直したよ」

上風社長は胸をどんとたたいて承諾した。

「そのかわり、アルサロで飲食した分は、あんたが持てよ」

その翌日、上風がもたらしたのは吉報であった。上風から「ニイタカヤマニノボレ」という電報が来たのである。もちろんこれはハナコにはばかって、二人できめた隠語であった。ハナコはちょうど留守だったので、三吉は電報をふりかざしながら自動車に飛び乗り、上風タクシー会社にかけつけた。

「さっそくかけつけて来るだろうと思ったよ」

三吉の姿を見ると、上風社長は顎鬚をしごきながら、にやりと笑った。

上風の話では、切り出して見ると真知子はあっさり承諾したのだという。しかしその条件として、一、衣食住を保証すること、二、学資を出してくれること、三、以上の他に毎月こづかいとして一万円くれること、四、支度金として三万円くれること、の項目があった。

「それにもう一つあるのだ」

と上風が説明した。

「任期の問題だがね。大学を卒業するまで、という条件がついているのだ。それでもいいかね？」

「卒業までというと？」

「あと一年ばかりだそうだ。卒業すれば就職できるから、それ以後は世話になりたくないと言うのだ」

「ふうん」

三吉はうなった。あまりにも割り切れた彼女の考え方に、うならざるを得なかったのだ。

上風社長は三吉に、アルサロの飲食費として、五千四百円を要求した。切り出したらあっさり承諾したと言うのに、そんな飲み食いしたりして、と三吉は内心面白くなく思ったが、真知子を獲得したことではあるし、黙って不承不承支払った。

かくして真知子は、三吉のメカケとなった。

三吉は真知子にアルサロを止めさせ、都内の某所、三吉湯から自動車で十二、三分の距離のアパートの一室を、真知子にあてがった。あまり遠いと通うのに時間がかかるし、あまり近いとハナコに気取られるし、十二、三分というのが一番適当なところである。

三吉のおんぼろ自動車は、妾宅通いにおいて、その最大機能を発揮した。

# 接　触

小説家の加納明治と、その秘書塙佐和子女史の第二の衝突は、書棚の本のうしろにかくされたウイスキーの瓶に始まった。

秘書といっても、近頃の塙女史はその実強力な支配者の位置をしめていて、加納はすでにものを書く人間器械にまでなり下がりかけていた。ウイスキーを書棚の奥にかくしたというのも、器械にまでなり下がりたくないという加納の隠微なレジスタンスのひとつで、書棚の奥にはウイスキーの角瓶の他、数種の外国タバコも同時にかくされてあった。

いくら小説作家の能率を上げるためとはいえ、煙草は一日に十本、酒は週に二回と制限されては、生きて行くたのしみがない。といって、増額を申し出ても、承諾するような塙女史ではない。

衝突の数日前の夕食時も、加納は酒タバコの増額を申し出て、最初の大激論となったのである。加納の要求額は、煙草は一日に二十本、酒は毎日二合乃至四合というのであった。

こういう大幅な増額を申し出る気になったのも加納が例の自家用自動車を買い入れ、それであちこちドライヴすることによって、自由というものの愉《たの》しさ、制限というもののつらさを、しみじみと再認識したからである。

いうまでもなく、塙女史はその要求を一蹴した。

「ダメでございますよ、先生。煙草の日に十本、酒の週に二回だって多過ぎるとあたしは思っておりますのよ。増額どころか、これをさらに半分に――」

「半分になんて、そんな無茶な――」

加納は天をあおいで嘆息した。

「ねえ、女史はいったい、僕のことを、どう思っているか知らないが、僕はこれでもれっきとした人間だよ。器械じゃありませんよ。それなのに女史は、僕のことをミシンやミキサーなどと同一視している」

「同一視しておりませんわ」

「いや、同一視している。僕を人間だと思うなら、もっと人間らしい待遇、人間としての嗜好を認めて欲しいんだ。つまり、酒やタバコ――」

「そりゃお話が違いはしませんか。先生」

塙女史は色をなした。

「最初の約束はそうじゃありませんでしたわ。最初の日、先生はこうおっしゃいました。この僕をして、いかにして良き小説をたくさん生産させるか、そこに重点を置いて計画を立ててくれ。ぐずぐず言うなら、ひっぱたいてもよろしいと、先生はその時おっしゃいましたわ。生活の全部、箸の上げおろしから友達付き合いまで、全部あたしに任していただけるという約束でした」

「でもね、塙女史」

加納もあとには退かない。ここでしりぞくと、酒タバコをさらに半減されるおそれがあるのだ。

「酒やタバコが、実際に身体や精神にわるいかどうか――」

「悪うございますとも。酒は肝臓や心臓や胃腸、タバコは肺癌、神経障害、不眠――」

「そ、そんな常識的なことを女史は言うけれどね、あの英国の前首相ウインストン・チャーチルを見なさい。彼は八十歳にして、ノーベル賞を受けた。その頃の彼の食生活はどうであったか。驚くべき分量の食事と、一日十八本の葉巻、一壜の四分の三のブランデー、それに一本のシャンペン。以上を毎日欠かさなかったと。当時のニューズウイーク誌が伝えているではないですか！」

ウインストン・チャーチルを引き合いに出されて、さすがの塙女史もちょっとたじろいだ。が、すぐに気持を取り直して、

「ほんとですか。そんなことがニューズウイーク誌に出ていましたかしら？」

「出ていたとも」

加納は勢いこんで言った。

「ウソだと思うんなら、書斎から持ってきて、見せて上げるよ」

加納ははりきってリヴィングキチンから小走りに出て行った。塙女史は壁によりかかったまま、何か対策を練るように、口の中でぶつぶつ呟きながら、眼をつむっていた。やがて加納が、古ぼけたニューズウイーク誌をふりかざし、打ち振るようにして戻ってきた。その記事のところを指でつきつけた。

「どうだ。ここを読んで見なさい。何と書いてあるか」

塙女史は眼をそこに据えて黙読した。某女子大学の英文科卒業であるから、女史にもそのく

らいの語学力はある。加納は得意そうな声でうながした。

「どうです?」

「これにはこう書いてありますわね」

女史はそっけない声で返事して、ニューズウイーク誌を押し戻した。

「しかしでございますね、先生、日本の植物学の泰斗《たいと》牧野富太郎博士は、今年九十四歳になられましたけれど、あの方は生まれてこのかた、一度も盃を手にせず、煙草も全然手にしたことがおありにならないそうでございますわ。絶対の禁酒禁煙主義であったればこそ、九十四歳という——」

「そ、それはいろんな人もあるでしょう」

反撃を食って、加納も眼をパチパチさせた。

「しかし、現にチャーチルは、大食、大酒、大タバコ——」

「チャーチルは今はいくつでございますか?」

塙女史は声を高くした。

「まだ八十歳台じゃありませんか。牧野博士は九十四歳でございますのよ。八十台と九十四歳を一緒に論じるなんて」

「八十台、八十台と女史は言うけれど、そりゃ生まれ落ちるのが遅かったんだから、仕方がない」

加納は不服そうに口をとがらせた。

「それにまだ、チャーチルは死んでいない。生きている。まだまだ生きて、九十台、やがては百歳を越すでしょう。禁酒禁煙で百まで生きる人もいるだろうが、片や大酒大タバコで百まで長生きしようという人もいる。僕をして選ばしめるならば、僕は後者の方を――」

「チャーチルは英国人でございますのよ」

塙女史はきめつけるように言った。

「チャーチルは英国人で、牧野博士は日本人ですわ。そして先生は？」

「僕も日本人ですよ」

気を悪くして、加納も仏頂面になった。

「しかし、職業上だね、ものを書くという点で、僕はチャーチルに似ている」

「牧野博士もものをお書きになります！」

塙女史はとどめを刺した。

「ヘリクツはおよし遊ばせ。どうあっても酒タバコは、小説生産の能率を低下させます。絶対に増額はできません！」

「どうあってもダメか？」

加納はすこしいきり立って、唇の端をピリピリとけいれんさせた。

「どうしてもダメだというなら、僕にも考えがあるよ」

僕にも考えがあるよ、と勢い込んで宣言して見たものの、特別の考えが加納明治にあるわけではなかった。せいぜい書棚の奥のかくし場所を強化して、女史の制限のうらをかいてやろうという程度である。

そんなにつらいのなら、かりそめにもこちらは雇い主であるのだから、塙女史をチョンとクビにしてしまえばいいではないか。

それもかんたんにそういうわけにはいかない。女史がいろいろと加納を圧迫、制限を加えてくるのは、加納を憎んでやっているのではなく、そうすることが加納のためになるのだという、強烈な信念でやっているからである。

とにかく信念を持っているやつは強い。それが悪しき信念にしろ、信念を持っている人間に対して、信念を持たない連中は、手も足も出ない。そういう塙女史に対抗し得る別の大義名分を、あいにくと加納明治は持ち合わせていなかったのだ。

その上、塙女史のやり方が不成功であるとか失敗であるというならともかく、それは一見大成功の様相を呈しているのである。

塙女史を雇い入れて以来、加納の健康状態はめきめきと良くなった。血圧も正常に復したし、胃腸も丈夫になり、頭脳も明晰になったし、不眠ということも全然なくなった。適度の運動や散歩によって、手足や胸にも肉がつき、体重も増してきた。身体の調子が良くなったのは、食事の関係も大いにあずかって力あるらしい。

　女子大英文科を出て、栄養研究所につとめた経歴もあるので、女史の給食方針はだいたいゲイロード・ハウザー説にのっとっている。

　ハウザー流であるからして、小麦胚芽、粗製糖蜜、脱脂粉乳、醸造酵母のたぐいが、入れかわり立ちかわり、姿をかえては三度の食膳にあらわれてくる。

「強い消化液、ゆっくりと規則正しい鼓動、よい便通、明るい希望。これらが先生にいい作品を産み出させる原動力ですわ」

　と塙女史は言うのだが、それはそれに違いないのだけれども、ハウザー流も三度三度でうんざりする。

　ハウザー食は身体や頭脳には好影響をあたえても、精神には悪影響しかあたえないものだと、いつか加納は力説して、塙女史に憫笑《びんしょう》された。

「頭脳の他に精神が存在するなんて、オホホホ」

　女史は口を押さえてコロコロと笑った。

「頭脳の働きがすなわち精神でございますわ。そんな非合理なバーバリズムの考え方を、先生の口から聞こうとは意外でしたわ」

　ウインストン・チャーチルと牧野富太郎博士を引き合いに出したあの大論争も、いつもの通り塙女史からていねいに言いまくられて加納明治の一方的敗北となった。

むしゃくしゃした加納は、そそくさと夕食をかっこんで、

「今度書く小説に、夜の新宿が出てくるんだから、ちょっと車で調べてくるよ」

そう言い捨てて、ギャレージから例の自動車を引っぱり出し、のろのろした速力で新宿に向かった。ある事情から、加納は近頃あまりスピードを出さないことにしている。

新宿では大いに買い物をした。ウイスキーや煙草。塩せんべいや甘納豆など。塩せんべいや甘納豆のたぐいもハウザー先生が推挙していないという理由で、口にすることを加納は禁止されているのである。

新宿で買い求めた禁制品のかずかずを、加納明治は自動車に乗せ、のろのろと自宅に戻ってきた。

塙女史の居室は、玄関を入ったすぐ脇にある。だから玄関からそれらをかかえて、堂々と入って行くわけにはいかない。いきなり扉が開かれて、塙女史から見とがめられでもしたら、大変だ。

そこで加納は自宅のすこし前で車をとめ、ルームライトを消し、ウイスキーその他をかかえ、足音を忍ばせて台所から入った。薄氷を踏む思いで書斎にたどりつくと、くらやみの中を手探りをして、かかえた品物を書棚のそれぞれの場所に隠匿《いんとく》した。闇の中だから時間もかかり、その操作は至難をきわめたが、周到な注意と配慮によって、加納はやっとその難事業に成功した。

（ここはおれの家だというのに――）

書斎から忍び足で退出しながら、加納は情ない気持で考えた。

（主人であるこのおれが、コソ泥みたいに出入りしなければならないとは、何たることだろう）

首尾よく台所から抜け出すと、加納は自動車にたどりつき、アクセルを踏んで、警笛を鳴らした。直ぐに停車してハンドルを回し、自動車をギャレージにしまい込んだ。

足音も高く玄関に入ってくると、塙女史が居室から飛び出して、あいさつをした。

「おかえりなさいませ」

「うん。ただいま」

加納は主人の威厳を見せながら、おうように答えた。

「もうお遅いからおやすみなさい」

塙女史はグリーンのナイトガウンをまとっていた。今は深夜だし、女史は八頭身の硬質の美人だし、この家にいるのは他には雇い婆さんだけだし、その婆さんもすでに白河夜船に眠っているこだし、グリーンのナイトガウンの生地は柔かそうだし、何か加納の情緒を刺激してくるものがあってもよさそうなものだが、それが全然ないのである。

それは加納が齢をとって、情緒が硬化したわけではなく、塙女史の方にその因があるらしい。

「おやすみなさいませ」

玄関に鍵をかける音を背後に聞きながら、加納はゆうゆうと廊下をあるき、ちょいと振り返って見て、書斎に辷り入った。扉をしめて、灯をつけた。

「ざまあみろ」

自嘲とも他嘲ともつかぬ呟きをもらしながら、加納は書棚の前に立ち、本のうしろからごそごそとウイスキーと塩せんべいの袋を取り出した。それをたずさえて机の前に坐った。コップを取り出して、ウイスキーをなみなみと注いだ。瓶とせんべい袋は、机の下にかくした。机の下ならば、いきなり扉が外からあけられても、見付からないという寸法なのである。

コップに唇をつけて、一口ごくりと飲むと、加納明治は日記帳をひらき、ペンをとり上げた。

『夜、視察ノタメ新宿ニオモムク。行人雑然タリ。ういすきい、洋煙草、菓子ナドヲ買イ求メ戻ル。価安カラザレドモ、致シ方ナシ。コレラノ禁制品ナクシテハ、予ノ精神ハヤガテ窒息スルニ至ラン。理由ナキ反抗ナリト、後人笑ワバ笑エ』

もっと齢をとって小説が書けなくなれば、こんな日記を新聞雑誌に切り売りをして生活しようとの算段なのだから、いい気なものである。

一日の中、午後三時という時刻は、人間にとって一番疲れやすいし、また刺激を欲する時刻である。おやつがこの時刻に出るのも、故なしとしない。

塙女史は例のリヴィングキチンにおいて、おやつの準備をしていた。オレンジを皮のままきざみ、糖蜜と水と氷片と共に電気ミキサーの中に入れ、スイッチを回した。ミキサーは低いうなり声をたてながら、オレンジと氷片をこなごなにした。女史はスイッチをとめ、内容を大型コップにうつした。ヨーグルトと一緒に盆の上に乗せた。

加納明治は書斎において、執筆に倦《う》んでいた。両手を上に伸ばして大きなあくびをした。それから油断のならない眼付きで周囲を見回し、机を離れ、ごそごそと書棚まで膝で歩いた。

違い棚の上の外国製の置時計が、その時ちょうど三時を指していた。もし加納がその時計を見ていたならば、彼は書棚に膝で歩くことをしなかっただろう。三時とは、塙女史がおやつを持ってくる時間だったからだ。

加納は並んだ本のうしろに手を回し、ウイスキーの瓶をとり出した。コップに急いでどくどくと注ぐと、中腰のまま一口含んだ。強烈な液体は舌の根をやき、食道から胃に泌みわたった。眠気はすっかりけし飛んだ。

加納はさらに手を本のうしろに回して、海苔つきの小さな塩せんべいを五つ六つ掴んだ。軽く舌を鳴らして、そのひとつをポイと口にほうり込み、またウイスキーを含んだ。

その時扉がコツコツとたたかれた。

加納はびっくり仰天して、コップの残りを口にあけ、塩せんべいを掴んだまま、また大急ぎで膝で机の前に戻ってきた。塩せんべいは座蒲団の下に押し込んだ。ペンを持ち、頬杖をついて、さもさも何か考え込んでいるようなポーズになった。ウイスキーの瓶は、本のうしろにかくすのを忘れたので、それはぼんやりと畳の上に立っていた。

「ぐふん！」

加納は返事ともせきばらいともつかぬような声を出した。

扉が開かれ、塙女史が盆をささげもって入って来た。

「おやつでございます」

「うん。おやつか」

初めて放心から覚めたような声で、加納は頬杖をとき、女史の方を見た。

オレンジエードとヨーグルトを机の上に並べながら、女史はいぶかしげに加納の顔を見た。

「どうなさいましたの？」

「どうもしないよ」

加納はオレンジエードの方に手を伸ばした。

「考えごとをしていたんだ」

「お身体、苦しくありませんの？」

塙女史は加納の顔をのぞきこみ、手を伸ばして加納の額にふれた。

「おや、すこしお熱があるのかしら」

「うん。そういえば、すこし身体がだるいような気がする」

加納は顔をひいて、オレンジエードの大コップを、両頬に交互に押し当てた。頬のほてりをしずめようというつもりである。

「体温計を持って来てくれないか」

次の瞬間、加納はアッと声を立てた。書棚の前の畳の上に、しまい忘れたウイスキーの瓶に気づいたのである。

「アッ。これは——」

「え？　どうなさいましたの？　先生」

塙女史もちょっとおろおろ声になって、加納明治の手首をとり、脈をはかった。脈はドキドキと急調子を打っていた。

「まあ。顔がまっかだし、脈までがお早いですわ」

ウイスキー瓶の方ばかり見ては、気取られるおそれがあるので、加納はあらぬ方に視線を向け、いかにも病人らしい深刻な表情をつくっていた。

「は、はやく体温計を！」

とにかく塙女史を、ひとまずこの部屋から追い出す必要があるので、加納は必死の声をしぼった。

「水、水を一杯。大急ぎで！」

「応急手当法という本がございましたわね。どこにしまってあったかしら」

体温計や水の訴えを黙殺して、『応急手当法』なる本に思いをいたしたのは、さすがに女子大出身だけあって、理知的なものである。塙女史は加納の手首をはなして、書棚の方に向き直った。

「……」

加納は首をちぢめ、眼をつむった。

しばらくして眼をひらくと、塙女史はウイスキーの瓶をわしづかみにして、机の向こうにきちんと正座していた。その陶器でつくったようなつるつるした美しい顔の、眼がするどく光り、眉がすこしつり上がっていた。

「先生はこのウイスキーを召し上がったんですのね」

声は低く静かで、乱れを見せていなかったが、それだけに妙な迫力があった。

「どうもおかしいと思いましたわ。先生のご健康には、わたくし万全を尽くしておりますから、妙な発作がおきる筈はございませんものねえ」

「……」

「このウイスキー、どこで手にお入れになったんでございますの？」

「山本君から貰ったのだ」

加納はやむを得ず、ウソをついた。わざわざ買いに出かけたとなれば、それは計画的ということになる。

「この間山本君が来たとき、お土産に貰ったのだ」

「なぜわたくしに連絡をしていただけませんでしたの？」

言葉はしずかであったが、瓶をわしづかみにした手がぶるぶると慄えていた。加納はそのせっぱつまった短い時間に、芥川竜之介の「手巾」という短篇を思い出した。

「召し上がるもの、お飲みになるものについては、先生の健康保持上、こちらにも周密な計画がございます。こんなものをかくしてお飲みになっては、わたくしの立つ瀬がありません。いったいどういうつもりで、しかも昼間っから、こんなものをお飲みになったんですか？」

「ウイスキーがそこにあったからだ」

英国の高名な登山者のようなせりふを加納ははいた。

「なぜ飲むか。そこにあるからだ。僕にも飲む自由がある」

「それはいけません。先生」

塙女史は唇をかんだ。

「こんな強烈な酒は、肝臓をいため、心臓をいため、胃腸障害をおこさせ、神経系統をめちゃめちゃにします。そうなれば必然的に、作品活動は低下いたします。そうお思いになりませんか。先生？」

「僕は必ずしもそうは思わない。ねえ、塙女史」

加納の口調はやや妥協的となり、また説得の調子を帯びた。

「ウイスキーは肝臓や胃腸をいため、神経系統をいためると言うが、作品なんてものは、むしろそういう状態から出て来るものなんだよ。古来ずいぶんその例はある。女史が僕の健康について、いろいろ気を配ってくれるのは感謝するが、そこを何とか――」

「病的な状態から良い作品が出ることは、そりゃ時にはございますわ」

塙女史も英文科の卒業だから、その事実は認めた。

「しかし、それは一時のことでございます。不健康な状態で、長い間にわたって持続的に、旺盛な作品活動した例はありませんわ。過度の飲酒は、絶対に作品を低下させます」

「僕の作品は低下してもいい！」

ついに加納はかんしゃくをおこした。

「僕は僕の好きなだけ飲む。好きなだけ飲み食いをする。作品なんか、すこしぐらい低下したって、かまわない」

「そ、そんなエゴイスティックな！」

塙女史も負けずに声を高くした。

「先生の作品は、もう先生のものではありません。万人のものです。それを先生の身勝手から、作品の質を低下させようなんて、エゴイズムもはなはだしいことですわ。わたくしは先生の芸術のために、先生と闘います。先生のエゴイズムと闘います。ええ、わたくしの生涯をかけても、闘い抜いて見ますわ!」

「だって僕という人間は、いつも言っているように、調和型の作家じゃなく、どちらかというと破滅型——」

「破滅型もクソもありますか!」

相当に興奮していると見えて、女史は淑女らしからぬきたない言葉を使った。

「破滅型の作家はでございますね、決して自分で自分のことを破滅型などと——」

玄関の方でブザーの音が鳴った。塙女史は言葉を止め、ウイスキーの瓶を抱いたまま、きっと加納の顔を見据えながら、そろそろと立ち上がった。あとしざりして、扉から廊下へその姿は消えた。

加納はがっくりと肩を落とし、座蒲団の下から塩せんべいをつまみ出して、ぽりぽりと嚙んだ。ひとりごとを言った。

「おれの仕事は、もうおれのものでなくなったのか」

塩せんべいは味はなかった。おがくずのようにまずかった。

「そうすると、このおれというのは何だろう?」

塙女史はウイスキー瓶を小脇に抱き、つかつかと玄関にあるいた。扉に設備された小さなのぞき窓から外をのぞき、玄関の錠をはずした。押売りや学生アルバイトではないと見極めたのだ。四十前後の齢ごろの男が、のっそりと玄関に入って来た。

「加納先生、いらっしゃいますでしょうか」

男はハンチングを脱いで、かるく頭を下げながら、そう言った。

「もしおいででしたら、ちょっとお目にかかりたいと思いまして」

「あなた、どなた？」

塙女史はやや高飛車に出た。あまり有利な客でないととっさに判断したのである。男はあわてて名刺を取出し、不器用な手付きで塙女史に手渡した。塙女史は低い声でそれを読んだ。

「浅利圭介――」

「どういうご用件ですか？」

塙女史は切口上で言った。

「え？　今申し上げたでしょう」

浅利圭介は手にしたハンチングを、二つに折り曲げたり、くしゃくしゃに丸めたりしながら答えた。

「つまり、加納さんに、お目にかかりたいのです」

「だから、先生にどんなご用件かと、お聞きしてるんですよ」

塙女史はいらいらしたように、手に持ったウイスキーの瓶をゆすぶった。液体はごぼごぼと音を立てて鳴った。

「そ、それは、直接お目にかかって——」

圭介はすこし動転していた。ちょっとマネキン人形を思わせるような、硬質の美しさを持った八頭身女性などを、相手にするのは圭介には大の苦手であった。それに当人に会うまでは、自動車のことは絶対に口にしてならぬと、この間の図上作戦の折、くれぐれも陣太郎から釘をさされているのである。

「いったいあんたは、何ですか。奥さまですか?」

「奥さまじゃありません」

塙女史はつっけんどんに答えた。あんたと呼ばれたのが面白くなかったらしい。圭介は時折、女性に対する呼びかけ方を間違えて、失敗することがある。ランコをおばはん呼ばわりしたのもそうだったし、この場合もそれであった。塙女史は心証を害した。

「あたしは加納先生の秘書兼助手です。いったい何の用事ですか?」

「ええ。ええと、それは——」

圭介は困惑して、ハンカチで頸筋をごしごしと拭いた。

「雑誌関係ですか?」

「いいえ」

「文化団体ですか?」

「どんな用事?」

「いいえ」

頸筋を拭いている圭介の顔を、塙女史はつめたい眼で見下した。

「では、紹介状か何かお持ちですか?」

「紹介状?」

圭介はきょとんと顔を上げた。

「そんなものが要るんですか?」

「初対面だったら、そんなものが必要です。どなたの紹介状をお持ちですか?」

「弱ったなあ」

圭介は今度は顔の汗をふいた。

「持って来なかったんです。忘れたんですよ」

「では今から行って、貰っていらっしゃいませ」

「弱ったなあ。誰に頼めばいいんだろう」

圭介は鎖につながれた犬のような、哀願的な眼付きになった。

「あんた、書いてくれませんか」

「あたしが? 紹介状を?」

「ええ、そうすれば僕もたすかるんだがなあ」

圭介は自分の思い付きに満足してにこにこした。

「秘書の、いや、秘書さんの紹介状だったら、加納さんも会って下さるでしょう」

「加納先生、とおっしゃい！」

塙女史は片足をトンと踏みならした。

「あたしに紹介状を書けだなんて、そんなばかげた話がありますか。いったいあなたはここに、なんの用事でやってきたんです！」


「そ、それがとても、重大な用件で——」

浅利圭介はハンチングをくしゃくしゃにして身悶えた。

「加納さん、いや、加納先生は、今ご在宅なんですか？」

「いらっしゃいますよ。只今お仕事中です」

そして塙女史はふと気がついたように、手にしたウイスキー瓶をにらみつけた。

「お仕事中は、いっさい面会謝絶です」

「お仕事の時間は？」

「一日八時間ですわ」

「では、その仕事の時間を避けて、参上すればいいのですね」

「そうカンタンにはいきませんよ」

塙女史はあわれみの視線を圭介に向けた。

「なぜカンタンにいかないんですか」

圭介はいくらか憤然たる口調になった。意地になっても会わせまいとしているな、と考えたのである。

「仕事が八時間、眠る時間がかりに十時間だとしても――」

「十時間？　先生がそんなに眠るもんですか。せいぜい八時間ですよ」

塙女史はつめたい笑いを見せた。

「あなたは十時間も眠るんですか？」

「はあ。僕はたいてい十時間から十二時間眠ります。時には十五時間ぐらい。今僕は失業しているんでね」

何が可笑しいんだという表情で、圭介は答えた。

「じゃ先生は、仕事八時間、眠り八時間、残った暇が八時間あるわけですね」

「暇じゃありませんよ。その間に、三度の食事、酵素風呂、散歩、運動と、スケジュールがぎっしり組まれてんですからね」

「いくらぎっしり組まれていたって」

圭介は呆れ声を出した。

「寸暇をさいて人に会うぐらい――」

「その寸暇がなかなかさけないんですよ。題材探しや調査のために、自動車でお出かけになるし——」

「自動車」

圭介は緊張の色を示した。

「そうですよ。自動車ですよ。なにしろ忙しいんですからね。それに街のてくてく歩きは、身体にも悪うございましてねえ」

「三の一三一〇七」

圭介のその声は、うわごとに似ていた。

「一三一〇七。確かにそうだった」

「何ですか、それ？」

あれこれとよく気がつく塙女史も、加納の自動車の番号までは記憶していなかった。自動車の番号というものは、たとえば電話番号などと違って、あまり暗記をしておく必要のないものである。

「とにかく面会は謝絶です！」

面倒くさそうに塙女史は、最後の断を下した。

「そ、そんな殺生な！」

「どうしても面会をお望みなら、紹介状を持参してくるとか、用件を書面にして提出するとか、とにかく出直していらっしゃることですわ」

そして塙女史はいきなり、ウイスキー瓶をけがらわしそうに圭介に押しつけた。

「はい。その代りにこれを差し上げます」

「はあ」

瓶を押しつけられ、圭介は何が何だかわけも判らず、きょとんとしてお礼を言った。

「ありがとうございます。こんな結構な品をいただいて」

「どうぞお引き取り下さい」

塙女史は扉を指差した。


猿沢三吉が経営している銭湯は、目下新築中のを除くと、三軒あった。三軒とも、どれもこれも似たりよったりのつくりであるが、第一三吉湯が年代的には一番古く、つづいて第二。第三が三つの中で一番新しかった。

その第一三吉湯の浅い方の湯槽に、大きな窓から入る昼下がりの明るい光線の中で、陣内陣太郎がのんびりと首を浮かしていた。湯に反射した光線が縞になって、陣太郎の顔に揺れている。タオルで顔をしめしながら、陣太郎の瞳は油断なく動いて、番台の様子や客の出入りを観察していた。

「……百戦あやうからず、か」

陣太郎はもそもそした声でひとりごとを言った。先日浅利圭介と打ち合わせた図上作戦の一環として、三吉湯の現状を偵察にやって来たのだろう。

やがて彼はざぶりと湯槽から脱出、タオルをしぼって身体を拭き上げた。板の間のカンカンで体重をはかった。十四貫ちょうど。板の間を観察しながら、衣服を着用。石鹸入れをタオルで包み、下駄をつっかけた。その節番台越しに、女湯を観察することも、陣太郎は忘れなかった。のれんを頭でわけ、外に出た。

二十分後。

陣太郎の首は、今度は第二三吉湯の湯槽にぽっかりと浮いていた。首自身はのんびりと浮かんでいたが、やはり眼だけは抜目なく、客の出入りや建物の木口などを仔細に観察していた。

陣太郎の唇が動いた。

「この木口の古さからすると、第一が建てられて、十年ぐらい経ってこれが建てられたんだな」

陣太郎は湯槽を出、カランの前にぺたりと坐った。石鹸のあぶくをタオルに沢山まぶしつけ、頭のてっぺんから足の先まで、ていねいに洗った。第一三吉湯でも丹念に洗ったこと故、これはムダな行為というべきであったが、陣太郎にして見れば偵察の関係上、ムダな時間をついやす必要もあったのであろう。

また湯槽に飛び込み、しばらくして上がり、板の間でカンカンに乗る。針は十三貫九百匁を指した。

「おや、百匁も減ったぞ」

陣太郎はげんなりした声でつぶやいた。

下駄をつっかける時、巧妙な視線で女湯を観察。ちょうどその時二十前後の女が、こちら向きのまま衣類をすっかり脱ぎ捨てたところなので、さすがの陣太郎も視線をうろうろさせ、やや狼狽気味に第二三吉湯を飛び出した。

「どうも近頃の若い女は、羞恥心というものを持たないから困る」

ゆだった顔を風にさらして歩きながら、陣太郎はぼそぼそとぼやいた。

「あんなにあけっぴろげでこちらを向かれちゃ、偵察なんかできないじゃないか」

第三三吉湯に向かう途中、あまりゆだり過ぎてお腹がすいたと見え陣太郎は「勇寿司」と染め抜かれた店に飛び込んだ。これはかつて猿沢三吉と泉恵之助がつかみ合いの大喧嘩をした店である。陣太郎はつけ台の方には行かず、隅の卓に腰をおろした。

「イナリ鮨」

まことに陣太郎らしい鮨を、陣太郎は注文した。

運ばれてきたイナリ鮨を、またたく間に平らげると、陣太郎はまたタオルと石鹼入れをわしづかみにして、勇寿司を出た。

「さあ。あと一軒だ」

陣太郎は少し前のめりになって、第三三吉湯へ向けててくてくと急いだ。

第三三吉湯の隅のカランに、老人が二人尻を並べて、身体を洗いながら世間話をしていた。どちらも歯がほとんど抜けていて、声がはっきりしないので、話の内容をぬすみ聞こうとするなら、その傍に寄って聞く以外にはなかった。

陣太郎も、もう身体を洗うのはイヤになっていたらしいが、その話を聞くために老人と尻を並べ、タオルに石鹸をごしごし塗りつけ、顔から肩、胸から腹をあぶくだらけにし始めた。

「今度また三吉湯が一軒ふえるだろ」

「うん」

「泉湯の大将だって、これには困らあね」

「いくらも離れてねえからな」

発音が不明瞭な上に、湯を流す音、タオルを使う音がまじるので、ところどころしか聞き取れない。

「……勇寿司の大喧嘩以来……」

「……なに、新築場でも……」

「……伜の竜之助……」

陣太郎は全身白いあぶくに包まれたまま、猟犬のようにきき耳を立てていた。考人たちのぼそぼそ会話は、やがて気の抜けた笑い声とともに終った。老人たちは湯槽に入った。

陣太郎も急いで石鹼を洗い流し、追っかけて湯槽の中に入った。第一、第二三吉湯では、陣太郎は浅い子供用の湯槽に入ったのだが、今回ばかりは老人たちの話を聞く関係上、深い熱い方の湯槽に飛び込まざるを得なかった。

猫舌だと自称するだけあって、熱い方に入るのは大変な苦痛らしく、陣太郎は金太郎みたいにまっかになってうめいた。

「うん。ううん。熱い。こんな熱い湯におれを入れて、おれの身体からスープでも取るつもりか」

老人たちは平気で全身をひたし会話をつづけていたが、陣太郎はそれをぬすみ聞く余裕もなく、それでも五十秒ぐらいは頑張ったが、ついにたまりかねて、飛沫を上げて飛び魚のように湯槽から飛び出した。へたへたと坐り込みタイルの上をごそごそとシャワーまで這い、水をかぶることによってやっと元気を取り戻した。身体をぬぐい、板の間によろめき戻りながら、陣太郎はいまいましげにつぶやいた。

「ああ、熱かった。あと十秒もつかっていたら、煮えてしまうところだった」

三たびカンカンに上がり、目盛を眺めながら、陣太郎は首をかしげて舌打ちをした。針は十三貫八百匁を指していた。

「おかしいな。さっきイナリ鮨を食べたというのに、また百匁も減ったぞ」

衣類をまとい、下駄をはきながら女湯を観察、陣太郎は第三三吉湯を出た。

十分後、例の角地の新築場の前に、陣太郎はタオルをぶら下げて立っていた。槌の音やカンナの音、セメントをまぜる音、掘抜き井戸から粘土質の水を汲み上げる器械音。それらがちゃがちゃと混って、その町角に一大騒音地帯をつくり上げていた。

陣太郎はしばらく人と器械の動きを眺めていたが、さらにくわしく観察する必要を感じたのであろう、とことこと囲いの中に入り、下駄のまま材木の山に登り始めた。

棟梁《とうりよう》風の男がそれを見とがめた。

「おい、おい。土足でのぼっちゃダメだ。何だい、お前さんは」

陣太郎は素直に降りて、かるく頭を下げた。

「ちょっとうかがいますが、泉湯という風呂屋はどちらですか?」

泉湯の番台で、泉竜之助は長身の背を丸く曲げ、膝の上の翻訳小説を一心不乱に読みふけっていた。

まだ時刻が時刻なので、男湯も女湯も客は四人か五人程度で、番台の仕事もさほどいそがしくはない。だから女中頭のお種さんも、若旦那のその所業を大目に見ているのである。もしお客が立てこんできたら、お種さんは暴力をふるってもその小説本を取り上げるだろう。近頃お種さんは、大旦那の恵之助から事態をこんこんと説明され、相当な筋金入りになっているのだから。

ガラス戸ががらりとあいて、タオルと石鹸入れをわしづかみにした陣太郎が、のそのそと入ってきた。

竜之助は視線を小説に吸いつけたまま、条件反射的に長い手を客の方にニュッと突き出した。陣太郎はポケットを探り、十円玉ひとつを、つまみ出し、女湯の方をしげしげと観察しながら、ぽいとそれを竜之助の掌の上にのせた。五円玉をついでにつまみ出さなかったのは、時間をかせぐつもりだったのだろう。

ところが竜之助の掌は、十円玉を握ったままで、すっと引込んだ。再びニューッと突き出てくるかと待っているのに、いっこうに出て来ないので、陣太郎は下駄を脱ぎ、いぶかしげに番台をのぞき込んだ。

竜之助はそれにも気付かず、読書に没頭している。

陣太郎はにやりと笑って、籠を出して服を脱ぎ始めた。服を脱ぐのも、今日はこれで四度目だから、すっかり慣れて手早かった。

やがて陣太郎の身体は、浅い方の湯槽に沈没、首だけ浮かして、あたりをじろじろと観察にとりかかった。

カランの前で、裸の客たちが世間話をしている。

すなわち陣太郎はその傍に陣取り、また頭のてっぺんから足の先まで、石鹸のあぶくだらけにした。

客の世間話がまた湯槽に移動したので、陣太郎もさっそくあぶくを洗い落とし、深い方の湯槽にちょっと足指を入れたが、たちまち首をすくめて足指を引っこ抜き、浅い方の湯槽にくらがえをした。

世間話がなかなか終らないので陣太郎も思わず長湯、顔がゆでたこのようになってきた。

番台の竜之助はその頃、やっと一区切りを読み終え、顔を上げて、視力を調節するために、天井や湯槽の方を眺めていた。

すると浅い方に入っていた客の一人が、ぬっと湯槽を出、そのまま身体をふくこともせず、ふらふらと板の間へ歩いてきた。

「のぼせたのかな。あのお客さん」

そのお客さんはカンカンの前に立ちどまり、両手を胸のあたりに上げ、身もだえするような格好になったかと思うと、そのままどさりとマットの上にぶっ倒れた。飛沫が板の間に飛び散った。

「大変だ」

竜之助の長身はバネのようにはずみをつけて、番台から板の間に飛び降りた。

お種さんは急いでカランに走りタオルに水を含ませてかけ戻ってきた。ぶっ倒れた陣太郎の心臓の上にタオルを乗せた。陣太郎はうめいた。

図上作戦もほどほどにすればいいのに、短時間に四回も入浴するなんて、いくら陣太郎でも不覚をとるのは当然である。

お種さんは長年泉湯で働いているから、お客の一人や二人くらいがのぼせたり、脳貧血をおこしたりしても、さほどおどろかない。すぐにてきぱきと手当をほどこす。

しかし泉竜之助の方は、近頃から番台に坐り始めたのだし、根が気弱なたちときているから、たちまちおどろいて、お種さんが制するのも聞かず、

「医者だ。お医者さまを呼ぼう」

と、大あわてして泉湯を飛び出し、五分後に医師の手を摑んで、かけ戻ってきた。

陣太郎はマットの上にぐったりと伸び、冷水タオルを身体のあちこちに乗せられ、四方からうちわであおられていた。

「単純な脳貧血ですな」

かんたんな診察の後、医師はそう診断、鞄をごそごそと開いて、注射を一本打った。陣太郎は薄眼をあけてあたりを見回し、また物憂げに眼を閉じた。医師はその陣太郎の皮膚をあちこちつまみながら、いぶかしげに一人ごとを言った。

「おかしいな。この人はまだ若いようだが、皮膚がかさかさだな。すっかり脂肪がぬけている」

通計四回入浴、四回とも石鹸のあぶくをたっぷりつけて洗い立てたのだから、脂肪がすっか

り抜けてしまうのも当然だ。

「なるほど。まるでサラシ鯨みたいでございますね」

お種さんも気味悪そうに、陣太郎の皮膚に触れ、そう相槌をうった。

「元気が回復したら、脂肪《あぶら》ものでもどっさり摂るんですな。トンカツとかウナギとか」

そう言い捨てて、医師はそそくさと戻って行った。

医師の姿が見えなくなると、陣太郎はやや元気になって、のろのろと半身をおこした。顎をしゃくって衣類籠を指し、お種さんにそれを持って来させ、悠然たる動作で衣服を着用した。失神中に裸をさんざん眺められたという羞恥の情は、微塵も陣太郎の表情にはあらわれていなかった。

「大丈夫かい。君」

竜之助が心配そうに訊ねた。

「何なら僕の家に行って、しばらくやすまないか」

番台で竜之助が読みふけっていたのは、西欧の某人道主義作家の作品であったから、その後味が胸に残っていて、それが竜之助をしてこのような隣人愛的な発言をさせた。

「そうだな。そうさせて貰おうか」

おうようとも横柄とも見える答え方を陣太郎はした。

「君の自宅はこの近くかい？」

「すぐ裏なんだよ」

竜之助はその方角を指差した。

「お種さん。あとをたのむよ」

「番台をからにしておくと、大旦那様がうるさいですから、早く戻ってきて下さいませね」

お種さんが釘をさした。

「ああ、判ってるよ。判ってるよ」

二人そろって泉湯を出、裏に回ってくぐり戸をくぐった。竜之助が先に玄関に入った。玄関脇にころがっているバーベルを、興味ありげに眺めながら、陣太郎もあとにつづいた。竜之助は電話の前に立ち、陣太郎をふり返った。

「君、おなかの具合はどうだね？」

「ぺこぺこだよ」

陣太郎は悠然と答えた。

泉竜之助は受話器をとりあげながら、また訊ねた。

「何を食べる？」

「ご馳走してくれるのかい」

じろじろとあたりを観察しながら、陣太郎は答えた。

「何でもいいよ」

「脂肪分を摂ったがいいって、医者が言ってたよ」

そして竜之助はいたましそうに陣太郎の皮膚を見た。

「今日は朝からなにを食べた？」

「朝？」

陣太郎は首をかしげた。

「朝はモリソバ。昼は、ええと、昼はイナリ鮨を食べたよ」

「イナリ鮨ねえ。イナリ鮨にはいくらか脂肪はあるが――」

竜之助は指にはずみをつけて、ダイヤルをぐるぐると回した。

「もしもし、こちらは泉ですがね、トンカツの特大を二つ。ええ、二人前。大至急」

がちゃんと受話器を置くと、竜之助は陣太郎をかえりみた。

「さあ。僕の部屋に行こう」

廊下を先に立つ竜之助の顔には、憐憫の情とともに、自分のヒュマニティに酔った色がありありとあらわれていた。廊下の尽きるところに、例の穴だらけの障子があった。

「すこし散らかっているけどね――」

竜之助は障子をあけながら弁解をした。

「僕はあまりかまわない方なんだ。整頓ということが大のニガテでね、いつも親爺から叱られる」

「ずいぶん本を持っているんだなあ」

あちこちに積み重なった本を見回しながら陣太郎は言った。

「古本屋でも開業するつもり？」

「古本屋？　冗談じゃないよ」

竜之助はちょっと気分を害し、顔をしかめて手を振った。

「僕は本が好きなんだ」

「そういえば、番台でも何か読みふけっていたようだね。あれは小説かい？」

そして陣太郎は無遠慮に、竜之助の煙草に手を伸ばした。

「番台はあけておいてもいいのかね？」

「お種さんがいるから大丈夫だよ」

竜之助も煙草に火をつけた。

「番台坐りがまた、僕には大のニガテなんだ。それに僕が坐ると、たとえば今日みたいに読書にいそしんでるだろう、そこにつけ込んで湯銭をごまかす奴がいるんだ」

「悪い客がいるもんだなあ」

自分も十円しか出さなかったくせに、陣太郎はけろりとして言った。

「それじゃ商売が成り立たないだろうね。よその風呂屋との競争もあるだろうし――」

「うん。そこなんだ」

竜之助はたちまち誘導訊問にひっかかって、勢い込んで答えた。

「うちの親爺と、三吉湯の親爺とが、将棋か何かのことで仲違いしてさ」

「三吉湯？」

陣太郎はとぼけて反問した。

「うん。あそこの角地に、風呂屋の新築が始ってるだろう。あれがそもそも――」

その時玄関の方から声がした。

「毎度ありい、トンカツ二丁持って参りました」

二皿のトンカツを陣太郎が食べ終えるのに、一時間近くもかかった。それは揚げ立てで熱く、陣太郎が猫舌のゆえでもあったし、文字通り特大で、硯箱ぐらいのかさがあったせいでもあった。さきほどイナリ鮨を食べたばかりなので、二皿目の終りの方は、陣太郎もかなり苦しそうであった。

しかし、一時間もかかった最大の原因は、陣太郎が質問にいそがしく、竜之助の答えに耳を傾けるのにいそがしかったという点にある。

また竜之助もよくぺらぺらと答えた。番台に坐っているよりも、こんな風来坊的人物を相手にしている方が、はるかにたのしい風情で、よくよく竜之助という男は風呂屋向きにはできていないのである。

トンカツの最後の一片を、フォークで口にほうり込んだ頃には、泉湯と三吉湯の家族構成、仲たがいのいきさつなど、もろもろの知識を陣太郎は仕入れてしまっていた。脳貧血でぶったおれたのは一期の不覚であったが、それを手がかりにしていろんなことを探り得たのは、作戦としては大成功の部類に属するだろう。

「ううん。すこしはアブラが戻ってきた」

フォークを置き、陣太郎は両掌で腹部を撫でさすった。さっきまでサラシ鯨のようだった皮膚も、すこしは艶を取り戻してきたようである。

「どうもご馳走さまでした。では」

陣太郎はあっさり言って、腰を浮かせた。得るべきものはすでに得たから、退散にしくはなしと判断したのだろう。

「ちょ、ちょっと待ちなさいよ」

竜之助はあわてて呼びとめた。せっかくご馳走してやったのに、あっさりと帰られては間尺に合わない。

「君、帰る家はあるのかい?」

「家ぐらいはあるよ」

浮浪者あつかいをされて、陣太郎はむっとした顔になった。

「もっともおれの家じゃないけれど」

「下宿?」

「うん。ううん。下宿、かな。そうでもないな。何と言ったらいいか——」

「居候?」

「居候じゃないよ」

陣太郎はまた唇をとがらせた。

「知合いだ。元おれの家の家令をやっていた男のとこにいる」

「カレイ?」

「うん。でも、近いうちにそこも立退くことになるだろう」

竜之助は上目使いになって、しげしげと陣太郎の顔を見据えた。すこしたって言った。

「君は何という名?」

「陣太郎」

「いや、姓だよ」

「松平。松平、陣太郎」

そして陣太郎は、急にするどい眼付きになって、周囲を見回した。

「でも、今は、ある事情があって、陣内姓を名乗っているんだ。だから、陣内陣太郎」

「どういう事情で?」

陣太郎は苦悶の表情をつくり、返答はしなかった。

「その家令の家というのは、この近くですか？」

竜之助の口調はすこし改まり、丁寧になった。陣太郎は苦悶の表情のまま首をふった。

## 弱　点

日もとっぷりと暮れた頃、浅利圭介はむき出しのウイスキー瓶をかかえて、我が家の門をくぐった。玄関の扉をがたごとと引きあけた。

「ただいま」

「どなた？」

茶の間からランコの声がした。

「僕だよ。おばはん」

「ああ、おっさんか。お帰りなさい。ご飯は？」

「ソバを食べて来たよ」

「ここにちょっと入って来なさい。お茶でもいれるから」

圭介はすこしためらったが、しぶしぶと茶の間に入ってきた。茶の間のすみには、長男の圭一が小さな寝息を立てていた。圭介の持ち物をランコは見とがめた。

「どうしたの、そのウイスキー。買ったの？」

「貰ったんだよ」

圭介は圭一の枕もとに坐り、父親の眼でその寝顔にしみじみと見入った。

「陣太郎君はどうしている？」

「昼から出かけて、まだ戻って来ませんよ」

ランコは針に糸を通しながら言った。ランコの厚ぼったい膝の上には、圭一のズボンが乗っかっていた。

「おっさんたちの仕事はうまくいってるの？」

「うん。まあね」

「いったいどんな仕事なの？　おっさんに聞いても言わないし、陣太郎さんに訊ねてもハキハキしないし――」

ランコはズボンのほころびに針を入れながら、

「まさか何か悪いことをたくらんでるんじゃないでしょうね」

「とんでもない。悪いことなどと」

「そりゃそうでしょね。おっさんなんかに、大それた悪事がはたらける筈がない」

聞きようによっては、ずいぶん腹の立つ言い方をランコはした。

「ね。相続関係の仕事でしょ。おっさんたちの仕事は？」

「相続関係？」

「そう。陣太郎さんのよ。松平家の——」

「うん。まあ、だいたい——」

あとはもごもごと圭介は口の中でごまかした。薬罐が沸き立ったので、ランコはお茶を入れ、圭介の前に差し出した。圭介は疲れたような顔で、それを口に持って行った。

「今朝は、陣太郎さんに、遠回しに頼んでおきましたよ。おっさんのことを」

「僕のことを？」

「そうよ。もし相続したあかつきには、家令か何かに使って貰えないかって」

「家令？」

圭介はびっくりして声を大きくした。

「す、すると、この僕が、あの陣太郎君の家令になるのか。イヤだよ。いくらなんでもそれはイヤだよ。家令だのヒラメだの、僕はまっぴらだ」

「失業してるよりはましでしょ！」

「家令はイヤだよ」

圭介はくり返した。

「家令なんてものは、家来だよ。家来になんかなりたくない。それともおばはんは、僕がもう偉くならなくてもいいと言うのか？」

「あたしはこの子に望みを托しています」

ランコは圭一の寝顔をしずかに指差した。


陣太郎が浅利宅に戻ってきたのは、夜も十一時を過ぎていた。足もとが多少ひょろひょろしていて、玄関に入る時しきいにつまずいて、あやうく下駄箱にとりすがった。

「ただいま」

「どなた？」

「陣太郎です」

「ああ、お帰りなさい。あなたが最後だから、玄関の鍵をかけといてね」

陣太郎は鍵をかけ、廊下をふらふらと納戸に歩いた。浅利圭介はまだ起きていた。小机の前に坐り、頬杖をついて、何か考えていた。小机の上にはウイスキー瓶とグラスがあった。

「ただいま」

圭介はじろりと陣太郎を見上げた。

「うん。遅いな。どこに行ってた？」

「偵察ですよ」

「まあ、坐れ」

圭介は机の向こうを指差した。

「酔ってるな、君は。どこで飲んだんだ？」

「おっさんも飲んでるじゃないですか」

陣太郎はじだらくに坐りながら、机上のウイスキーに眼を据えた。

「おや。これはジョニイウォーカーだよ。すごいなあ。しかも黒ラベルと来ている。どうしたんです。買ったんですか？」

「冗談言うな。失業中の身の上で、こんな高いのが買えるか」

圭介はうやうやしくグラスに注ぎ、口に持って行ってちょっぴり舐めた。

「貰ったんだよ」

「誰に？」

陣太郎は手を出した。

「おれにも一杯下さい」

「君にはこれで充分だ」

圭介は本棚に手を伸ばし、寝酒用の二級ウイスキーとグラスをとり出した。それを陣太郎にあてがった。

「加納宅において、これを貰ったんだ」

「加納明治に会ったんですか」

陣太郎は魚のような眼をきらきらと輝かせた。

「まさかこれが、轢き逃げの代償というわけじゃないでしょうね」

「そんなに僕はお人好しではない」

そして圭介はがっくりと肩をおとした。

「会わせてくれねえんだよ」

「誰が?」

「女秘書と称するやつがさ」

今日面会に行ったいきさつを、圭介はめんめんと語り始めた。そのすきをうまくねらって、陣太郎は自分のグラスにジョニイウォーカーを充たした。口に持って行き、舌をぺろりと出して舐めた。

「そして、会わせないかわりとして、このウイスキーをくれたんだよ。ウイスキーをくれたところを見ると、やはりうしろ暗いところがあるのかな」

「でも、くれたのは加納じゃなくて、女秘書なんでしょう」

陣太郎はまたグラスを口に運んだ。

「その女秘書、美人でしたか? ランコおばはんとどうです?」

「おばはんなんか問題じゃない」

さすがに圭介も声をひそめた。

「八頭身だよ。すらりとして、まるでマネキン人形だ。君にも拝ませてやりたいな」

「じゃあ今度は、おれが行って見ようか」

「ダメだよ」

圭介は声をはげました。

「君は風呂屋の係りじゃないか！」


翌日の夕方、もうそろそろ暗くなりかかった頃、浅利圭介はなにやら浮かぬ顔をして、ソバ屋の隅の卓に腰をおろし、おちょうしを傾けていた。客は圭介だけである。仕切台の向こうから、ソバ屋のおやじが顔をのぞかせた。

「何をサカナにしてんだね。それ」

「うん。これか。甘納豆だ」

「妙なものをサカナにするんだね。買って来たのかい？」

「いや。貰ったんだ」

圭介は卓上の外国タバコの封を切り、火をつけた。

「今日、ある人に面会に行ったんだ。すると秘書というやつがいて、会わせてくれないんだよ。会わせないかわりにと言って、この洋モクと甘納豆をくれたんだ」

あとはひとりごとのように、ぶつぶつと、

「おかしなもんだなあ。会いに行くたびに、何かくれるよ。昨日はウイスキーをくれたしな。

あの八頭身、おれに気があるのかな」

「甘納豆と洋モクとは、妙な組合わせだねえ」

圭介がさし出した外国タバコの袋から、おやじは一本引っこ抜いておしいただき、話題を転じた。

「あの人、まだ当分、お宅にいる予定かね？」

「あの人？」

「あの、青年さ。ほら、この間」

「ああ、あれか。そうだなあ、当分いるかも知れない」

「そうかい」

おやじははちまきを外して、もそもそと仕切台をくぐり、圭介に向き合って腰をおろした。

「あの人、慶喜将軍の孫だというのは、ほんとかね。あんた、どう思う？」

圭介はぎくりと顔を動かして、おやじを見た。そして言った。

「あんたにもそんなこと言ったかね？」

「うん。宮城の前を通るたびに、妙な気持になるんだってさ。ここは本来なら、おれの住居なのに、他の人たちが平気で入りこんで住んでいるのが、おかしな感じがするってさ。その気持、おれにはよく判らないが」

「海軍兵学校の話はしなかったかね？」

「兵学校？　それは聞かない。見合いの話は聞いたけれど」

「見合い？」

「うん。近いうちに、京都の十一条家の娘と、見合いする破目になるかも知れないってさ。当人はイヤだと言ってたけどね」

「当人って、陣太郎がかい？」

「そうだよ。でも、あんな世界は、当人がイヤだと言っても、通るもんじゃないらしいね。そうなったら、おれんちの店も拡張できるんだ」

「え？　なになに？」

　圭介はとんきょうな声を出した。

「その拡張の金は、誰が出すんだね？」

「その、それは、つまり、松平家がさ」

　おやじは洋モクを中途で消して、耳たぶにはさんだ。

「だから、この頃、あの人のソバ代は、成功払いということにしてあるんだ。つまり、相続したあかつきに――」

　電話がじりじりと鳴った。おやじはぴょんと飛び上がって、受話器にとりついた。

「はいはい。毎度ありがとうございます」

　圭介は面白くない顔付きになり甘納豆を十粒ほどまとめて、口の中にぽいとほうり込んだ。

猿沢三吉の日常は、近頃多忙をきわめていた。その最大の原因は、言うまでもなくあの角地の三吉湯の新築にあった。

この三吉湯の新築は、前々から三吉が計画していたものでなく、言わばヒョウタンから駒が出たたぐいのものである。自動車の運転免許証下付の祝いに、三吉は家族一同を引き連れ、銀座の中華飯店で宴をはった。その席上、つい口を辷らせたことが原因になって、第四三吉湯の新築ということになったのであるから、新築の予算を確保していたというわけあいのものではない。

だから建築費の金策に、三吉は自動車であちこちをかけ回る必要があった。

第二の原因には、メカケの真知子があった。

そんなにいそがしいのなら、真知子のところに通うのをよせばいいのにと思うが、そういうわけにもいかないのである。

三万円の支度金はすでに渡してあるし、学費の他月々一万円のこづかい。アパート代だってばかにはならない。

アパートは第一三吉湯から自動車を駆って、十二、三分の距離のところにあるが、敷金五万円の間代が五千円。もっとも敷金は一年以内に出れば一割を引き、二年以内は二割を引いて戻してはくれる。

間代も便所の傍なら、三千円という安値のがあるが、いくらなんでも便所傍の妾宅なんて、情緒がなさ過ぎる。

角の部屋だと二面が開いているから、六千五百円という高値になる。

三吉にとっては金が少しでも欲しい季節ではあるし、五千円という並部屋をえらんだ。上部屋との差は月千五百円だが、年に直すと一万八千円になる。

それほどまでに資本をおろし、気を砕いた妾宅であるから、通わないなんてことは、三吉にとってはもったいなくてできない相談である。

金策と妾宅通い、その二つでもって、三吉は番台に席があたたまる暇がない。自動車が六度も故障をおこし、その度に上風社長に儲けられたのも当然である。

ただ三吉の妾宅通いは、ふつうのそれとちょっと趣きを異にしている。ハナコ他全家族に秘密にしておかねばならぬ関係上、長時間入りびたっているということができないし、また泊り込みなどということは絶対不可能であった。

それに真知子は某大学の国文科の学生であるので、日曜をのぞいては、毎日学校に出かけて行く。講義が終っても、部活動その他があり、帰ったら帰ったで、ノートの整理や、予習の仕事がある。つまり真知子も、三吉におとらず大変多忙なのである。

大変いそがしい旦那と大変いそがしい妾だから、ふつうの場合のようにしっくりとはいかない。ジェット戦闘機同士の空中戦闘のように、アッという間もなくすれ違ってしまうこともある。

「今日はお帰りになって。明日は古事記の演習があるんだから」

いそいそと二階に上がり、扉をあけたとたんに、いきなりそう拒絶されることも、時にはあるのである。

可愛いい真知子の勉強を邪魔して、それで彼女の成績が下がったりすることは、三吉にとっても忍び得ないことだ。といって、忍んでばかりいるわけにはいかない。

世に学生妻の例はたくさんあるが、学生妾というのはあまり聞かない。学生であることと妻であることは、これはりっぱに両立し得るが、後者の場合はそういかないような事情があるようだ。

ことに真知子の場合は、初めにメカケであって後に学に志したのではなく、学に志した後にメカケになったのであるから、学とメカケとどちらかといえばもちろん学の方にウエイトがかかっている。学が主であって、メカケの方はアルバイトなのである。アルバイトであるからには、手を抜き勝ちにならざるを得ない。卒業までという期限つきだし、支度金はとってしまったことだし、どうしてもそうなってしまう。

ところが、猿沢三吉の側からすれば、どうもそれは約束がちがうような気がして、内心納得できないのである。約束といっても、三吉は真知子と物質上の約束はしたが、それ以上の約束をしたわけではない。が、旦那とメカケというものの間には、おのずからなる約束がある、というのが、明治生まれの三吉における抜き難き固定観念であった。

(あの旦那とあのメカケの間柄は、実にうるわしく人情があったなあ)

三吉が三助時代の風呂屋の主人と、そのメカケのことを、三吉は強い羨望の念をもって時折思い起こすのである。あのメカケは三吉のことを、不細工な若衆だと侮蔑の言をはいたが、しかし旦那に対しては実に献身的で、後に旦那が相場か何かで失敗して、風呂屋を売りに出さねばならぬ破目になった時、風呂屋を売るならあたしを売って、と申し出て旦那夫妻を大感激させたことがある。その記憶があるものだから、現在の真知子のあり方に、約束が違うような気持がするのも当然だろう。

しかし三吉といえども、時勢の移りかわりはよく知っているから、昔日の人情を現代に求めようなんて、そんなことはもう考えてはいない。ただ嘆くのみである。

(ああ。わしらの若い時代というものは、年寄りですらも若い女性から献身的愛情を受けることができた。ところがわしが今年寄りになってみると、もうそんな愛情をささげてくれる女性は一人もいないではないか。わしらの世代とは、何という不幸な世代だろう。これもあの戦争が悪いんだ。実にのろわしきは戦争だ!)

戦争反対は大いに結構であるが、こういう形でのろわれては、戦争もいい面の皮であるようだ。

で、上風社長のあっせんによって、やっと真知子をメカケに囲い得た当初の頃は、三吉はことごとく満足であった。なにしろ相手は長女一子《かずこ》とおっつかっつの若さではあるし、大いに学はあるし、しかも端正な美貌の持主ときている。それが自分の庇護のもとに、すくすくと学を伸ばしているかと思うと、三吉は至大の精神的満足を感じていたのだが、だんだん時日がたつにつれ、前述のごとき不満が生じて来たのである。

莫大な物質的ギセイをはらい、ハナコの眼をかすめるという放れ業的危険をおかして通ってくると、明日は万葉集演習だからお断り、ではいくら辛抱強い三吉でも、すこしはじりじりしてくるのも当り前であろう。

(ああ、わしは何のためにメカケを囲ったのか)

若い日からの二大願望である自動車とメカケ、その二つを今にしてやっと入手できたのに、前者はガタガタで故障がちだし、後者は意のごとくならないし、老三吉の心境察するに余りある。

## 雨降る

その日曜日は、朝から雨が降っていた。数百年前から降っているぞといった風情で、雨は実に平然としとしとと降っていた。

朝眼を覚ました頃から、猿沢三吉の気持はどんよりとうち沈み、またいらいらといらだっていた。三吉の高血圧体質が湿気を忌む故でもあったが、いらだちにはもう一つの原因があった。実はその日、真知子を同乗して、多摩川べりにドライヴの約束がしてあったのである。いうまでもなくハナコには内緒でだ。ハナコに対しては、近所の同業者と一緒に自動車の披露かたがた、どこか気晴しのドライヴに出かけるということにしてある。近所の同業者といってもいきがかり上泉湯は入らない。

自動車だから、雨が降ってもよさそうなもんだが、つまりドライヴだけでなく、真知子手づくりの弁当持参で、堤の芝生かどこかでのどかにぱくつこうという予定だったから、雨降りではやはり困るのである。

で、眼を覚ました瞬間、雨の音が耳に飛び込んできたので、三吉はムッとしたふくれっ面で飛び起きた。

「何でえ。今日は晴だという予報じゃなかったか。気象台のウソツキ野郎め！」

縁側から天をにらみつけながら、三吉は腹立たしげにつぶやいた。

「よりによって、今日みたいな日に雨を降らせやがって。農林省といい気象台といい、近ごろの役人どもはクズばっかりじゃないか。もう税金は払ってやらないぞ！」

農林省と一緒くたにされては、気象庁も迷惑というものだろう。

洗顔終って、朝食。

泉湯とちがって、こちらの家族は大人数だから、食卓もにぎやかである。ハナコ以下四人の娘たちも食欲旺盛で、さかんにかっこむ。

主食は七三の麦飯で、おかずも普通ありきたりのものばかりだが、家長の三吉のだけはハナコによって特別の配慮がしてある。

すなわち三吉の朝のおかずは、血圧が高いという関係上、主として海草をもって構成されている。

血管が硬化するのは、血液中にコレステロールというものがたまるからで、コレステロールがたまるのは、甲状腺ホルモンが欠乏するからで、甲状線ホルモンを欠乏させないためには、海草を大いに食べる必要がある。つまり海草のヨードは甲状腺ホルモンの原料ということになっている。

ワカメのみそ汁、コブのつくだ煮、ノリのつくだ煮、焼ノリ、ふりかけノリ、ヒジキ油揚煮付、それに食後にはコブ茶が出るのである。

毎朝毎朝がそれだから、原則として三吉は朝は食欲が出ないのであるが、ことにこの日は食い気が出なかった。斜めに天をにらみながら、いっこうに箸が動かない。ハナコがそれを見とがめた。

「ご飯をめし上がらないで、何をぶつぶつつぶやいていらっしゃるの?」

「いや、なに」

三吉はあわてて箸をもそもそと動かした。

「こんな天気じゃ遠乗りもとりやめだな。房湯や勝湯たちもがっかりしてるだろう」

「ほんとねえ」

ハナコも憂わしげに斜めに空を見上げた。

「でも、房湯の旦那はオッチョコチョイだから、そんな約束忘れてしまってるわよ。勝湯の旦那は禿頭だから、こんな放射能雨にはとてもねえ」


にぎやかな朝飯が済むと、娘たちは口々に、

「ごちそうさま」

「ごちそうさま」

とあいさつをして、座を立って行く。今日は日曜だから、三根《みね》も五月《さつき》も学校には出かけないでいいのだ。

茶の間は三吉夫妻のみになった。三吉はつまようじを使いながら、にが虫をかみつぶしたような顔で、コブ茶をまずそうにすすっている。多摩川行きがおじゃんになったのが、残念でたまらないのである。

「はい、お薬」

ハナコの差出したルチン剤を、蛙のようにぱくりと呑み込み、コブ茶で腹中に流し込んだ。

すっかり呑み込んだところを見はからって、ハナコは身体ごとぐいと三吉に向き直った。

「ちょっと重大なお話があるんですけど」

「お話？」

三吉はぎょっと緊張した。ハナコに開き直られると、若い時から三吉はぎょっと緊張する癖があるのだが、真知子を囲って以来、ことにその傾向がはなはだしいのである。

興奮したり、恐怖や不安におちいることが、高血圧症にはもっともわるいとされているが、その点でハナコの開き直りは、せっかくの朝の海藻食の効果を減殺して余りあった。

「お話とは何だい？」

「なにもあたしが開き直ったからといって」

ハナコは探るような眼で三吉を見た。

「そんなにびくつかなくてもいいじゃないの」

「びくついてなんかいやしないよ」

三吉は平気をよそおって、コブ茶の茶碗をとり上げた。

「わしがびくつく理由がないじゃないか。考えごとしていたのに、突然話しかけられたから、ちょっと動揺したんだ」

「何を考えごとしてたの？」

「も、もちろんそれは、判ってるだろう」

三吉はわざと声を高くした。

「金だよ。建築の費用だよ」

「それはおつらいでしょうねえ」

単純なハナコはもうそれでごまかされて、声をやさしくした。

「実はねえ、一子のことなのよ」

「一子？　一子がどうかしたのか」

「どうかしたというんじゃないんですがね」

ハナコはまた三吉に、コブ茶をあたらしく一杯つくってやった。

「どうも様子が変なんですよ」

「どういう具合に変なんだ？」

「今朝だって、あんなおてんば娘が、あまりおしゃべりしないでしょう。その上ご飯ときたら、たった三杯――」

「三杯食えば結構だよ」

「だってあの子、この間までは、たいてい朝は六杯か七杯食べてたんですよ。それがこの頃は、たった三杯なんて、どうもおかしいの。何かあるんじゃないかと思うのよ」

「何かって、何が？」

「あたしにも判らないんですよ」

ハナコも自らコブ茶をすすりながら、

「でも、若い女の子がメシをあんまり食べなくなるのは、だいたい原因がきまってるわ。あたしも経験がある。恋わずらいよ」

「恋わずらい？　あんな子供が」

三吉は失笑した。自分こそ同じ年頃の女子学生をメカケにしているくせに、我が子のこととなると、まだ子供あつかいにしているのだから、笑止千万である。


「あんな子供が恋わずらいだなんて――」

そして猿沢三吉は笑いを頬ぺたから引っ込め、急に眼を光らせた。

「あたしにも経験があるって、いつお前は恋わずらいしたんだね。誰に？」

ハナコも嫉妬深いが、三吉もなかなか嫉妬深い。ハナコばかりを批難できないのである。

「いやですよ。そんなこわい顔をして」

ハナコは右手を上げて、三吉をぶつ真似をした。

「誰にって、知ってるでしょ。あなたよ」

「ああ、わしのことか。それならばよろしい」

三吉は安心したように笑いを取り戻した。当時三吉は三助であり、ハナコは板の間係りの女中さんであった。

「だって一子は、もう二十歳《はたち》よ。数え年では二十二。子供じゃありませんよ」

「数えで二十二か」

憮然として三吉も腕を組んだ。

「恋わずらいをしているというのは、メシの食い方が減ったというだけか？」

「おしゃべりの度合も減ったし――」

ハナコは指を折った。

「時には溜息なんかもついているようだし、そうそう、レスリングの練習をいっさいやらなくなったのよ。身体のためにいいからやりなさいと言っても、気が進まないんだって」

「その程度で恋わずらいとは断定できん」

三吉は腕組みを解き、コブ茶に手を伸ばした。

「恋わずらいというのはだな、相手がなくてはできないものだ。誰か心当たりの男性でもいるのか」

「それがねえ」

とハナコは首をかしげた。

「外ではどんな友達と遊んでいるのか、よく電話で打合わせて映画なんかを見に行ってるようだけど、さっぱり判らないのよ」

まさか相手が泉竜之助であろうとは、三吉夫婦も考えて見もしない。実は一子も竜之助も、三吉と恵之助が喧嘩をする以前は、恋仲でも何でもなかったのである。ところがあの喧嘩以来、親たちから口をきいちゃいけないよと厳命されて以来、何かもやもやとしたものが一子と竜之助の胸に発生してそのもやもやがお互いにぴしゃりとくっついた。ムリに引き離そうとしたから、かえってくっついたので、そこらでよく見られる平凡な物理現象のひとつである。

「ねえ、いっそのこと――」

ハナコは思いつめたような声を出した。

「秘密探偵にたのんで、一子の友達を調べて貰おうかしら」

「うん、それもいいな」

そして三吉はあわてて手を振った。

「うん、そ、それはダメだ。秘密探偵だなどと、とんでもない話だ、絶対にいかん！」

もしハナコが秘密探偵を使い、それが便利なものと知ったら、あるいは三吉にも秘密探偵をつけるかも知れない。その危惧がハッと三吉の胸中をよぎったのだ。探偵によって真知子のことがばらされたら、もう臍《ほぞ》をかんでも追付かない。

「絶対にいかん。な、秘密探偵はいけませんぞ！」

言葉に千鈞の重みをつけて、三吉は訓戒した。

「はい」

ハナコはうなずいた。かんたんにうなずいたところを見ると、秘密探偵はその場の思い付きに過ぎなかったのだろう。

午前中、猿沢三吉は鬚をそったり、部屋の中をうろうろしたり、縁側からうらめしげに空を見上げたりしていたが、昼近くになって、ついにたまりかねたように外出の準備にとりかかった。今日は日曜日だから銀行その他も休みだし、外出の口実はないのだが、明日から真知子が学校で忙しくなることを思うと、いても立ってもいられないのである。

洋傘片手に、そっと玄関を忍び出ようとしたところを、三吉はハナコに見とがめられた。

「どちらにいらっしゃるの。こんな雨降りに?」

「うん。ちょっと、か、上風タクシーまで」

「またどこか故障したの?」

「うん。クリーナーの具合が悪いんだ。早く直しておかないと、いざという場合に困るからな」

自動車についての知識はハナコは皆無なので、外出の口実には持ってこいだ。

「そう。よく故障するのねえ。では行ってらっしゃい」

あやうく虎口をのがれ、三吉は洋傘をかざし、ギャレージまで小走りに走った。

クリーナーの具合は実際に悪かった。そのために雨の街を、三吉は眼を皿のようにして、のろのろと運転せざるを得なかった。

上風社長は日曜でも出勤していた。三吉の話を聞くと、立ち上がって窓をあけ、例のごとく大声でわめき立てた。

「修繕部の野郎ども。猿沢さんのクリーナーの具合が悪いそうだ。即刻修理、かかれっ！」

窓をしめて社長卓に戻りながら、上風はにやりと笑った。

「わざわざ雨の日に、クリーナーの修繕に来るとはおかしいじゃないか。さてはなんだな、これを外出の口実にしたな」

「えへへ」

図星をさされて、三吉は照れ笑いをした。

「もしハナコから電話があったら、そうだな、午後五時までに電話があったら、只今修理中だと答えてくれよ。そして猿沢氏は退屈して、近所にお茶を飲みに行ったってな」

「クリーナーぐらいの故障で、五時までかかるのは不自然だぜ。ばれはしないか」

「大丈夫だよ。ハナコはクリーナーとは何であるか知っていないのだ。ごまかせるよ」

「大丈夫かい」

「ああ、それから番号札がすこし歪んでいる。そいつも直すように言ってくれ」

上風社長はまた窓に歩き、修繕部の野郎どもに荒っぽい号令をかけた。

「あっ、そうそう」

卓に戻って椅子をギイと鳴らしながら、上風は言った。

「番号札といえば、あれはいつだったっけな、あの番号の車はお宅のかと、妙な男がたずねて来たよ。十日ほど前だったかな」

「あの番号？　三の一三一〇七か」

「そうだ。だからその車は、猿沢三吉氏という風呂屋の大将にゆずったと、答えておいたんだがね」

「どんな男だった？」

「なんだかぼやっとした男だったよ。そうさな、年の頃は四十か、その前後だよ」

「何のためにそんなことを調べるんだろう？」

「うん。僕も訊ねて見たんだが、もごもごとごまかして、逃げるようにして出て行ったよ」

窓の外から野郎どもの声がした。

「猿沢さんの修繕、終りました。乗車用意、よろしい！」

雨の中をふたたびぼろ自動車に乗りこみ、猿沢三吉は、アクセルを踏んだ。自動車は動き出した。クリーナーも今度はかたりかたりと気持よく動いた。

（わしの番号の車を、どこの誰が、何でしらべに来たのだろう）

一分一秒がもったいない気持になっているので、三吉はかなりのスピードですっ飛ばした。

『雨の日は事故が多い』という立札が、街のあちこちに立っていたが、三吉のその気分をおさえるには何の役にも立たなかった。三吉の自動車の四つのタイヤは、泥水につっこみ飛沫をとばし、通行人をへきえきさせ、中には大げさな悲鳴を上げる婦人などもあった。

「ざまあみろだ」

三吉は快心の微笑を頬に浮かべた。三十年前、新調の洋服に泥水をあびせられた当時とちがい、今度はこちらが自動車の乗り手なのだ。しかも行先が妾宅ときている。笑いがこみ上げて来ざるを得ないのである。

十分の後、三吉の自動車は富士見アパートについた。別段富士山が見えるわけではないが、そういう名がついている。横丁の電信柱のそばに駐車。三吉は玄関で洋傘をたたみ、しずくを切った。

真知子の部屋は二階にあった。

すなわちエッサエッサと階段をのぼり、ほとほとと扉をたたく。中から声がした。

「どなた?」

「わしだよ」

「ああ、おじさま」

ノブを回して三吉は入った。小さな声でアッと声を立てた。部屋の中は真知子ひとりでなく、若い男が一人坐っていたからである。真知子とその男は、勉強机をはさみ、おでこをぶっつけ合わせそうな恰好で坐っていた。男は学生服を着用していた。

「じゃ、おれ、失礼するよ」

三吉の顔を見ると、若者は机上の本やノオトを鞄にしまい、ごそごそと立ち上がった。

「じゃ、明日、学校で」

「バイバイ」

真知子は手を振った。若者は三吉のわきをすり抜けるようにして出て行った。あけはなたれた扉を、三吉は仏頂面になってガシャリとしめた。

「誰だね、あれは？」

「学校の友達よ」

真知子も机の上をがさごそと片づけた。

「卒論の打ち合わせをしてたの」

「ソツロン？」

「ええ、卒業論文のことよ。あの人も明治文学をやるというし、あたしも明治文学でしょう。だから相談してたのよ。あたし、やはり、樋口一葉《いちよう》にしようかしら」

「一葉でも三葉でもよろしいが――」

ふてくされたような恰好で、三吉は部屋の真中にどさりと坐った。

「わしはおなかがすいた」

「弁当、できてるわよ」

真知子は食器戸棚から折詰弁当を二つ取り出した。

「雨だったけど、もしかすると晴れるかも知れないと思って、今朝つくっといたの」

「ほう。ほほう。それはありがたい」

三吉はたちまち機嫌を直して、相好をくずした。

真知子は折畳式食卓の脚を立て、弁当を二つならべながら、三吉の顔をななめにのぞき込んだ。

「今月分のもの、持ってきて下さった?」

猿沢三吉はちょっとばかり渋い顔をした。金を渡す日が近づいてくると、急に真知子のサービスが良くなる。そのことも気に入らなかったのだ。

「今日は半分だけ持ってきた」

三吉は内ポケットから五千円入りの封筒を取り出した。

「あら。たった半分?」

真知子は失望の声を上げた。

「あたし、予定があったのよ。一葉にきめるなら、一葉全集も買わねばならないし」

「わしんとこも困っているんだよ」

三吉はがさごそと折詰弁当を開いた。黒ゴマがけの飯、肉やタケノコや椎茸などの煮付や魚の照焼、それらがうまそうにごちゃごちゃとかたまっていた。

「知ってるように、うちも新築の最中だろう。とても金がかかるんだ。この五千円だって、湯銭を少しずつくすねて、ためたものなんだよ」

「くすねなくっても、堂々と持ってくればいいじゃないの。あなたが主人でしょ」

「そ、そういうわけにはいかん」

三吉は割箸を割って、むしゃむしゃと食べ始めた。真知子もお相伴《しょうばん》をした。上は天井だし窓の外は雨だし、とても好天気の多摩川べりには比較すべくもなかったけれども、一応しみじみとした感じが出て、弁当もうまかった。三吉は夢中でむさぼり食って、おなかを撫でた。真知子がお茶を持ってきた。

「一万円なんかもったいないって、そう思ってらっしゃるんでしょ」

封筒を机のひき出しにしまいこみながら、真知子はずるそうに笑った。

「おじさまって人は、大元のところではケチなのよ。さっきの友達にも、あなたのことを話したら、ケチな旦那だなあなんて批評してたわ」

「だ、だんなだと?」

三吉は思わず少量の茶を卓にこぼした。

「あんたとわしの関係を、友達に話したのかい?」

「そうよ。なぜ?」

「あんたが二号で、わしが旦那ということを、はっきりと話してあるのか？」

「そうよ。皆に話してあるわよ」

真知子はいぶかしげに三吉の顔をのぞきこんだ。

「アルバイトだもの。何もかくし立てすることはないわ」

「ア、アルバイトって、では、アルサロにつとめてるのと同じか？」

「そうよ。それによってあたしは、学問してるんだもの。うちがああなったんだから、当然だわ」

真知子の実家は九州にあるのだが、学なかばにして、親爺の工場がつぶれた。そこで真知子は、学業を中止するか働きながら続けるか、その二つの中の後者をえらんだのである。真知子はけろりとして言った。

「アルサロよりこちらの方が、身体がラクでいいわ。暇だから勉強はできるし、収入は多いし。友達もうらやましがってくれるのよ」

「ふうん」

三吉はうなった。感心すると同時に、何やら腹立たしくなってきた。アルバイトだと割切っているから、献身的な愛情を示さないんだな。そう思うと、この小癪《こしやく》な人生観をぎゅっと踏みつぶしてやりたい衝動が、三吉にむらむらと湧きおこってきた。

「ふうん。そう言えば月一万円とは、もったいないような気がする」

月一万円はもったいないとは、ふざけや冗談でなく、猿沢三吉のいつわらざる本音であった。

「そうでしょ。そうだろうと思った」

真知子は手早く折詰のからを片づけながら、勝ち誇ったように言った。

「そぶりなんかで判るわよ。でも、どうしてそんなケチなことを考えるの？」

考えるなと言っても、三吉も商人である関係上、どうしても原価計算的考え方をせざるを得ないのである。

前にも書いたように、妾の真知子は授業や卒論や部活動などで多忙だし、旦那の三吉も新築その他で多忙だし、それにハナコの眼をごまかさねばならぬという悪条件があるし、逢う瀬の時間も短い時は五分ぐらい、長くても二時間か二時間半くらいなもので、それも毎日というわけではないのであるから、一万円を月ののべ時間で割ると、途方もなく高いものについているのである。

一人頭十五円という零細な金額を蓄積して、それからごっそりと真知子に納入するのだから、三吉としても身を切られるようにつらい。一万円に相当する真知子のサービスがあればまだしもだが、三吉の見積りによれば、彼女のサービスは月にしてせいぜい二千円か二千五百円どまりのものであった。

「ケ、ケチで言うわけじゃないが――」

番茶をすすりながら三吉は提案をした。

「わしがあんたと逢う時間は、一日にならすと、ごくわずかなもんだ。わしにはその余った時間が、もったいなくて仕様がない」

「もったいないって、これはあたしの時間じゃないの」

「そうだ。あんたの時間だ。あんたの時間だから、あんたがあのアルサロに復帰して、そこで稼ぐとしたらどうだろう」

「稼いでどうなるというの?」

エヘンと三吉はわざとらしいせきばらいをした。

「あんたが稼ぐ。その分だけわしの月々のものを、減らして貰えんかね。つ、つまり、月に四千円か五千円ぐらいに」

「まあ呆れた」

真知子は両手を上げて、参ったという表情になった。

「それじゃトクをするのは、おじさまだけじゃないの。ソンはあたしの方だけ」

「いや、なに、トクというほどじゃない。それが相場というもんだよ」

そして三吉は思いやりありげな顔つきになった。

「あんたの全時間を、わしは独占しようとは思わない。それは男のわがままというもんだ。だからご遠慮なくアルサロの方へ——」

「イヤですわ！」

真知子は甲高い声で開き直った。

「アルサロなんかまっぴらだわ。あそこは空気が悪いし、時間にはしばられるし、勉強なんかできやしないわ」

「でも、わしの方も、いろいろ費用がかかって、このままで行けば破産ということになるかも知れん」

三吉はおどしの手を用いた。

「わしから無理矢理一万円とり上げて、破産させるより、五千円ずつにして末長く、といった方があんたにもトクじゃないか」

「末長くなんてまっぴら。卒業までよ」

「でもこのわしが、五千円しか出さないとすれば、どうする？」

「おばさまのところに、いただきにあがるわよ！」


「おばさまに？」

猿沢三吉はたちまち仰天、番茶にむせてせきこんだ。

「そうよ。おばさまよ。だってあたし、月々一万円なくちゃ、勉強が続けられないんだもの」

「おばさまって、あれ、どんな性格の人物か、あんたは全然知らないだろう」

三吉はおろおろ声を出した。真知子がハナコに金を請求に行く。その場面を想像しただけでも、三吉は身慄いが出るのである。

「レスリングを練習してんだよ、レスリングを。とんでもないことを言ってくれるな。そんなことをしたら、あんたは半殺しの目にあうよ。あんただけでなく、このわしもだ」

ふふん、といった顔つきに真知子はなった。

「そんなにこわいの。じゃあ渋ったりしないで、月々一万円出すことね。それが一番よ」

「そ、そこをなんとか――」

「あたしは半殺しにされても平気よ」

真知子の態度は、すこしずつふてぶてしくなって来た。

「半殺しにされたら、それ相当の賠償が取れるわ。法律というものがあるんですからね。おばさまのレスリング振りを見たいもんだわ」

「そ、そんな――」

「今日だって五千円しか持って来なかったのは、あわよくば値切ろうという魂胆だったんでしょう」

真知子は三吉をにらみつけるようにした。

「そんな虫のいいことが通るもんですか。あと五千円は、いつ持ってくるの?」

値切りの魂胆を見抜かれて、三吉は狼狽の色を示した。

「そ、それは、そのうちに——」

「ダメ！　明日いっぱいに持って来なきゃ、あたし、おばさまのところに押しかけるわよ。いいわね」

「あんた、わしを脅迫する気か」

三吉は両手の指を曲げて、残り少ない頭髪を絶望的にかきむしった。

「ああ、わしは何と不幸な人間だろう。わしにはメカケを囲うような資格も甲斐性もなかったんだ。もうメカケはいらない。家庭に引き退ろう」

「そんな身勝手な話がありますか！」

真知子は憤然ときめつけた。

「おじさまがあたしを必要としないでも、あたしがおじさまを必要としているのよ。卒業までは金輪際離しませんからね。そのかわり、卒業できたら解放してあげるわ」

「あたりまえだ」

三吉はうめいた。

「そんなにつきまとわれてたまるか」

「だからあんまりあたしの勉強の邪魔をするんじゃないことよ」

真知子は勝利の微笑をもって宣言した。

「勉強の邪魔をしたら、あたしは勉強不足で落第をする。落第をすれば、それだけ解放の時期が遅れるのよ」

「早く卒業してくれ」

「勉強にはあのことが一番悪いのよ、あのことが。だから、おじさまがあまりしつこくすると、あたし、わざとでも落第してやるわ」

「そんなムチャな――」

その時扉が外からほとほとと叩かれた。三吉はぎょっとして、扉の方をふり返った。声がした。

「猿沢三吉さんって方、いらっしゃいますか」

その瞬間、猿沢三吉はぎょっとして、背筋がちぢみ上がった。

この部屋の借主は真知子名儀になっているし、猿沢三吉がここにいることを知っているものは、誰もいない筈である。それなのに名を呼ばれたんだから、三吉がちぢみ上がるのも当然だろう。

「誰？」

真知子が訊ねた。声が答えた。

「猿沢さんって方にお電話ですよ」

「電話？」

三吉は反射的にピョンと飛び上がり、扉口へ横っ飛びに飛んだ。廊下には富士見荘の管理人がのんびりと立っていた。

「電話って、誰から？」

「名前はおっしゃいません」

「わしがいると言ったのか？」

管理人はうなずいた。三吉は不安に胸をとどろかせながら、管理人の先に立って階段をどたどたとかけ降りた。

（ハナコであったらどうしよう）

（どうしてここがハナコに知れたのか）

三吉の心臓はシンバルのように鳴りとどろき、血圧もどたんに三十や四十は上がった模様である。はあはあと呼吸をはずませながら、三吉は受話器にとりついた。

「もしもし、もしもし」

「猿沢君かね」

太い落着いた男の声が戻ってきた。

「僕だよ。上風だよ」

「なあんだ。上風君か」

三吉はハンカチを取出して、額の汗をごしごしと拭いた。

「驚かせるなあ。わしはまた、ハナコからじゃないかと思って、胸がどきどきしたよ。いったい何の用事だい？」

「奥さんから電話があったんだよ」

「え？　ハナコから？」

「うん。なにか大変なことができたそうだ。すぐ帰って来いって」

「わしがどこにいるか答えた？」

「退屈して近所にお茶を飲みに行った、と言っといたよ。今からすぐ自動車で戻って、うまくつじつまを合わせるんだな」

「うん」

三吉は口ごもり、何か問い返そうとした時、電話はがちゃりと切れた。そこで三吉も余儀なく受話器を置き、本式に顔中の汗をごしごし拭いた。ハンカチはしぼれば、したたらんばかりに濡れた。

「ああ、全く驚かせやがる！」

わくわくした反動で今度はしょんぼりとなり、三吉は悄然として階段を登った。あまりの激動に、心身ともに疲れ果てたのである。

真知子は鏡に向かって口紅を塗っていた。

「何の電話だったの？」

「うん。うちに何か事件が起こったらしいんだ」

「うちからかかったの？」

「いや、上風君からだ。残念だが、今日はもう帰ることにしよう」

「帰るの。まあ、残念だわ」

真知子はとたんに身をくねらせ、三吉に飛びついて、三吉のおでこにチュッと接吻した。残念であるよりも、それはむしろ嬉しげに見えた。

「おじさま、明日も来てね」

真知子は三吉の耳に口をつけてささやいた。

「残り五千円を忘れないでね。あたし、猛勉強をして、きっと見事に卒業してあげるわ」

「そのかわりに、浮気なんかしちゃ、ダメだぞ」

扉口で振り返って、猿沢三吉は最後に念を押した。さっき勉強しに来ていた男の学生の姿が、どうも怪しいものとして、チラチラと三吉の脳裡から去らないのである。

「大丈夫よ」

真知子は肩をすくめてせせら笑った。

「浮気するぐらいなら、あたし、さっさと二号をやめるわよ」

「本当だね」

三吉は扉を背にして、せかせかと廊下を歩き、階段を降りた。雨の中をぼろ自動車にかけ込み、アクセルを踏んだ。

来る時と同様のスピードで、通行人に泥水をようしゃなくあびせかけながら、三吉の車は疾走したが、そのことによって今度は三吉の心は少しもなぐさまなかった。泥水をはね飛ばすためにスピードを出しているのではないからである。

(大変なことが起きたって、またいつものハナコの人騒がせだろう)

ハナコは昔から、何でもないことを、やいのやいのと騒き立てるくせがある。せっかくの日曜日、真知子も学業は暇だというのに、折詰弁当を共にぱくついただけで、あとは何もせず、接吻をひとつ貰っただけで、すごすごと帰りつつあることを思うと、三吉は腹が立って腹が立って、はらわたが煮えくりかえる思いであった。

(しかし、あの真知子のやつも、近頃急に手ごわくなってきたな。どうもわしにはアプレの気持は判らない)

メカケというものは、今までの通念では旦那の道具なのだが、真知子は学業を完遂するために、逆に三吉を道具視している趣きがある。その学業に対する異常な執念が、三吉にはよく理解できないのである。男の学業を完徹させるために、女が遊里に身をおとすというのは昔からよくある例だが、この場合はその逆ではないか。

(勉強にはあのことが一番さまたげだなんて、何てえ言い草だ。それじゃあわしはいったい何のために、月々の手当を出してるんだ！）

三吉はぷんぷんに腹を立てながら、乱暴にハンドルを切った。

（卒業するまでは、ダニのようにわしに吸いついて、離れないつもりらしい。何たることだ！）

自動車はスピードをおとして、上風タクシー会社の構内にがたごとと入って行った。停車すると、三吉の肥った身体は鞠のように飛び出し、やがて社長室に入って行った。上風社長ははさみをチョキチョキ鳴らして、相変らず顎鬚の手入れに余念がなかった。

「やあ。早かったな」

上風は手を休めて言った。

「直ぐ帰ったがいいよ。今また奥さんから電話がかかったとこだ」

「え。またかかった？」

三吉はくるりと回れ右をして、部屋を出て行こうとした。

「そりゃ早く帰らなくちゃ」

「おい、おい。待てよ。待ちなさい」

上風はあわてて呼びとめた。

「おでこに口紅がついてるよ。そのままで帰るのかい？」

「口紅？」

三吉は方向を変えて壁鏡の前に立った。おでこにはくっきりと、唇の形そのままに、口紅が印されていた。三吉は大狼狽した。

猿沢三吉の自宅は、第一三吉湯に隣接して建っているが、妻のハナコは先ほどから茶の間で立ち上がったり坐ったり、廊下に出て見たり、眉を八の字に寄せて、いらいらと落着きがなかった。これで何度目かの険しい声をはり上げた。

「一子に二美。まだお父さんは戻って来ないかい？」

「まだのようよ」

子供部屋から二美の声が戻ってきた。一子の声はしなかった。一子は自分の机に頬杖をついて、憂鬱そうな眼で雨空を見上げていた。

子供部屋は六畳の広さで、机が二つ置かれ、一子と二美の共用と言うことになっている。若い娘たちの居室らしく、壁には映画俳優の写真などがべたべたと貼ってある。一子は空を見上げたまま、ぽつんとひとりごとを言った。

「竜ちゃん。今頃何をしてるかしら」

「ほんとにお姉さんって可哀そうね」

二美が一子の肩に手をかけてなぐさめた。

「この間まで、竜ちゃんとは、何でもなかったんでしょ。それなのに、今頃になってねえ」

「そうなのよ。お父さんから、竜ちゃんに会ってもそっぽ向けって言われて以来、あたしの胸はにわかに燃え立ってきたのよ。二美はまだ子供だから、その気持、判らないだろうけど」

「判るわよ！」

姉の肩から手を離して、二美は胸を反らせた。胸を反らすと、なるほど、胸のふくらみがセーター越しにあらわな形を見せた。

「あたしだって、もう間もなく、十七だもの」

「竜ちゃんもそう言うのよ」

姉は妹の胸のふくらみを黙殺してつづけた。

「竜ちゃんもお父さんたちの喧嘩まで、あたしのことをなんとも思ってなかったんだって。泉の小父さんも竜ちゃんに、あたしたちと口をきいちゃいけないって、厳命したそうよ。近頃はどこのオヤジも、頭がお粗末なのねえ。そんなことをするから、竜ちゃんだって燃え立つんじゃないの。ねえ」

「お母さんが何か感づいているらしいわよ」

二美は声をひそめた。

「お姉さんに近頃変ったことはないかって、あたしに探りを入れてきたわ。昨夜」

「竜ちゃんのこと、しゃべらなかっただろうね」

「しゃべらないわよ」

二美は双の腕で自分の胸を抱いた。

「あたし、悲恋というやつが、大好きなんだもの」

「ナマイキ言うんじゃないよ」

姉は眉を寄せて妹をたしなめた。

「あたしがどんな風に変ったって、お母さん言ってた？」

「御飯を、三杯しか食べないから、変だって」

「二十《はたち》にもなって、ご飯を六杯も七杯も食べられますかってんだ」

一子は唇をとがらせて、伝法な言葉使いをした。

「あたし、痩せようと思って、ムリして減食してるのよ。だって竜ちゃんは、背高のっぽのひょろひょろでしょう。あたしがぶくぶくじゃ、つり合いがとれないもの。竜ちゃん、ボディビルやってるけど、あまり効果ないらしいのよ」

「おや、自動車の音？」

二美は聞き耳を立てた。車庫に入る自動車の音がする。二美は両掌をメガホンの形にして、茶の間の母親に呼びかけた。

「お母さん。お父さんが帰ってきたわよう」

玄関の扉をあけて、猿沢三吉があたふたと入ってきた。ハンカチで汗を拭いながら、茶の間に急行した。おでこに印された真知子の口紅は、上風会社でちゃんと拭き取ったので、痕跡すらとどめていない。もっともとどまっていたら大変だ。

「あなた」

ハナコは三吉に呼びかけた。

「大変よ。大変なことが起きたわよ」

「何が大変だ？」

三吉はハナコの表情から、何かを読み取ろうとするように、眼をぎょろぎょろさせながら、どしんと大あぐらをかいた。真知子のことでないらしいと見当はついた。

「お前の大変は、毎度のことだからなあ。いったい何事だい？」

「泉湯さんで、いや、泉湯で、テレビに電蓄を入れたらしいわよ」

「なに？　テレビを？」

「今日お客さんが、三吉湯もテレビぐらい置いたらどうだって、そう言うのよ。だからあたしが、ラジオやテレビなどのサービスは、いっさい遠慮するという組合の申合わせを説明して上げたの。するとそのお客さんはせせら笑って、泉湯じゃ一週間ぐらい前から、テレビを入れてるんだって」

「ううん」

三吉は腕を組み、額の静脈を怒張《どちょう》させてうなった。

泉湯がテレビを入れたとは、話はかんたんだが、ことは重大である。組合の申合わせを破棄してまで、テレビを設置したという泉恵之助の魂胆は、三吉にはピンと響いてくるのである。それは新築の三吉湯への対抗策、あるいは苦肉の一策に違いなかった。苦肉の一策というよりも、それは宣戦布告に近かったのだ。

「テレビとはやりゃあがったな。あの背高のっぽのくそ爺！　では、こちらもテレビを――」

と言いかけて、三吉は口惜しげに唇をかんだ。敵の泉湯は一軒だから、テレビは一台で済むが、こちらは三軒、新築を入れると四軒で、一台はハナコの手持ちを出すとしても、あと最低三台は仕入れなければならぬ。新築で金が要るというのに、またテレビを三台とは、そうおいそれと金の都合はつかないのである。三吉はハナコの顔を探るように見た。

「もうお前、ヘソクリはないだろうね？」

もうせん新築場の敷地分をへそくっていたんだから、まだその余りがありはしないかと、三吉は望みをつないだ。

「もうないわよ」

ハナコはそっけなく拒絶した。

「山内一豊の妻以来、女房のヘソクリ提出は、一ぺんこっきりに決ってますよ。あとは亭主の甲斐性の問題ですよ」

「それもそうだ」

道理を説かれて、三吉はしょんぼりとなった。女房から甲斐性を云々されるほど、亭主にとってつらいことはないのである。

「畜生奴！　しかしあいつも、組合の申合わせを破ったからには、相当な覚悟をしたと見えるな」

あの新築場における口角泡を飛ばしてののしり合い、泉恵之助の形相などを、三吉はありありと思い起こした。すると三吉の闘魂はにわかに振るい立った。ハナコが言った。

「組合に提訴したらどう？」

「ダメだ」

三吉は言下に答えた。

「そうすればあいつは、組合を脱退するに違えねえ」

廊下から次女の二美が顔を出したので、三吉夫妻は口をつぐんだ。

「おやつはまだ？　あたし、おなかがぺこぺこよ」

「ぺこぺこだなんて、お昼もあんなに食べたじゃないか」

二美をたしなめながら、ハナコは時計を見上げた。

「じゃそろそろおやつにしましょう。あなたもおなかぺこぺこでしょう」

「わし？　うん。わしは大丈夫だ」

真知子手製の折詰弁当をたらふく平らげたのだから、まだおなかが空く筈がない。

「だって朝半膳しか食べなかったじゃないの。どこかで召上がったの？」

「うん。クリーナーの修繕を待つ間、上風会社の近所で食べた」

「何を召上がったの？」

「ト、トンカツだ」

頭に浮かんだ食物の名を、三吉はとっさに口にした。

「割においしいトンカツだったよ」

「はて。上風会社の近くに、そんなうまいトンカツ屋なんかあったかしら」

「うん、なに、小さな店だよ」

三吉はさりげなくごまかした。

「あぶら身がたっぷりついてて、値段も割に安かった」

「あぶら身のところなら、安いに決まっていますよ」

ハナコはおやつの用意をしながらきめつけた。

「それに脂肪分は、高血圧に一番悪いんですよ。これからお昼はソバになさいよ、ざるソバに。判ったわね」

チャブ台に塩せんべいが山と出され、お茶が入れられた。三吉の分は例のごとくコブ茶である。一子も子供部屋から茶の間にやってきた。しばらくは茶の間の中は、塩せんべいをパリパリと嚙む交響の場と化した。パリパリと嚙んでいるのは女どもの歯だけで、三吉は黙然かつ悄然、コブ茶をまずそうにすすっていた。泉湯のテレビに対抗する方法を考えていたのである。

「ねえ。この自宅《うち》のテレビ――」

パリパリ交響楽が一段落を告げた時、三吉は口を切った。

「あれを第一三吉湯の方に回して貰えんかねえ。そうするとたすかる」

「うちのを風呂場に回すの？　どうして？」

二美がいぶかしげに言った。

「じゃあたしたちは、見ることができないじゃないの」

「板の間に行って見ればいい」

「そんなことできるもんですか」

「只今のところ風呂屋が三軒、男湯と女湯に入れてテレビが六つ」

ハナコが口をはさんだ。

「六つ要るというのに、うちのを一つ持って行ったたって、焼石に水ですよ。それにうちのテレビがなくなると、一子も二美もたのしみがなくなって、夜遊びばかりするようになりますよ」

「そうよ。そうよ」

と二美が相槌を打った。一子はうつむいてお茶を飲んでいる。夜遊びという言葉が痛かったのだろう。

「なぜテレビを風呂場に置く必要があるの？」

「サービスだ。客寄せのためだ」

「それならテレビより、お父さんの好きな将棋を置いたらどう？」

「将棋？」

猿沢三吉は眉を上げ、とんきょうな声を出した。

「そうよ。将棋盤に将棋の駒。いくら上等のものを仕入れたって、値段の点でテレビとは問題にならないわよ」

二美は胸を張った。得意になって胸のふくらみを誇示した。

「それに、泉の小父さんとの喧嘩の原因も、将棋からでしょ。風呂屋にテレビなんか、ぜいたくよ。将棋でたくさん」

「その方が安上がりね」

ハナコも賛意を表した。

「将棋好きのお客さんが集まるでしょう」

「うん。将棋か」

三吉は低くうなって腕を組んだ。新築費もあるし真知子のこともあるし、当分テレビなんか仕入れできそうにもない。月賦や日賦販売もあるが、六台とまとまると相当の出銭になるのだ。

「そうだな。将棋でひとつやってみるか。将棋でつないでいるうちに、第四三吉湯が完成する。

第四湯は泉湯にもっとも近い。そこへテレビを入れれば、こちらの方が新しいし、泉湯の客はこちらにごそりと移ってくるだろう」

「そうね。それがいいわ。そして早く第四三吉湯をつくり上げなきゃね」

金の調達がスムースに行かないので、新築の進行もこの頃、ちょっと停滞気味なのである。

「ええと――」

コブ茶をごくりと飲み干して、三吉は腰を浮かせた。

「将棋盤はうちに一面あるし、するとさしあたり、あと五組買えばいいんだな」

「女湯の方には置いたって仕方ないでしょ。女は将棋をささないから」

「アッ、そうか」

三吉は頭をかいた。

「すると、二組か。今からちょっと出かけて、買って来よう。思い立ったが吉日だ」

「あまり雨に濡れたりしないでね」

三吉の頭の中央のつるつるに禿げた部分を、ハナコは心配そうに眺めやりながら言った。

「アメリカがまた無断で、原爆か水爆かの実験したらしいわよ。今朝また異常気圧が観測されたって、さっきラジオが言ってたわ。きっとこの雨にも放射能が含まれてるわよ」

「またアメリカの奴がやりやがったか！」

三吉は空を仰いで長嘆息した。

「いったいアメリカの奴は、日本を何と思っているんだろう。日本の政府も全くだらしがないな」

「ほんとよ。今の政府なんて、アメリカ旦那のメカケみたいなものよ」

ハナコも激昂の気配を示した。

「まるでメカケみたいに、へいこらして、言いなり放題になってるのよ。沖縄問題にしたってそうでしょ。腹が立つったら、ありゃしない」

「メカケといっても、近頃のメカケは、そうへいこらもしてないよ」

そして三吉はあわてて言い直した。

「してないらしいよ。かえって旦那をやっつけるようなメカケもいるらしい」

「ほんとにやっつけて貰いたいわね」

激昂のあまりにハナコは、つい三吉の失言を聞き流した。

「あなたの頭はつるつるですからね。放射能雨のしみこみも早いわよ。用心してね」

## 入　玉

浅利圭介は風呂敷包みをかかえ、浮かぬ顔をして、黄昏《たそがれ》の道を歩いていた。ソバ屋の前まで来ると、ちょっと立ちどまり、小首をかしげて呟いた。

「ソバも倦《あ》きたな。今日の夕飯はおばはんとこにしよう」

圭介は包みを持ちかえて、またとことこと歩き出した。風呂敷の中には、塩せんべい、ウイスキーボンボンなどが、ぎっしり詰められていた。

これらの菓子は、圭介が買ったものでなく、今日も加納明治宅を訪問、例のごとく塙女史に追い返される際に押しつけられたものである。行くたびに何か押しつけられるところを見ると、加納明治のイントク物資は、その度に塙女史によって摘発、押収の浮き目を見ているらしい。

「行く度に何かくれるんだからな。ふしぎな女だ」

圭介は我が家の玄関をくぐった。玄関の扉をがたごとと引きあけた。

「ただいま」

「おっさん?」

いつもの気の抜けた声と違って、直ちにはずんだ声が茶の間から飛んできた。

「ちょっと茶の間に来なさい。話があるから」

「はい」

圭介は靴を脱ぎ、素直に茶の間に入って行った。どうせ茶の間で夕食をとるつもりだったから、ためらうことはなかった。

「おばはん。僕はおなかがすいた。何かあるか」

「用意してありますよ」

ランコはチャブ台の上の白い布をとった。夕食の膳がそこにあらわれた。圭介は風呂敷包みをとき、部屋の隅の圭一の寝顔を眺めた。

「塩せんべいは圭一は好きじゃないし、チョコレートは好きだが、こいつは中にウイスキーが入ってるし、も少し気の利いたものをくれるとたすかるんだがなあ」

「また何か貰って来たの？」

「今日はこれだ。今日も何かくれるだろうと思ったから、風呂敷を用意して行ったら、案の定役に立った」

ランコは紙袋の中をのぞき、ウイスキーボンボンをひとつつまみ、ぽいと口の中に投げ込んだ。

「ふん。これは割に上等のボンボンよ」

圭介は上衣を脱ぎ、チャブ台の前にどっかとあぐらをかいた。ランコはまたボンボンをつまみ、ご飯をよそった。

「話って何だい？」

箸をとり上げながら圭介が訊ねた。

「いや、今日ね、ソバ屋のおやじさんがうちに来たのよ」

「ソバ屋のおやじ？　まさか陣太郎の勘定取りにじゃあるまいな」

「いいえ。呼出電話がかかって来たと言うのよ」

「電話？　僕にか？」

「おっさんにじゃない。あたしによ」

「誰から？」

「だからあたし、すぐソバ屋に飛んで行ったのよ。電話がかかってくる心当たりはないし、とにかく電話口に出てみたの」

「誰だった？」

「それがね、松平家の家令だというのよ」

ランコはまたボンボンを口に含んだ。

「若様がそちらにいらっしゃるということだが、それは本当かって」

「松平家の家令？」

圭介は思わず箸の動きを中止した。

「それでなんと答えた？　いるといったのか？」

「いいえ。そこをごまかしたのよ」

ランコはまたウイスキーボンボンを口にほうり込んだ。

「いると言ったら、迷惑がかかるかと思ってさ」

「迷惑って、誰に？」

「もちろんおっさんによ」

おっさん呼ばわりはしていても、さすがに亭主思いのところをランコは見せた。

「だって、あの陣太郎さんは、おっさんが連れて来たんでしょ。松平家としては、誘拐されたと思ってやしないかと思って」

「誘拐？」

圭介は失笑した。

「誘拐なんてものはね、子供に対してだ。せいぜい十四、五どまりだね。陣太郎君ぐらいの年頃にもなれば、自由意志で動く。で、いないと言ったのか？」

「いないとも言わない」

せっかく亭主思いのところを見せたのに、失笑されて、ランコはいささか気分をこわした。

「時々やってくるし、また泊ることもあるって、そう言っといたのよ。世渡りというものは、用心第一ですからね」

「その家令、いくつぐらいの男だった？」

「電話ですもの。判るわけないよ」

今度はランコが失笑した。

「で、若様が今度やってきたら、伝言願いたいって」

「どういう伝言？」

「すぐ本宅に戻ってこいってさ。何でも京都から、十一条家の令嬢がやって来るんだって」

圭介は眼を宙に据え、箸を忙しく動かし、またたく間に一杯目を食べ終えた。空茶碗をにゅっと突出した。

「ふん。十一条家の娘か」

煮魚の平目の縁側《ふち》のところをほじくりながら、圭介はつぶやいた。

「すると、見合いの話も、ほんとかな。しかし、どうして松平の家令が、僕の家を知ったんだろう。陣太郎が連絡するわけはないし」

「そうよ。そこをあたしも疑問に思ったのよ」

二杯目をよそって差出しながら、ランコが相槌を打った。

「だからそのことを聞いたら、いや、なに、とかごまかして、向こうから電話を切ったの」

「変だな」

「変よ」

そこで夫婦の会話は途切れた。ランコは縫物にいそしみ、圭介は食べることにいそしみ、おのおのいそしみながら、何か別々のことを考えていた。四杯目を食べ終えると、圭介は茶を所望し、チャブ台の端に五十円玉をひとつ、パチンと置いた。それを横目で見てランコが言った。

「それ、ボンボンと差引きにしとくわよ」

圭介は五十円玉を台から引き剝がし、ポケットに入れた。茶を飲み終えると立ち上がった。

「陣太郎君が帰って来たら、すぐ納戸に来るように言ってくれ」

圭介はそう言い捨てると、廊下を踏みならすようにして納戸に歩きながら、ひとりごとを言った。

「すこし食べ過ぎた」

陣太郎はなかなか戻って来なかった。

待ちくたびれた浅利圭介は、蒲団をしいて腹這いになり、ウイスキーをちびちびなめながら、夕刊を読んでいたが、そのうちうとうととして、そのまま眠ってしまった。

眼が覚めたら、朝になっていた。ふと見ると、傍の蒲団の中に、陣太郎の頭が見えた。

陣太郎は眼を閉じたまま、うなっていた。うなされているらしい。

圭介は半身を起こした。枕もとのウイスキー瓶が、昨夜のままになっている。それをしまおうとつまみ上げたとたん、それがおそろしく軽くなっていることに気がついた。圭介は渋面をつくって呟いた。

「おや。昨夜そんなに飲んだかな。おかしいぞ。まさかこいつが――」

圭介は陣太郎の顔を見た。陣太郎は眼をつむったまま、うなりを断続させている。圭介は手を伸ばして、その陣太郎の肩を乱暴にゆさぶった。

「おい。陣太郎君。おい。しっかりせえ」

陣太郎はがくがくゆすぶられ、うなりを中止して、ぱっちりと眼をあけた。ごそごそと半身を起こした。眼をぱちくりさせて深呼吸を二、三回した。

「ああ。夢だったのか」

「夢を見てたのかい」

主介は注意深く陣太郎を観察しながら言った。

「また君が慶喜将軍になって、江戸城から追い出される夢かね?」

「いや。いくらなんでも、いつも同じ夢は見ませんよ」

陣太郎は両手の指を曲げて、頭髪をごしごしとかきむしった。

「おい。ふけが飛ぶじゃないか。いい加減にしなさい」

「女どもに追っかけられて、おれ、どうしようかと思ったよ。しかし、きれいな女たちだったなあ」

髪のかきむしりを中止して、陣太郎はぬけぬけと言った。

「五十人ぐらいの女どもが、一人残らずおれに惚れやがってね、弱っちゃいましたよ。逃げ出すのに苦労したよ」

「君は女が嫌いなのかい?」

「嫌いじゃないけど、あんなに大勢だと困りますよ。そいつらがみんな真裸《まっぱだか》ときている」

「真裸?」

圭介はごそごそと膝を乗り出した。

「そんないい夢なのに、うなされるなんて、もったいない話じゃないか。僕なら逃げ出さないな。甘んじて捕虜になる」

「おっさんならそうでしょうな」

陣太郎はけろりとした顔で言った。

「でも、おれ、この間人相見に、人相を見て貰ったんですよ」

「人相？」

「その人相見がね、おれの顔には女難の相が出ていると、そう言うんですよ。女難とは弱ったねえ」

「時に君は――」

圭介は蒲団の上で坐り直して、きっと陣太郎を見据えた。

「十一条家の娘と見合いするというのは、本当かね？」

「え？　どうしてそれを知ってるんです？」

「昨日、電話がかかって来たんだよ。松平家の家令という人から」

「家令？」

陣太郎はとんきょうな声を出して、ごそごそと坐り直した。

「どうしておれがここにいることが、下島にわかったんだろう?」

「ああ、そうだ。今思い出したが——」

浅利圭介は膝をぽんとたたいた。

「おばはんが僕のことを、君んちの家令に推薦したそうだが、僕はイヤだよ。お断りするよ。今さらカレイやシチュウなんかになりたくない」

「なろうたって、なれやしませんよ。下島がいるんだから」

「なぜ? 下島って男は、そんなにうるさいのかい?」

「うるさいうるさくないは、関係ありませんよ。そうだな。おっさんがなれるのは、さしずめ家従だな」

「家従? 聞き慣れない言葉だね。どうして僕が家令になれないのか——」

「家令というのは、だいたい一人に決っているんです。だからダメなんですよ」

陣太郎はあわれみの眼で圭介を見た。

「使用人の中の最高の位です。つまり使用人の束ねをする役ですな」

「家従というのは、家令の下か?」

「家令の下は、家扶です。家扶の下に、家従がある」

「家従の下は?」

「その下はない。行き止まりです」

「じゃあ庭番だとか下男だとか――」

「ああ、それは家従の中に含まれる」

「ふうん」

圭介はすっかり気分を害したらしく、不機嫌に息をはき出した。

「僕の相場は下男並みか。はっきり言明しておくが、僕は家令もイヤだし、まして家従はまっぴらだよ。ランコが何と相談持ちかけたか知らないが、全然お断りだよ」

「それで、下島、何と言ってました？」

「君に本宅に戻ってきてくれってさ。戻ってやったらどうだい？」

圭介はつっぱねたような言い方をした。

「戻って、十一条の娘と見合いでもするんだね。こんなあばら家でごろごろしていることはないだろう」

「あばら家とはごけんそんですな」

陣太郎はにやにやと笑った。

「おれんちだって、ここと似たり寄ったりですよ。戦前はよかったが、戦後はさっぱり、斜陽階級というわけで――」

「十一条家はどうだね？」

「それも似たり寄ったりですな」

退屈そうに陣太郎はあくびをした。

「おれ、もう、あんな淀んだ世界は、すっかりイヤになったんですよ。小説を書いている方が、ずっと自由でたのしい。アッ、そうだ。おっさんの係りの加納明治は、どうなりました？　会えましたか？」

「会わせてくれないんだよ。あの女秘書」

圭介はしょげた顔つきになり、煙草を取出して火をつけた。陣太郎も当然の権利のごとく、圭介の煙草を一本抜き取った。

「行く度に何かくれるんだけどね」

「昨日は何を貰いました？」

「塩せんべいにボンボン」

「それじゃつまらないな。せめてウイスキーか何か――」

「アッ、そうだ」

圭介は眼を剝いた。

「君は昨夜帰ってきて、僕の枕もとのウイスキーを飲みゃしなかっただろうな」

「飲んだというほどじゃありませんよ」

陣太郎は圭介の煙草の火を借り、煙をふわりと吹き出した。

「せいぜい二杯か三杯ぐらいなものです」

「グラスにか？」

「いいえ。茶碗で」

「茶碗で三杯？」

圭介の肩は上がり、両拳は自然に拳固の形になった。

「殴るよ、ほんとに。茶碗で三杯も飲んで、飲んだというほどじゃないとは、何という言い草だ。あのウイスキーは高いんだぞ！」

「高いといっても、加納明治からタダで貰ったんでしょう」

「貰ったのは僕だ。黙って飲む権利は君にない！」

圭介は憤然としてきめつけた。

「君はこの間も、僕の眼を盗んで、僕のウイスキーを飲んだ。君には盗癖があるんじゃないか？」

「盗癖？　失礼なことを言わないでくださいよ。臣下の分際で」

「なに。臣下だと。僕はまだ君の家来になった覚えはないぞ。取消せ！」

「じゃあ取消しましょう」

陣太郎は渋々と失言を取消した。

「でも、昨夜は、おっさんは、ぐうすか眠ってたじゃないか。ずいぶんゆすぶったんですよ。

どうしても眼を覚まさないし、それにおれ、くたくたに疲れて、神経がささくれ立って、ウイスキーでも飲まなきゃ眠れない状態だったんですよ」

「何でそんなに疲れたんだい？」

「偵察ですよ」

「まだ図上作戦をやってるのか」

圭介は呆れ果てたような声を出した。

「のんびりしてるなあ。もうあの日から二週間もたってるじゃないか」

「作戦は密なるをもってよしとす、ですよ」

陣太郎は陳腐で月並みな言葉をはいた。

「こういうことは、どんなに時間をかけても、かけ過ぎるということはない」

「へえ。それで、あとどのくらい作戦を練るつもりだね？」

「それは昨日で終りました」

「終った？　じゃいつ行動を開始するんだ？」

「今日ですよ」

陣太郎は自信あり気に胸を反らせた。

「いよいよ今日、おれは猿沢三吉にぶっつかって見るつもりです」

「大丈夫かね？」

「大丈夫ですよ。おっさんとは違う」

陣太郎は声を大にした。

「おっさんは一体全体、何度加納邸に行き、何度むなしく帰ってきたんです？　他人のことを大丈夫かなどという資格は、おっさんにはありませんよ。今後どうするつもりです？」

「明日、も一度行ってみるよ」

「明日、ダメだったら？」

「明日は大丈夫」

圭介は小さな声になった。

「多分大丈夫だと思う」

「明日もダメだったら――」

陣太郎はかさにかかって声を大きくした。

「加納明治の係りを、おっさんから剥奪することにしますよ。判りましたね」

「剥奪してどうするんだい？」

「おれがやりますよ。おれが」

陣太郎は自分の胸をどんとたたいた。

「おれにまかせておきなさい」

午後三時の三吉湯の番台に、猿沢三吉は鬱然たる表情で坐っていた。

女湯の方はいくらか混んでいたが、男湯の方には一人も浴客がいなかった。

もっとも男湯と女湯とでは、混む時間がちがう。男が湯を一番好むのは五時から六時頃、そしてその時間は女湯はがら空きというわけで、三時から四時となると、その逆になる。

三時というと、男はおおむね働いているが、女にとっては一番暇な時間なのだろう。

いくら働いているとはいえ、浴客の姿が一人も見えないのは、いささかうらさびしい。

「ちくしょうめ。やはりこれもテレビのせいだな」

三吉は舌打ちをして、男湯の板の間の一隅をにらんだ。そこには縁台みたいなものがあって、将棋盤がその上に置かれてあるのだ。

「やはり将棋では、テレビと太刀打ちはできないのか。ああ、わしは頭が痛い」

将棋盤から三吉は視線を女湯の方にうつした。眼をするどくして女客の数を数え始めた。

着物を脱ぎつつある女、着つつある女、全裸の女、こちら向きの女、あちら向きの女。さまざまな恰好と姿体と年齢の女性が、三吉の眼界にうごめいているのだが、三吉は微塵も欲情することはない。一個十五円の物体にしか見えないのである。風呂屋の主人としては、当然のことであろう。真知子の裸体には欲情するくせに、番台に黙って坐ればピタリと欲情しないのだから、職業的偏向というか馴致《じゅんち》というか、おそるべきものである。

もっとも風呂屋の主人にいちいち欲情されては、険呑で女たちは銭湯には行けないであろう。

「ううん。やっぱりいつもよりすくない」

数を読み終り、三吉は低くうなって腕を組んだ。

「やはり女もテレビが好きなのか」

ビキニにおける核爆発が、すぐ日本全土に悪影響を及ぼすように泉湯に設置されたテレビは、たちまちにして三吉湯のお客を減少させたもののようであった。

「これは戦術を変えねばならないかな」

その時男湯の扉をがらりとあけて、石鹸箱とタオルをぶら下げた陣太郎が、勢いよく入って来た。ごそごそと十五円をポケットからつまみ出し、じろりと三吉を見上げた。

「いらっしゃいませ。毎度ありがとうございます」

いつもの三吉なら、こんな安っぽいお世辞はいわないのだが、ががら空きの男湯に、飛込んで来てくれたのだから、ついそんな感謝の言葉が口から出た。

陣太郎はそのお世辞を背にしてふわりと板の間に上がった。手早く着ているものを脱いだ。いよいよ敵にぶつかる前に、お湯に入って気分をしずめようとの魂胆なのであろう。

十五分たった。

相変らず男湯はがら空きで、客は陣太郎一人であった。

子供用の湯槽からざぶりと上がり陣太郎は身体を拭き上げ、悠々と板の間に戻って来た。ふと一隅の縁台に眼を向けた。

「ふん。将棋か」

陣太郎はその縁台の端に腰をおろし、うちわを使いながら、ひょいと駒の一つをつまみ上げた。裏返したり、指で撫でたり、窓の方にすかして見たりした。それを見て、三吉の顔はおのずからむずむずとほぐれた。思わず声に出た。

「お客さん。将棋は好きかね？」


「おれですか？」

陣太郎はきょとんとした顔を、番台の猿沢三吉に向けた。

「将棋。将棋はあまり好きでない」

「じゃあ指せないんだね」

「指せますよ。なかなか上手だ」

「上手だと言うのに、なぜ好きでない？」

「王様のエゴイズム――」

陣太郎は王将の駒をつまみ上げ、指でぽんとはじいた。

「つまり、自分本位の身勝手ですね、それがおれにはイヤなんだ」

「自分本位？」

陣太郎の奇妙な発言に、三吉はにわかに興を催したらしく、膝を乗り出した。

「王様ってやつは身勝手ですかねえ」

「身勝手ですよ」

陣太郎は言葉に力をこめた。

「王様というやつは、自分の家来や家族をギセイにして、つまり身代りにして殺して、そんなことまでして、あくまで逃げのびようとする。そういう身勝手が、おれにはイヤなんですよ」

「へへえ」

三吉はすっかり感服した。

「そういう考え方もあるか。そんなに王様の身勝手がきらいなら、あんたは身勝手でない指し方をすればいいじゃないか」

「そ、それはそうだが——」

虚をつかれて、陣太郎はどもった。

「いっちょう指しますか」

すかさず三吉は指で、駒を動かす形をして見せた。

「わしも相当指しますよ」

「指すか」

陣太郎も受けて立った。

「お房さん。ここを頼むよ」

板の間で籠の整理をしている女中に声をかけ、三吉は喜色満面、番台から降り立った。久方ぶりの将棋だから、頬がむずむずとほころぶのも、当然というものだろう。

陣太郎も手早く衣類を着用、将棋盤をはさんで縁台に対坐、駒をパチパチと並べ始めた。男湯の客はまだ陣太郎一人で、誰も入って来るものはない。

駒を振って、三吉が先手。

「えい。やったあれ」

例によって坂田名人の手を真似て、三吉はかけ声と共に端歩を突いた。

端歩とは、陣太郎にも驚きだったらしく、眼をパチパチさせたが、すぐに気を取り直した風で、

「えい」

と、低いかけ声と共に、向かい合った端歩を突いた。

すると三吉はすかさず、力をこめて、反対側の端歩を突き出した。陣太郎も同じく端歩をもって応じた。それで両陣営は端歩のツノを生やした珍しい形となった。

それから両者とも、ろくに考えもせず、パッパッと駒を繰り出して、大乱戦の模様となった。

将棋の腕前にかけては、陣太郎の方がずっと上のようであったが、先ほど王様のエゴイズムを云々した手前もあり、家族や家来をそうそうギセイにできないという束縛があって、のびのびと戦えない。そこになると三吉の方は、下手《へた》ながら天衣無縫、のびのびと指せる強味がある。

互角の形勢のまま、中盤戦に入った。

中盤までは、乱戦模様ながら、ほぼ互角の形勢で進んだが、中盤以後はそろそろ実力の差があらわれて来た。いうまでもなく猿沢三吉の腕前の方が下である。

しかし陣太郎は、何か策略でもあるのか、三吉の陣地を攻めることはあまりせず、妙な手ばかり指していた。

陣太郎の王将、並びにその一族郎党は、じょじょに盤の左辺に集結、王将を中心として、金銀桂香がそれをぐるりととり囲み、しだいに前進し始めた。飛車と角がその先頭に立ち、露払いの役目を受持った。

「ややっ！」

陣太郎の意外の陣構えに、三吉が声を出しておどろいた時は、もう遅かった。陣太郎の輪型陣はすっかり完成、それに対してそれを激撃すべき三吉の陣営は、全然手薄な状態にあったのである。

「しまったなあ。いつの間にそんな構えをつくったんだい？」

「おっさんがこちらを見てないから、いけないんだよ」

陣太郎は三吉に対しても、平然としておっさん呼ばわりをした。

「さあ。これで大進軍だ」

「さては全員力をあわせて入玉する気だな」

三吉は額をたたいてくやしがった。

「こちらの駒組みばかりに気を取られて、うっかりしてたなあ。それ、その形、あまり見慣れないようだけれど、何という名の駒組みだね？」

「松平流陣構えと言うんですよ」

陣太郎はぬけぬけと答えた。

「自動車の形にヒントを得て、考案したんだよ」

「自動車？」

露払いの形で並んでいる飛車と角を差して、三吉はほとほと感服の声を上げた。

「なるほど。これがヘッドライトというとこか」

「感心ばかりしていないで、早く指しなさい」

陣太郎が催促をした。

そこで三吉も、首をひねりひねり、動員可能の駒を右翼に右翼にと動かしたが、時すでに遅し、三吉のばらばら駒は、ヘッドライトの飛車や角に次々に食べられ、陣太郎の輪型陣は自動車が車庫におさまるごとく、すっぽりそのままの形で、一気に三吉の陣地に突入した。

「とうとう入玉されたか」

やや血走った眼で、そこらあたりをぎろぎろにらみつけながら、三吉は無念そうに絶叫した。

「なるほどなあ。自動車とは考えやがったな！」

「時に、おっさんの自動車は、今から半月前に――」

陣太郎の声は急に低く押しつけられ、すご味を帯びた。

「正確に言うと、今から十五日前の午後三時二十分、おっさんの自動車はどこにいましたね？」

「自動車？」

三吉はびっくりして顔を上げた。

「そ、それ、いったい、何の話だね？」

「おっさんの所有にかかる自動車だよ」

陣太郎は三吉をきっと見据えたまま、つめたく無表情な声を出した。

「番号は三の一三一〇七だ。三の一三一〇七のナンバープレートをつけた車が、今から十五日前の午後六時二十分、どこにいたか！」

「いかにも三の一三一〇七はわしの車だが――」

猿沢三吉はいぶかしげに陣太郎の顔を眺めた。

「それがどこにいようと、君に何の関係があるんだね？」

「しらばっくれるのは止めなさい」

陣太郎は能面のように無表情のまま、抑揚のない発声法をした。

「おれは、ちゃんと見たんですよ」

「おかしなことを言う人だな。縁起でもない」

　三吉はしぶしぶ胸のポケットから、日付け入り小型手帳を取り出した。

「十五日前だと。十五日前の午後六時と——」

　三吉はぺらぺらとノートを繰って、該当する頁に眼を据えたが、たちまち、

「アッ！」

　と驚愕の声を立てて、ノートをぱたりと閉じた。その日付けの箇所には、次のごとく記されていたのである。

『夕方よりマ。二時間ばかり』

「君は何者だ？」

　三吉は大狼狽のていで、ノートを今度は内ポケットの奥深くしまい込んだ。マという記号は、真知子のところに通ったその心覚えのメモなのである。狼狽を感じたのもムリはなかろう。

「君は何者だ。名を名乗れ。え。いったい誰に頼まれた？」

「松平、陣太郎」

　陣太郎は涼しい顔で名乗った。その狼狽ぶりからして、轢き逃げの犯人は三吉だと断定したらしい。ゆったりと胸を張って、

「もちろん、おれは、被害者から、頼まれて頼たんですよ」

眼付きで、

「被害者？」

三吉は押しつぶされたような声を出した。真剣な顔で首をひねり、探るようなおどおどした眼付きで、

「つ、つまり、被害者とは、ハナコのことか？　そ、それとも、泉恵之助か？」

陣太郎は一瞬動揺し、はてな、という表情になった。が、たちまち陣容を立て直して、トウカイ戦術に出た。

「いろいろ各方面に、被害を与えていると見えますな」

「誰だ。誰に頼まれた？」

三吉はいらだった。

「わしは脅迫には負けんぞ！」

「脅迫？　では、おれは、脅迫はやめましょう」

陣太郎は手を伸ばして、入玉の輪型陣をがしゃがしゃとくずした。

「おれは出るところに出ますよ。あとで後悔しなさんな」

「ま、まってくれ」

三吉の両手はおのずから、おがむような形になった。

「出るところというと、ハナコのところか。そりゃ困る。待ってくれ。な。わしが悪かったよ。あやまるよ」

「おれだって、なにも、決裂を望んでいるわけじゃない」

陣太郎はまるでどこかの外交官のように大きく出た。

「も少し話し合って、解決のメドを見つけたい」

「ああ。それでたすかった」

三吉がほっと胸を撫でおろした時、男湯の扉ががらりとあいて、ハナコが入って来た。縁台の上で、坐ったままの姿勢で、三吉は三寸ばかり飛び上がった。

幸いにして三吉の飛び上がりは、ハナコに気付かれなかったようである。

がらんとした男湯を見渡して、ハナコはすこし眉をひそめた。商売不振をまのあたりに見ては、ハナコといえども眉をひそめざるを得ない。

「まあ。一人も入っていないじゃないの」

ハナコはのそのそと板の間に上がり、縁台に近づいてきた。

「うん。ど、どういうわけか、今日はめっきりとお客がすくない」

三吉はへどもどと応答した。

「だから、こ、このお客さんと、景気づけに、一番指していたところだ」

「それはそれは、ご苦労さまでございます」

ハナコは陣太郎をにこやかにねぎらった。陣太郎はおうようにうなずいた。

「こちらはお若いのに、なかなかお強い」

三吉は掌を陣太郎の方にひらひらと動かした。

「さすがのわしも、すっかり負かされた」

「まあ。お強いのねえ」

ハナコは感嘆これを久しくした。ハナコも世の常の女房なみに、亭主の実力を過大評価しているのである。

「どこで修業なさいましたの？」

三吉ごときを負かすのに、修業もへったくれもないから、さすがの陣太郎も返事のしようがなく、上品な面《つら》つきで黙《もだ》していた。

「いや。とにかくお強いもんだ」

状況をごまかす時を稼ぐために、三吉は手振りをまじえて、ますます多弁となった。

「なにしろ松平流の陣構えに妙を得ておられる。わしなんか遠く及ぶところではない」

「ほう。松平流をねえ」

将棋のことは何も知らないくせに、ハナコは嘆息した。そこで陣太郎も、そんなにほめられた関係上、扇でもパッと取出して打ち開き、悠々と胸元をあおぎたいところであるが、あいにくと扇子の持ち合わせがなかったので、縁台上のうちわで代用、バサバサバサと顔をあおぎ立てた。

「あなたもこの方について、修業してみたらどう？」

「うん。それはいい考えだ！」

三吉ははたと膝をたたいた。

「週に二回とか三回とか、ここに出張していただいて、お客さまたちに教授を願おうか。そうすれば、お客さまもぐんと殖えるだろう」

「でも、この方のお都合もおありでしょうからねえ」

ハナコも好もしげな眼付きで、陣太郎を見た。

「ほんとに、一芸に秀いでるということは、容易なことではないわねえ」

陣太郎はますます力をこめて、自分の顔をあおぎ立てた。あまりにもほめられ過ぎて、てれくさくなったのであろう。

三吉は縁台から腰を浮かせながら、人差指でハナコをまねいた。

「ちょっと」

縁台からすこし離れたところに行き、三吉はハナコの耳に口をつけ、何かぼそぼそとささやいた。陣太郎はおっとりと構え、そっぽを向いている。

やがて三吉は、ハナコの耳から口を離し、あたふたと縁側に戻ってきた。そして今度は、陣太郎の耳に口を近づけた。

「君。ちょっとそこらまで、顔を貸してくれないか。話があるんだ」

「そうですか」

陣太郎は悠然と答えた。

「では、参りましょう」


女中にかわって、ハナコが番台にでんと坐った。

そのハナコに、三吉は下駄をつっかけながら、声をかけた。

「じゃちょいとそこらまで、出かけてくるよ」

「行ってらっしゃい。あんまり血圧にさわるようなものを、飲み食いしないでね」

「大丈夫だよ。心配しないでもよろしい」

三吉はのれんをくぐって外に出た。陣太郎もそのあとにつづいた。

外の空気に触れると、三吉の全身から、今まで押さえていた冷汗が、どっとあふれ流れ出た。

ハンカチで顔をごしごし拭きながら、三吉はひとりごとを言った。

「ちえっ。驚かせやがる。こっちの方がよっぽど血圧にさわるわい」

「え？　何か言いましたか」

陣太郎がそれを聞きとがめた。

「ひとりごとを言ったんだよ。ひとりごとを」

三吉は襟筋にハンカチを突っこみ、忌々しそうに答えた。

「そこらをぶらぶら歩きながら話をしよう。それともそこらで、冷たいものでも飲むかね？」

「飲みものより、食べる方がいいですな」

陣太郎はおなかをぺこりと凹ませて見せた。

「おれ、まだお昼を食べてないのです」

「では、そこらで、ラーメンでも食べながら――」

「いいんですか。大切な話だというのに」

陣太郎はじろりと三吉を見て、声を大きくした。

「ラーメンを食べながら、話をすると、隣の卓につつ抜けですよ」

「アッ、そうか。他人に聞かれちゃまずいな」

「座敷みたいなところはどうですか」

「そうだなあ。ええと、座敷といえば、どこにあったかなあ」

「あそこのポストから、右へ曲がって二軒目に――」

陣太郎は手を上げて指差した。

「ウナギ屋がありますよ。あそこの二階は、一部屋しかない。秘密の相談には持ってこいの場所です」

「時にあんたのお宅は、どちらだね？」

初めて気がついたように、三吉は陣太郎の顔をじろじろと見た。

「この近くかね？　あまりお見かけしないようだが」

「郊外ですよ。ここから二里ぐらいある」

陣太郎は右掌を額にかざし、いかにも遠いという恰好をして見せた。

「元家令の家に住んでいるのです」

「モトカレイ？」

「ええ。つまり家来ですな」

そして陣太郎は、急に探るような眼付きになって、三吉の顔をぐっとのぞきこんだ。

「その元家令がね、この間自動車にはね飛ばされてね、大怪我をした」

「そりゃあぶないな」

三吉は淡々と答えた。はね飛ばしの犯人ではないのであるから、動揺するわけがない。

「そんなに遠くに住んでいて、よくここらの地理を、ウナギ屋の所在まで、あんたは知ってるなあ」

「そりゃ調べたんですよ」

「調べた？」

三吉はぎくりとした口調で問い返した。

のれんを頭でわけ、陣太郎が先に立って、ウナギ屋の階段をとんとんと登った。三吉は渋々とあとにつづいた。

陣太郎の言のごとく、二階は四畳半の小座敷ひとつしかなかった。

三吉は直ちに窓をあけたり、押入れをあけて見たりして、ぬすみ聞きする者のいないことを確かめた。やっと安心して坐ろうとすると、陣太郎がすでに床の間の上座をしめているので、むっとした表情で下座に回った。

女中がおしぼりを持って上がって来た。

「何になさいますか?」

「おれにはウナ重の一番いいのをください」

おしぼりで手を拭きながら、陣太郎は平然と注文した。

「三吉湯の旦那さまは?」

「うん。わしは何にしようか。ウナギは高血圧に悪いし——」

三吉は肥った首をかしげたが、やがて憤然とした口調で、

「ええい。わしはカバヤキだ。大串を頼むよ。血圧なんてへっちゃらだ。ついでにお酒を一本。わしの分としてだよ」

「おれもお酒一本」

すかさず陣太郎は口を入れた。

「ぬる燗にしてください。おれは猫舌だから」

「はい。かしこまりました」

女中が降りて行くと、三吉は坐り直して、ぐっと陣太郎を見据えた。

「君は、秘密探偵かね？」

「探偵？」

陣太郎はやや憤然とした顔になった。

「探偵じゃありませんよ。探偵なんて、身分のいやしい者がやる仕事だ」

「じゃあ、わしの自動車のことなどを、なぜ調べるんだ」

三吉は手を上げて、陣太郎の顔を指差した。

「十日ばかり前、上風タクシーに、三の一三一〇七の番号を調べに来たのは、君だろう！」

「おれじゃありませんよ」

「うん。そう言えば、あれは四十前後のぼさっとした男だと言っていたな」

「ぼさっとしてましたか？」

陣太郎の頬の筋肉が、ぴくぴくと痙攣した。こみ上げてくる笑いをかみ殺したものらしい。

「おれはぼさっとしてないですよ」

「しかし、いったい君は、何のために、わしの自動車の所在を問題にするんだ？」

三吉の顔にあせりの色が浮かんだ。

「いったい何のためだ。誰かに頼まれたのか？」

「それは、つまり——」

獲物をねらう猫のように、陣太郎は眼をするどくさせた。

「つまり、それは、正義人道のためですよ」

「正義人道？」

大上段にふりかぶったようなその言葉に、三吉は眼をぱちぱちさせた。

「あれ、正義人道に反するかねえ」

「反しますよ！」

陣太郎は卓をどんと叩いた。

何か言おうと口を動かしかけたとたん、階段を足音が登ってきたので、三吉はむっと口をつぐんだ。

「お待ち遠さま」

女中が入ってきた。熱燗の方を三吉に、ぬる燗の方を陣太郎の前に、それぞれ置いた。三吉は女中に掌を振って言った。

「ちょいと密談があるんだから——」

女中の足音が階下に消えてしまうと、三吉は手酌の盃をぐっとあおって言った。

「君はそう言うけれど、わしのどういう点が正義人道に反するんだい？」

「反しますよ。自分の胸によく手を当てて、考えてごらんなさい」

三吉の事柄の内容が、まだよく判らないものだから、陣太郎も慎重な口をきいた。

「それとも正義人道に、まるまるかなっているとでも言うのですか？」

「まるまるかなっているとは言わん！」

三吉も少しずつ釣り出された。

「しかしだね、あれは、今は人道に反するとも言えようが、わしが若い頃は、あんなことは普通だった。むしろ男の甲斐性とされていたぐらいだよ」

「昔と今はちがいます」

陣太郎はぬる燗をぐっとあおった。

「昔は甲斐性でも、今は罪悪です」

「いったい君は、どういうつもりで――」

三吉は盃の手をわなわなとふるわせた。

「囲ってるのは、わしばかりじゃない。他にもたくさんいる。それによりによって、このわしばかりを――」

「カコっている？　ふん。しかしですね、カコい方にもいろいろある」

「わしのなんか、罪が軽い方だ」

三吉はくやしげに唇を噛んだ。

「しかも質素なものだ。アパートだからな。どうしてもっと君は、大物をねらわないんだい?」

「アパート。カコう」

陣太郎はクイズでも考えるような顔付きになり、またぐっと盃をあおった。いつもの陣太郎に似ず、カンが働かないらしい。

「しかし、質素であろうとぜいたくであろうと、カコうということに問題がある」

「君の青年らしい正義感は、わしも認めるよ」

三吉は方針を変えて、懐柔策に出た。

「しかしだね、君のお父さんやお祖父さん、またその祖先さまたちも、わし同様に囲ったかも知れないよ」

「いや、わが松平家に限って、そんな者はおりません」

陣太郎は大見得を切った。

「いやしくも松平を名乗るもので、カコったものは一人もいないです」

「松平? 松平姓にいない?」

三吉は低くうなって、腕を組んだ。

「いや。あるぞ。この間講談本で読んだぞ。確かそれが原因で、お家騒動になる話だった」

「何という講談本でした?」

「題は忘れた。なんとかの方という愛妾が出てくるんだ。これでもいないと言い張るか」

「愛妾？」

そして陣太郎は膝をポンとたたいて、頭を下げた。

「参りました。そう言えばご先祖さまに、そんなのがいたかも知れない」

「それ、見なさい」

三吉は胸を反らして、鼻孔をふくらませた。

「その子孫の君に、わしを責める資格はないぞ。正義人道のためじゃなかろう。誰に頼まれたんだね。あの背高ノッポか」

「背高ノッポというのは、泉恵之助ですか」

陣太郎はまっすぐ三吉を見ながら言った。

「それとも、泉竜之助の方ですか？」


「ううん。やっぱりそうだったな」

猿沢三吉は力まかせに自分の膝をひっぱたいた。

「泉親子の名前まで知ってるんだから、間違いはない。おい、君。君はいくらで頼まれた？」

陣太郎はぬる燗を含み、にんまりと謎めいた笑いを浮かべ、返答をしなかった。

三吉は泉湯の方角に眼を据え、威嚇するように拳固をふり上げた。

「あの背高ノッポの糞じじい。わしと真知子のことを探り出し、ハナコにそれを告げ口をして、わしの家庭の平和を攪乱しようとたくらんだな。テレビといい、今度の件といい、何という卑劣な奴だ。もう許してはおけんぞ。あのゾーリ虫野郎！」

「もしもし。あまり興奮すると、血圧にさわりますよ」

見かねて陣太郎が注意した。

「ここらで脳出血で倒れられては、元も子もなくなる」

「おい、君」

三吉は拳固をおさめ、陣太郎に向き直った。

「いくらで君はこの仕事を請負った？　プラスアルファを出すから、こちらに寝返りを打ってくれ。な、頼む！」

「条件次第ですよ」

「条件？　どんな条件でも容れるから、わしの側についてくれ。な、よく考えて見なさい。わしの三吉湯は、今できつつあるのも入れて四軒。背高ノッポは古色蒼然たる泉湯がただの一軒。わしが中共とすれば、背高ノッポは国府みたいなもんだ。てんで太刀打ちになりゃしない。こっちについたがトクだぞ」

「損得で動いているんじゃありませんよ」

陣太郎はまた謎めいた笑い方をした。

「時に、あの新築中の三吉湯ですね、あれはもう差配する人がきまってるんですか？」

「差配する人？」

三吉はきょとんとした。

「いや。まだきまっていない」

「おれの知人で、今ちょっと失業してる奴がいるんですがね」

思わせぶりな言い方を陣太郎はした。

「ちょっと見にはぼさっとしてるけれど、根は善良で働き者です」

「それを差配にすいせんしようと言うのか」

「イヤならイヤでいいですよ」

陣太郎は両腕を上に伸ばして、わざとらしい欠伸をした。

「ああ。ウナ重はまだかなあ。おれ、おなかがぺこぺこだ」

「イヤだと言ってやしないよ」

ここで陣太郎の機嫌を損じては大変なので、三吉も狼狽した。

「そ、その知人というのは、いくつぐらいの人だね？」

「四十前後です。つまりおれの元家令ですよ」

「元家令というと、自動車にはね飛ばされたという人か？」

「そうですよ。しかしもう傷はなおった」

「それじゃ一度逢って見ることにしよう」

そして三吉は念を押した。

「条件はそれだけだね」

「じょ、じょうだんじゃないですよ」

陣太郎は呆れた声を出した。

「愛妾の件とこれと相殺にされては、おれは立つ瀬がない」

階段に足音がした。ウナギが焼け上がったものらしい。

ふたたび女中が階段を降りて行くと、陣太郎はおなかをぐうと鳴らしながら、急いでウナ重の蓋をとった。うまそうな鰻香が、ぷんとそこらにただよった。

「いただきます」

粉山椒《こなさんしょう》をふりかけ、陣太郎はいきなりウナギに食いついたが、アッツと悲鳴を上げて、あわててそれをはき出した。空腹のあまりに、自分が猫舌であることを、すっかり忘却したらしい。

「ふん。たいした猫舌だな」

三吉はそう言いながら、自分の蓋を取った。カバヤキをむしゃむしゃと頰張りながら、

「そう言えば、さっき君は、子供用の湯槽に入ってたようだね。全身これ猫舌か」

「わが松平家の人間は、みんなそうですよ」

陣太郎はカバヤキを箸でつまみ上げ、ぶらぶらと打ち振った。早くさめさせようとのつもり

であろう。

「食物を調理して、毒見役が毒見をし、それから運んで、やっとおれたちの口に入る。幼い時から、熱いものを口に入れることがないから、自然と猫舌になってしまうんですよ」

「ふうん」

三吉は箸を動かし止めて、上目使いに陣太郎を見た。少々畏敬の念がきざして来たらしい。

「毒見役というと、それ専門の？」

「いや。家令やなんかがやりますな」

「ふうん」

三吉はふたたびうなった。

陣太郎はぶらぶらさせていたカバヤキを、ちょっと舐めて見て、もう安心だと見当をつけたのだろう、ぱくりと噛みついた。またたく間の早さで、一片を呑み込んでしまった。驚異の面もちで、三吉はそれを眺めていたが、陣太郎が二片目を振り出したのを見て質問した。

「どうして、あんたは、昼飯を抜いたんだね？」

「金がなかったからですよ」

「金がない」

三吉は怪訝そうに首を傾けた。

「家令を使おうという御曹子が、いったいどういうわけで、金を持たないんだね。お金は不浄だからか？」

「お金が不浄だなんて」

陣太郎はけたたましく笑い出した。

「おれ、家出をしたんですよ。うっかりして、金を持たないで飛び出したから、今も金はない」

「なぜ家出を？」

「先代が死んじまってね、その相続の問題がひどくこじれて、おれのところにお鉢が回って来そうになったんですよ。だから、おれ、泡をくって飛び出した」

「ああ。何てえもったいねえことを――」

「刀の二三本も持ち出しゃよかったなあ」

陣太郎は二片目のカバヤキを口に放り込んだ。

「一本で百万円ぐらいには売れたのになあ。しまったことをした」

「一本で百万円？」

三吉は眼をまるくして反問した。

「なんであんたは、相続がイヤなんだい？」

「イヤですよ。あんなコチコチの世界」

陣太郎は徳利を口にあて、残りのぬる酒をごくごくと飲み干した。

「おれはもっと世の中を勉強して、それを小説に書きたいんだ」

ウナ重がさめて行くにつれ、陣太郎の食べ方にはスピードが加わった。三吉の方はあまりおなかが空いていないので、箸でカバヤキを千切り千切り、すこしずつ口に運んでいた。

陣太郎は一粒残さず食べ終り、ふうと溜息をついた。

「ごちそうさまでした」

「いいえ。お粗末でした」

三吉は反射的にそう言って、冷えた酒を盃についだ。

「家に戻りさえすれば、そんなにがつがつしないでも、ウナギなんか毎日でも食える身分じゃないか」

「そりゃまあ、そうです」

「もったいない話だなあ。戻ったらどうだい?」

さっきからそのことばかりを考えていたらしく、三吉は膝を乗り出して、熱心な口調になった。

「わしがあんたの後楯になって上げる。是非戻って、相続しなさい」

「戻る気になったら、相談に来ますよ。もうその話はよしましょう」

陣太郎は掌をひらひらと振った。

「時に、あんたの愛妾の件、あんたの愛妾は、何という名だったかな」

「真知子、だよ」

三吉は顔や身体を緊張させた。

「もうあの背高ノッポに、報告はしないだろうな」

「そうですな。一応保留ということにしときましょう」

そして陣太郎は首をかしげ、ひとりごとのような、また三吉に聞かせるような、あいまいな口調で言った。

「さて。浅利の家もそろそろ立ち退かねばならないし、どこに行こうかな。金の持ち合わせもないし――」

「浅利って、それ、何だね?」

「元家令の名ですよ。おれがそこにいることを、どうも今の家令がかぎつけたらしい」

陣太郎は眉を上げて、まっすぐ三吉の顔を見た。

「どこかに部屋をさがしてくれますか?」

「部屋ねえ。ちょっと――」

「イヤならイヤでいいんですよ」

陣太郎は投げ出すように言った。

「おなかもいっぱいになったし、おれ、そろそろ帰らして貰おうかな」

「イ、イヤだと言ってやしないよ。そんなにわしをいらいらさせるな。高血圧なんだぞ」

酒を飲み、ウナギを食ったくせに、都合のいい時だけ、三吉は高血圧を持ち出した。

「部屋の心当たりがないでもない」

「どこです、それは?」

「富士見アパートだよ」

「富士見アパート?」

「知らないのか、君は?」

三吉は大声を出した。

「富士見アパートを知らないとは——」

「ああ、知ってる。知ってます。あそこね」

三吉の声が大きかったので、陣太郎はあわてて合点合点をした。

「あれはいいアパートですね」

「うん。あのアパートの一室を借りて上げるには、ひとつの条件がある」

「何です、それは?」

「真知子の行状を、そっと監視して貰いたいんだ」

「ああ。真知子。富士見アパート。なるほど、なるほど」

すっかり納得がいったらしく、陣太郎はまた合点合点をした。

「どうも君には探偵の才能があるらしい」

三吉は陣太郎に言った。

「あれほど巧妙に、ひたかくしにしていたわしのあの一件を、自動車の番号から、探り出したくらいだからな。全くおどろくよ」

「それほどでもありませんよ」

「その才を見込んでお願いするのだ」

そして三吉は声を低くした。

「どうも真知子は、ひょっとかすると、浮気をしているんじゃないか、と思われる節がある。この間も変な学生が来ていた」

「旦那になるのも、骨が折れますな」

「うん。骨が折れるよ。アプレ娘なんかを、メカケにするもんじゃない」

「部屋はそれで片づいたとして――」

陣太郎は空の重箱を横に寄せて、開き直った。

「生活費はどうしてくれるんです。まあ今のところ、一万円もあれば――」

「生活費？」

三吉は悲痛な声を出した。

「生活費まで、わしに持たせようと言うのか！」

「イヤならイヤでいいんですよ」

「イ、イヤだとは、まだ言ってないじゃないか」

「おれに部屋を提供し、月一万円の生活費を出すかどうか、おれは一分間だけ待ちましょう」

らちあかずと見たか、陣太郎は例の奥の手を出した。腕時計を外して、卓の上に置いた。

「いいですか。一分間！」

三吉の顔に苦悶の色が浮かんだ。秒針がこちこちと秒を告げる。三吉はあわてて掌をつき出した。

「一分間だなんて、そんな無茶な。こんな大切な問題を」

「あと、三十秒！」

陣太郎は冷然と言った。三吉は苦しそうにあえいだ。

「ま、まってくれ。こう言うことは、お互いによく話し合って――」

「あと十秒！」

「そんな無情な、わしはただ――」

「あと五秒！」

時計を見詰めながら、陣太郎は冷然たる声で秒を読んだ。

「あと三秒。二秒。一秒――」

「わ、わかったよ」

三吉は笛のような声を立てた。

「君の言い分をのむ。これ以上いじめてくれるな。ああ、わしの血管はまだ大丈夫か。まだつながっているか？」

三吉の指は、自分の額やこめかみの怒張した血管を、もそもそとまさぐった。

「大丈夫ですよ」

時計を手首に巻きつけながら、陣太郎は言った。

「血管が切れたり破れたりすれば、そんなはっきりした口はきけませんよ」

「秒読みというやつはつらいなあ」

血管に異常のないことを確かめて、三吉は少し安心して手をおろした。

「専門棋士たちの苦労がよく判るよ。おい、君。君はどこで、こんな秒読みなんて手を覚えた？　やはりそれも、松平流か？」

「まあそう言えば、そう言えるでしょうな」

陣太郎はやや得意そうにうなずいた。

「時に、その、今月分の一万円、今日欲しいんですよ。おれ、現在、囊中《のうちゅう》無一文で、電車賃にもこと欠く有様です」

「ああ。今日はなんという凶《わる》い日だろう」

ウナギ屋ののれんをかきわけ、表に出ながら、三吉は小さな声でぼやいた。久しぶりの将棋に妙な負け方をしたことに端を発して、ウナギはおごらされるし、変におどかされて、部屋の提供を約束し、しかも月一万円支給の約束もさせられた。しかも今月分は今日よこせという。これでは高血圧ならずとも、頭の痛くなるのは当然であろう。

「いろいろごちそうさまでした」

表で待っていた陣太郎が、ペコリと頭を下げた。

「今日のウナギは実においしかったです」

「わしはあまりうまくなかった」

夕方の巷に肩を並べて、三吉は鬱然と、陣太郎は足どりかろやかに、三吉の自宅に向かった。

自宅の玄関に到着、三吉は靴を脱ぎながら、陣太郎に声をかけた。

「君も上がりなさい」

物音を聞きつけて、奥から次女の二美が走り出て来た。

「お父さん。おかえりなさい。あら、お客さま」

「お客さんだけど、お茶なんか持って来なくてもいいよ」

聞きようによっては、失礼な言い方を三吉はしたが、失礼のつもりではない。一万円授受の現場を子供に見られ、それを母親に報告されたりしたら困るという、深慮遠謀なのである。

「お茶もお菓子もいらないし、もちろん水もいらない」

「そう」

二美は陣太郎をいぶかしげな眼で眺め、そのまま奥に引込んだ。

三吉は廊下を先に立ち、茶の間でなく、自分の私室に陣太郎を案内した。私室というのは、小さな床の間つきの三畳間で、机の上には帳簿や硯箱なんかが置かれ、壁には小さなつくりつけの金庫がはめこまれていた。

陣太郎は窮屈そうに坐り、ものめずらしげに部屋のあちこちを見回している。

陣太郎に見られないように、三吉は金庫にかぶさるようにして、カチャカチャと扉を開いた。札束を取り出し、ぺらぺらと十枚数え、残りは元に戻し、がちゃりと扉をしめた。明日にでも建築業者に支払うべき分から、流用したのだろう。

机の前に戻り、三吉はもったいなそうにその一万円を、陣太郎につきつけた。

「さあ。今月の分だ。受取りを書いてくれ」

「承知しました」

硯箱をひらき、あり合わせの半紙に、陣太郎はさらさらと受領証を書いた。不器用な陣太郎にしては、めずらしく達筆であった。

三吉はそれを受取り、すみからすみまで眺め回した。

「何だい、この名前の下に、ぐしゃぐしゃっと塗りたくったのは?」

「花押《かおう》です。ハンコのかわりですな」

陣太郎はすました顔で説明した。

「おれはハンコは使わない。いっさい花押で間に合わせているんです」

「その一万円は、あれだよ」

三吉は未練がましく口を開いた。

「君が相続するまで、立替えておくんだよ。相続したら、利子をつけて、戻してくれるだろうね」

「いいですよ。三倍にも五倍にもして、返して上げますよ」

二美は足音を忍ばせるようにして、廊下から子供部屋に入った。

長女の一子は畳の上に横になり、脚を上げたり反りくりかえったり、せっせと美容体操にいそしんでいた。二美が言った。

「お父さん、変なお客を連れて来たわよ」

「なに。変なお客って?」

「三十ぐらいの男よ。その顔がね、金魚にそっくりなのよ。金魚が服を着て立ってるみたいで、あたし笑っちゃった」

「そうかい」

一子はむっくりと起き直り、机上に手を伸ばして、甘食パンをつまみ上げた。

「美容体操をやると、とてもおなかが空くわ」

「お父さん、そのお客を、茶の間じゃなく、金庫の部屋に案内したわ。そしてあたしに、お茶なんか持って来るなってさ」

「近頃のお父さん、何を考えてるんだろうねえ」

甘食パンを頰張りながら、一子は嘆息した。

「泉のおじさんとは大喧嘩はするし、ほんとにこちらは大迷惑よ。竜ちゃんだって、かげでは悲恋に泣いてるわ」

「ほんとねえ。お父さんといい泉のおじさんといい、更年期の男性って困りものねえ。やはりホルモンの不調から来るのかしら」

「ナマイキ言うんじゃないよ。まだ子供のくせに」

一子は眼を三角にして、妹をたしなめた。

「ほんとに何も知らないくせに、おませなことを言うんじゃないの。更年期障害だなんて、今度そんなことを言ったら、お父さんに言いつけてやるから！」

その更年期障害の三吉親爺は、今しも三畳の金庫部屋で、陣太郎とひそひそと密談にふけっていた。

「その真知子のやつがね、もし自分が浮気をしたら、二号を辞めると言うんだね。だから浮気をしているかどうか、その確証を——」

「おれに探れと言うんですね」

「そうだ。浮気の確証が得られれば、わしはチョンと真知子をクビにして、支度金その他を回収することができるんだ。そしてその支度金でもって、別の若いおとなしいメカケを——」

「すると真知子が、浮気をしていることを、あんたは望むんですか?」

「うん。万止むを得ない。泣いて馬謖《ばしょく》を切る気持だ」

三吉は妙にむつかしい表現を用いた。とかく学のないのが、難解な言葉を使いたがるものである。

「顔も美人だし、いい身体もしているが、なにしろ口答えはするし、わしの言うことを素直に聞かないんだよ。時に、いつ富士見アパートに、あんたは引越すかね?」

「近日中に」

「じゃあわしから、アパートの管理人に話しておこう」

「でも——」

陣太郎は柄になくもじもじした。

「では、こういうことにしましょう。おれ、荷物をまとめて、こちらにお伺いする。そしてあんたの自動車で、富士見アパートに運んで貰うということに——」

「そんな面倒くさいことをせずに、直接行けばいいじゃないか」

「いや、それはちょっと事情があって——」
富士見アパートの所在はどこだと、訊ねるわけにはいかないものだから、あれこれと陣太郎は苦慮の様子であった。

（下巻に続く）

（お断り）

本書は1957年に角川書店より発刊された単行本を底本としております。あきらかに間違いと思われるものについては訂正いたしましたが、基本的には底本にしたがっております。また、一部の固有名詞や難読漢字には編集部で振り仮名を振っています。

本文中には片輪、頭が変、使用人、百姓、クルクルパア、メカケ、三助、妾、コジキ、小女、倖引き、土百姓、びっこ、ビッコ、女中、雇い婆さん、女中頭、二号、家令、家従、家扶、庭番、下男、家来などの言葉や人種・身分・職業・身体等に関する表現で、現在からみれば、不当、不適切と思われる箇所がありますが、著者に差別的意図のないこと、時代背景と作品価値とを鑑み、著者が故人でもあるため、原文のままにしております。差別や侮蔑の助長、温存を意図するものでないことをご理解ください。

梅崎 春生（うめざき はるお）
1915年（大正４年）２月15日―1965年（昭和40年）７月19日、享年50。福岡県出身。1954年『ボロ家の春秋』で第32回直木賞を受賞。代表作に『幻化』『砂時計』など。

## P+D BOOKS とは

P+D BOOKS（ピー プラス ディー ブックス）とは
P+Dとはペーパーバックとデジタルの略称です。
後世に受け継がれるべき名作でありながら、現在入手困難となっている作品を、
B6判ペーパーバック書籍と電子書籍を、同時かつ同価格で発売・発信する、
小学館のまったく新しいスタイルのブックレーベルです。

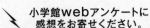

つむじ風(上)

2021年5月18日　初版第1刷発行

著者　梅崎春生
発行人　飯田昌宏
発行所　株式会社　小学館
〒101-8001
東京都千代田区一ツ橋2-3-1
電話　編集　03-3230-9355
販売　03-5281-3555
印刷所　大日本印刷株式会社
製本所　大日本印刷株式会社
装丁　おおうちおさむ(ナノナノグラフィックス)



2021 Printed in Japan
ISBN978-4-09-352416-2

P+D BOOKS